KB159681

2022 제16회
김유정문학상
수상작품집

2022 제16회
김유정문학상
수상작품집

차 례

    김유정기념사업회가 주최하는 김유정문학상이 올해로 16
회에 이르렀다. 올해 심사는 소설가 이승우를 위원장으로, 문
학평론가 김경수, 정홍수, 신수정이 맡았다. 심사 대상작의
기간이나 발표 매체 포함 여부 등에 관한 사안들은 전례를 따
르되 여전히 위협적인 코로나 상황을 고려하여 대면 회의 대
신 SNS와 화상 회의를 통해 심사를 진행했다. 첫 회의는 7월
30일 열렸다. 2021년 8월부터 2022년 7월까지 지면과 웹과
창작집에 발표된 중·단편소설을 대상으로 예심 추천작들을
규합하고 8월 13일 추천된 작품 가운데 본심 추천작을 선별
하는 회의를 열었다. 그 결과 구병모의 「니니코라치우푼타」,
김혜진의 「축복을 비는 마음」, 박지영의 「쿠쿠, 나의 반려밥
솥에게」, 백수린의 「봄밤의 우리」, 심아진의 「신의 한 수」, 이
기호의 「어두운 골목길을 배회하는 자, 누구인가?」, 장혜령

의 「당신의 히로시마」 등 일곱 편의 작품이 본심에 올랐다. 8월 20일 최종 심사에서는 심사위원들이 돌아가며 작품을 읽은 감상을 이야기하고 그 가운데 인상적인 다섯 작품을 먼저 추천한 뒤 이를 수합하여 세 편의 작품으로 후보작을 압축한 다음, 몇 번에 걸친 논의와 투표 끝에 최종적으로 구병모의 「니니코라치우푼타」를 수상작으로 결정하였다. 약 사십 년 이후의 근미래를 배경으로 한 이 소설은 '니니코라치우푼타'라는 우리의 언어로는 알 수 없는 독특한 이름의 우주인에 대한 상상을 구체화하면서도 단순한 언어유희에 그치지 않고 시종일관 우리 사회의 치매와 간병의 어두운 현실을 환기하는 날카로운 현실 감각을 잃지 않고 있다는 점이 인상적이었다. 아무리 많은 시간이 흘러가더라도 결코 달라지거나 사라지지 않을 모정이라는 정동이 둔중하게 우리를 강타하는 후반부의 몇몇 대목은 이 소설의 문제의식이 이 낡고 오래된 주제를 어떻게 새롭게 갱신해내는지 숨죽여 지켜보는 문학사적 시간이 되리라는 감상도 없지 않다. 이 벅찬 작업을 멋지게 이루어낸 수상자에게 축하를 전한다.

심사위원 **이승우, 김경수, 정홍수, 신수정**(대표 집필 : 신수정)

수상 소감

처음으로 OTT 구독이라는 걸 시작한 지 이제 일 년쯤 됐지만, 영상매체와 소원한 채로 살아온 세월이 오래라 티브이 앞에 앉기가 어렵다. 월 이용료는 건지자고 한 달에 영화 한 편, 많으면 두 편 보는 것 같다.

그걸 신청하지 않았다면 나는 그러한 서비스에 '스킵하기' 기능이 디폴트로 설정되어 있다는 사실도 몰랐을 테고, 이 소설의 마지막 장면은 이와 같이 나오지 않았을 수도 있다.

그와 별개로 '구독의 시대' 같은 선언은 좋아하지 않는다. 전에 알던 구독은 책이나 신문 잡지 등 '읽을 독(讀)'이었는데, 어느새 세상에서는 샐러드 구독, 영화 구독, 꽃 구독, 음악 구독, 자동차 구독 등 돈을 내고 쓸 수 있는 재화 서비스 모두에 구독이라는 말을 붙인다. 읽는 게 아닌데 왜 구독이냐고 좀 다른 용어로 대체되었으면 좋겠다 싶다가도, 한편으로는 그런 생각도 드는 것이다. 한 권의 책 속 문장과 한 송이 꽃의 향기가, 중요성에 있어서 뭐 얼마나 다르다고. 혹은 우리는 세상 모든 행위를 읽기로 치환한 것 같다고. 향기를 읽고 식감을 읽고 사운드를 읽고.

　세상은 내가 상상한 적 없는 방향과 속도와 질량을 갖고 달라진다.

　이 소설은 삼 년 전 가을까지만 해도 장편소설로 쓰일 수도 있었다.

　당시 후보로 삼은 메모 가운데 한 줄이 '특수분장사와 할머니'였다. 배경은 현재 시대였고, 어릴 적 만난—만났다고 착각하는지 진짜 만났는지는 본인만 아는—외계인을 다시 보고 싶어 하는 할머니를 위해, 어린 손녀가 보잘것없는 용돈을 깨서 일감 떨어진 분장사를 개인적으로 고용한다는 내용이었다. 그러나 내가 되도록 지양하고 싶은 정서, 나와 인연이 없는 감성으로 가득한 이야기가 나올 것 같다는 판단과 함께 덮어놓았다(그러고 나서 발표한 장편소설은 『상아의 문으로』다).

　그로부터 얼마 뒤 코로나 시대로 접어들었고, 장편 대신 단편으로 쓴 소설의 배경은 약 사십 년 후의 미래가 되었다.

　2021년 12월 1일의 보도를 기준으로 하면, 2060년에는 국민 중위연령이 61세가 되어 한국은 세계에서 가장 늙은 국가가 될 것이라고 한다. 인간에게서 인격을 지우고 세금을 납부할 머릿수로만 세는 '생산 가능 인구'니 '가임기 여성 합계출산율' 같은 말을 쓰고 싶지 않지만, 생산 가능 인구 1인이 노인 1인을 부양하게 되리라는 전망이 뒤를 이었다. 그런 보도는 매 분기마다 관성적으로 반복되고, 그걸 타개한다며 정부와 지자체는 각종 비인간적인 정책을 내놓곤 출산을 요구한다. 이미 태어난 다양한 사람들이 무사히 살아갈 수 있도록 하는 사회적 돌봄은 거절하면서.

그때까지 혹시 내가 살아 있다면 소설 속의 이유나진과 비슷한 나이가 될 텐데, 현실을 사는 생활인으로서의 나는 여기 쓰인 모든 체념과 냉소가 빗나가기를, 전멸(全滅)에 가까운 적멸(寂滅)의 언어가 무용해지기를 바란다.

바라지만.

필연적으로 엄존하는 산업에 대한 생래적인 불편감이 누적된 결과인지, '이야기하기'로서의 소설을 쓰는 데에 오랫동안 저항감을 겪고 있었다. 나는 더 이상 출판사에서 기다리던 '스토리텔러'가 아니게 되었으며, 콘텐츠가 길이요 진리요 생명이라는 시대에 내게는 콘텐츠라고 부를 만한 것이 남아 있지 않다는 생각이 들었다.

그런 때에 김유정이라는 이름에 큰 빚을 지게 되었다. 그것은 앞으로 내가 어떤 선택을 하더라도, 지금까지와 마찬가지로 이야기를 들려주든 혹은 뭔지 모를 소리를 혼자 중얼거리든 간에, 그 선택을 세상 어딘가에서는 지지받을 수 있을지도 모른다는 일종의 신호처럼 여겨졌다. 그 한 점의 빛을 감사히 움켜쥔다.

구병모

수상작

구병모

니니코라치우푼타

2015년 소설집 『그것이 나만은 아니기를』로 오늘의작가상 수상. 장편소설 『네 이웃의 식탁』『상아의 문으로』, 중편소설 『바늘과 가죽의 시(詩)』, 소설집 『고의는 아니지만』『단 하나의 문장』 등이 있음.

요양원에서 그 연락을 받은 건 내가 하던 일을 막 때려치우고 돌아 나와 집 앞 편의점에서 투 플러스 원 맥주를 계산대에 올려놓았을 때였다.

　기세 좋게 던지고 나왔다는 건 내 기준이고, 실은 스프리트 검 내지 아크릴 파우더와 리퀴드 라텍스에 이르기까지 온갖 재료가 담긴 통들이 내게로 날아온 게 먼저였다. 나 맞으라고 던지는 게 아니며 방향만 내 쪽일 뿐 벽이나 바닥을 겨냥하는 줄은 알겠고 평소에도 종종 날아오던 건데 왜 그날따라 머리꼭지라도 따인 느낌이 들었는지는 모르겠으나, 실장이 던진 알루미늄 포일 통이 결정타인지 도화선인지 아무튼 뭔가가 되어버렸다. 구기고 뭉쳐서 거친 피부의 요철을 표현할 때 유용한 그것, 은박지가 담긴 통의 절단용 톱니가 팔을 할퀴고 피가 배어 나왔다. 피는 당연하게도 파랑이나 투명이 아니었고, 그걸 본 순간 지루하고 고루한 크리처들로 가득한 세계에서 방출됐다는 실감이 내 몸을 가득 채웠다. 뭔가가 좀, 다 식었다고 해야 하나. 피도 마음도 식었고, 식었으니까 죽었다. 아무려나 유혈 사태이긴 했으므로 둘러선 팀원들이 모두 긴장하여 작업실은 침묵에 잠겼고, 실장의 얼굴에는 150킬로의 속구로 타자를 잘못 가격한 투수와도 같은 표정이 아주 잠깐 스쳐 갔다. 나는 쓰라린 팔을 한번 슥 문지르고 나서, 내 주위로 떨어진 물건들 가운데 아교 스틱을 직전까지 녹이던 중이라 아직 열감이 남아 있는 글루건을 천천히 집어 들어다가, 어떤 예고나 기미 없이 실장한테 던졌다. 이마나 인중을 맞혀서 상해 시비 쪽으로 끌고 가는 편이 나로선 후회가 남지 않을 듯싶고 어쩌면 반쯤 녹은 글루가 튀어나와 그의 입을 봉해버리는 것도 괜찮을 것 같았지만 그쪽도 반사신경이 없지 않아서 팔을 들어 막았다. 이거 봐라, 어디서…… 던졌다 이거지? 그쪽은 찰과상 아닌 타박상이긴 하지만 우리는 같은 자리에 상처가 났다. 우리는 마주하고 선 두 개의 상처였다. 내가 반격을 한 게 뜻밖이었는지 그는 우물쭈물하면서 떨떠름한 어조로 더듬거리며 다른 팀원들의 눈치를 보았고, 접합 부위를 따라 반쯤 쪼개진 글루건을 내게 도로 던지지 못하고 섰으며, 나는 천천히 돌아섰다. 문을 열고 나가는 내 등 뒤로, 너 정말 이거밖에 안 돼? 하는 호통이 들려왔지만 못 들은 척했다. 하나의 시절 안에서 질식사하기 전에, 우주의 무용한 먼지조차 이루지 못하고 부서지기 전에, 부풀어 오른 흉터를 덮어두는 대신 찢고 통과하기를 선택함으로써 참화에서 빠져나오는 마음은, 폐광 속 이름도 가치도 모를 광물 쪼가리 같았다.

이유나진 할머니 보호자분?

전화 너머에서 이국의 억양이 밴 우리말로 입을 여는 사무장은 그 자신도 이유나진 할머니보다 크게 젊지 않을 거였다. 요즘은 어디서나 흔한 광경이긴 하다. 팔구십 대 노인들이 삶에서 마지막으로 하게 되는 단체생활을, 조금이라도 몸 상태가 나은 일흔 남짓한 이들이 씻기고 먹이고 돌본다. 국민 중위연령 61세, 정년은 69세지만 공공기관을 제외한 사업장 곳곳에서 그 기준이 무시된 지 오래, 움직일 수 있고 생각할 수 있으면 누구나 일한다. 그것이 불문율이다. 택시를 잡아타면 기사 열 명 중 아홉은 (머리카락이 있는 경우) 백발이고, 이쪽이 말하는 목적지를 잘 알아듣지 못하며—예약 시 사전에, 혹은 승차 즉시 입력 등록했어도 꼭 되묻는 이들이 있다— 어느 도로를 탈까요, 떨리는 목소리로 물어올 때도 의사소통이 잘되지 않아서, 서로 있는 대로 목청을 높이던 끝에 승객은 설명하기를 포기하고 기사님 아는 대로, 편한 길로 가주세요! 로 대화를 마친다. 대부분의 차량에 운행 자동화 시스템이 갖추어져 있지만 전자동은 아니며 운전자가 아예 핸들에서 손을 떼고 브레이크도 밟지 않고서 한숨 눈 붙인 동안 목적지에 도착하는 경지에 이르지는 않았으므로 사고를 백 퍼센트 예방하기란 불가능하다. 목적지까지 무사하게만 실어다 주면 그만하기를 감읍이다. 완전 무인 택시를 시에서 운영했다가 관리 소홀인지 프로그램 해킹인지 혹은 딥 러닝을 통해 인간의 요구 이상으로 진화해버린 AI의 남모를 고뇌 때문인지 모를 이유로 자기들끼리 충돌하여 대형 전복 사고가 난 뒤로는 그 수가 대폭 줄었고, 구시대의 한강 수상택시처럼 이벤트 용도로 남겨두었는데 조만간 그마저 자취를 감출 전망이었다. 국가 위탁 요양원에는 AI 요양보호사들을 일부 들여놓았지만 이들은 주로 종이접기나 색칠과 음악 등 교육 활동 프로그램에 투입되는데 일단 인간이나 동물 형태가 아니면 일부 노인들이 낯설어하기도 하거니와, 보호사의 필수 노동이란 수시로 물과 오물에 직접 닿는 일이다 보니 역시 완전 무인 시스템으로 운영되지는 않는다. 하물며 규모가 작은 사설 요양원은.

어르신께서 니니코라치우푼타를 보고 싶다고 계속 말씀하시는데 혹시 아시는 거 있으세요?

니니…… 뭐요? 나는 그렇게 하면 상대의 음성이 더욱 선명하게 골전도라도 될 것처럼 있는 힘껏 전화기를 귀에 붙였고, 사무장은 또박또박 한 글자씩 불러주었지만 나로선 의미를 짐작하기는커녕 도무지 태어나 처음 듣는 말이었다. 키우던 유기견은 순무라는 올드하면서도 구수한 이름이었고, 엄마가 입소한 지 한 달 뒤에 열여섯 살의 나이로 떠났다. 엄마에게 오랫동안 깊이 연락하고 지낸 외국인 친구가 있었으리라는 생각은 들지 않는데, 설령 있었다고 한들 어느 나라 말인지도 알 수 없다. 일단 사람이긴 한가? 어딘가의 장소 이름인 건 아닌가? 니니, 코, 라, 치우, 푼, 타. 사무장은 본인도 알아듣기 힘들고 기억할 수도 없을 것 같아 몇 번 실패한 끝에 받아 적었다고 한다. 우리 어르신 상태가 그리 좋지 않지만 이 니니 뭐라는 것에 대해 자주 언급하시니 혹시라도 도움이 될까 싶어서, 아마도 친구분 성함이지 싶은데 뭐든 알게 되면 꼭 좀 연락 부탁드리며, 보호자분께서 조만간 한번 와주시면 좋겠다고도 말했다. 우선 토사곽란이라든지 호흡곤란 내지 심정지 등 위급 상황은 아닌 모양이라, 나는 멀리 출장을 와 있다고 둘러댄 다음 니니 뭐에 대해 알아보고 나서 조만간 다시 연락드리겠다고 통화를 마쳤다. 그러고 내려다보니 내 앞에는 꼭지를 딴 맥주가 김이 빠진 채 식어가고 있었으며, 차마 입에 넣지 못하고 잘게 찢은 버터구이 오징어 한 장은 거의 실 무더기가 되어 쌓여 있었다.

니니 뭐라는 건 반은 핑계고, 가끔 잔고 부족으로 요양비 자동 이체에 실패하곤 했던 요주의 인물의 근황 확인차 연락해봤을 거라는 생각도 들었다. 아닌 게 아니라 당장 작업실에서 그런 식으로 나와버렸으니 매달 송금부터 걱정해야 했다.

그걸 걱정이라도 할 정신이 남아 있는 동안은 차라리 나은데, 적지 않은 자식들이 송금을 끊고 잠수를 탄다. 그런 경우를 대비해 국가 책임 케어 제도가 있긴 하나 해당 분야 예산은 화수분이 아니며, 세금을 지불할 능력이 되는 인구 자체가 꾸준히 줄었고 국가 제도를 악용하는 이들은 늘었다. 입소 시 친인척 연대보증, 원비 납부가 이루어지지 않을 시 삼진아웃제, 재산압류와 출국금지 등 여러 안전장치가 서류상으로는 있으나, 혼인과 출산이 거의 이루어지지 않는 상태에서는 친인척 관계망을 기대하기 어렵고, 압류할 재산마저 없는 자식은 부모를 보내놓고 자살하거나 아무 짓이든 크게 저질러서 교도소행을 택한다. 바닥을 드러낸 지 오래인 국가요양보험으로는 병든 노인들에게 지속적으로 투입되는 비용을 감당하기 어렵고, 요양보호기관 종사자들은 비바람 속에 노구를 끌고 나와 정부 지원을 요청하는 시위를 벌인다. 이때 뭐가 뭔지 모르고 어리둥절한 표정으로 보호사의 손에 끌려 나온 거동 불편한 노인들 예닐곱 명을 카메라에 잘 담기게 앞세우며, 자식이 혹은 배우자가 버리고 도망간 노인들을 국가가 지금 수준 이상으로 구제해주지 않으면 요양원 문을 닫을 수밖에 없다고 호소한다. 지원금으로 구해줄 수 없다면, 버려진 노인들 가운데 본인 희망자에 한해서만이라도 안락사를 허용해달라고 요구한다. 그러나 만일의 경우 본인 희망이라는 것을 어떻게 확인할 수 있느냐, 사리 판단이 어렵거나 의사표시가 불가능한 노인들의 손을 잡아끌어다가 지장을 찍게 만들지 누가 아느냐는 시민단체의 반박 시위가 건너편에서 벌어진다. 또 한편에서는 하느님이 주신 생명을 거두는 일은 하느님만이 하실 수 있다는 종교단체의 기도 낭독과 찬송가를 동원한 집회가 진행 중이어서, 시위대는 아수라장의 삼각형을 이룬다. 정부에서 답을 내놓지 않은 채 시간이 흐르자, 각 방에 노인들만 남겨두고 원장과 사무장 등 직원들이 야반도주한 곳들도 있다. 노인들이 문을 열고 거리로 어슬렁거리며 쏟아져 나와 차량에 받히거나, 반대로 문을 잠그고 도망간 경우 안에서 실화 등의 대형 사고가 발생하여 전원 질식사하기에 이르러서야, 운영자들이 사라졌다는 사실이 알려지곤 한다. 이때 AI 소방관들이 생체 신호가 감지되는 곳마다 돌파하여 구조 작업을 벌이는데, 구해내는 생명은 주로 근처에 숨어 있던 강아지나 고양이다. 인간 소방관의 평균 나이는 58세이며, 간혹 투입되는 30대 중후반의 젊은 소방관들은 자신을 향해 집중포화 사격에 가깝게 쏟아지는 모든 잡무와 육체적 격무를 견디지 못하고 퇴직하거나 자살하는데, 이는 소방관뿐만이 아니라 노동 분야 전반에 걸쳐 나타나는 현상으로, 마흔 중반을 바라보는 나도 어느 한 분야에서 일가를 이루기는커녕 여태 실장 직속 따까리였다.

요양기관의 재정난으로 인한 안락사 허용 요청을 둘러싸고 벌어지는 장면들을, 나 어릴 적 몇몇 디스토피아 SF를 보면서 막연히 짐작했던 것보다는 그나마 나은 상황이라고 여겨도 될까? 나는 (한 살이라도) 젊은 사람들이 노인 돌봄의 비용을 치르지 않고 도망가면, 그다음 수순은 각각의 노인에게 한 달쯤 유예를 둔 다음─자식이나 배우자가 정말 사정이 급했다든지, 본의가 아니었는데 조난이나 재난으로 연락이 두

절된 곳에서 사고를 당했다든지, 우리 할머니 세대의 용어를 빌리자면 어디 딸라빚이라도 내러 다녀오는 수도 있을 테니까—정부 주도하에 나이순 혹은 건강순대로 솎아내어 약물 주사로 세상과 작별을 고하게 할 줄 알았다. 아니면 솎아낸 노인들을 무인도에 갖다 버림으로써, 최소한 직접적인 살해에 가담하지는 않았다고 주장하며 대야에 손을 씻는 퍼포먼스를 보이는 본디오 빌라도처럼 나온다든지. 그런데 이때 무인도라는 이름의 하치장에 영문 모르고 버려진 노인들은 자연 속에서 피치 못하게 서바이벌 비슷이 뛰어다니며 살아남는 동안 오히려 그전보다 건강해진다는 설정과 내용의 B급 코미디 영화가 있었고. 그걸 보면서 엔딩 크레디트 너머의 좀 더 현실적인 결말을 떠올린 관객이 나만은 아닐 텐데, 아무리 폐활량이 좋아지고 외피가 단단해진들 모두가 므두셀라의 자식인 것은 아니며, 설마라도 생존이 안정적인 단계에 접어들 때쯤 해서는 조금 더 건강한 노인과 불건강한 노인 사이에도 권력 구도가 형성되겠고…… 너는 누구의 라인이냐, 하면서 반목과 질투와…… 그런 영화가 현실이라면 엄마는 거기서 어떤 역할을 맡게 될까. 여든일곱을 넘었고 나를 가끔만 알아보는 엄마. 타오르는 불꽃과 피어나는 꽃을 구분하지 못하고, 태워서 몸을 녹일 나뭇가지 하나 주워 올 수 없을, 먹어도 되는 열매와 먹으면 죽는 열매를 구별하지 못하여—이건 사실 젊고 건강한 사람에게도 쉽지 않은 미션이긴 하지—아마도 극 초반에 어느 허방에 빠지거나 벼랑에서 떨어지거나 여러 방식 가운데 한 가지로 퇴장당하고 말, 조연 이하의 존재. 웬만하면 메스를 잡아서는 안 되지 싶은 늙은 의사가 홀로 진료하던 지역 유일의 산부인과에서 꼭 지금 내 나이 때 나를 낳지 않고 혼자서 자유롭게 날아올랐다가 사라졌어야 마땅할, 나의 엄마. 이 생명을 부여했다는…… 이런 세상에 토해냈다는 사실에 대해서만큼은 그리 고맙지 않은, 나의 엄마.

그런 엄마가, 쉽지도 않은 발음을 여러 번 해가면서 찾는 존재가 있다고 한다. 만약 장소나 사물 아닌 사람 이름이라고 한다면, 은인을 찾는 건지 원수를 갚겠다는 건지는 두고 봐야 알겠지만, 이 경우 보통은 은인 쪽에 베팅하는 본능 또한 젊은 자식의 선입견에서 비롯한 것일까. 사람이 아무렴 눈에 흙 들어가기 전에 세상을 붙든 손아귀의 악력도 빠져나가고 웬만한 건 초탈하게 되겠지, 마디마다 바람구멍이 나서 몸의 형태를 간신히 유지하는 뼈와 축 늘어진 근육 그 어디에, 원한이라는 강렬하고도 에너지 소모가 심한 감정이 들어설 자리가 남아 있겠나 싶은 단견 말이다. 나만 해도 실장에게 글루건 말고 딱히 던진 게 없을 만큼, 증오보다는 연민과 허무에 가깝지 않나 싶은 마음으로 돌아 나왔는데.

니니코라치우푼타.

도저히 알 수 없어서 무언가의 암호인가 하고 slslzhfkcldn vnsxk를 입력해보았지만 결과물은 검색되지 않았다. 하긴 해묵은 역사 속 한 페이지의 암호라면 몰라도 어느 집단에서 실제로 사용 중인 약속이라면 인터넷에 쉽게 나올 리 없지. NINICORACHIUPUNTA라고 검색함은 물론 C의 자리에 K도 넣어보고, P의 자리에 F나 PH를 대체해보기도 하면서 경우의 수를 체크했다. 엄마가 나를 낳기 전 몸담았던 학회의 이력과 근황을 살피고, 여행이나 세미나 발표차 다녔던 몇 개국의 위성지도를 클릭하며 비슷한 발음의 지명이나 인명이 있는지 둘러보았다.

그렇게 소득 없이 닷새를 까먹는 동안 실장한테서 세 번 문자가 왔다. 첫번째는 너 지금 나랑 뭐 하자는 거냐? 두번째는 너 내가 한 번은 접어줄 테니까 좋은 말로 할 때 튀어나와라. 나더러는 동작이 굼떠! 손놀림이 형편없어! 감각은 제로! 빤히 있는 경화제도 비율 맞춰 못 섞네 실린더 눈금 못 읽지 눈 어디 달렸냐 할 줄 아는 게 뭐가 있다고 여태 붙어 있느냐며 사흘거리로 모욕을 주던 실장이, 어지간히 일손이 아쉬운가 보았다. 외주가 하나 더 들어왔든지 공연을 한 편 더 맡게 됐든지 나 알바 아니니 재주 있고 감각도 뛰어난 사람들과 잘해보시라고, 마음속으로만 답장을 보내고 실장의 번호를 차단하려는데 세번째가 도착했다. 두번째로부터 이틀이 지난 뒤였다.

미안하다.

본말 생략하고 그 한마디였다. 그걸 보는 순간 아무렇게나 던져진 묵직한 닻이 배 속에 쿵 떨어져선 내장을 갈고리로 찍어 움켰다. 지난 몇 년간 그리 낯설지 않은 흐름이었다. 죽지 않을 만큼만 태엽을 감는 방식. 너 많이 생각해서, 너 잘되라고. 작업실 분위기나 기강이 흐트러져선 안 되며 다른 팀원들한테 본보기가 되어야 하니까. 우리의 관계가 진행에 영향을 주지 않도록. 작업의 성과와 무관하게 네가 편애를 받는다는 부당한 억측을 사지 않기 위해서라면, 나는 얼마든지 악역이 될 수 있어. 그렇게 말하면서 그는 난바다를 표류하는 조각배 같은 내 몸에 한 점의 전조등 불빛을 들이댔다. 피부에 녹여 붙인 오블레이트 위에 라이닝 컬러를 입힐 때만큼이나 섬세하게. 배우의 얼굴로 알지네이트 본을 뜰 때처럼 조심스럽게. 그러나 그 어떤 명분이라도 어느 정도껏이어야 했다. 태엽을 감아주기를 너무 오랫동안 잊고 방치한 시계는 멈추게 마련이고, 나는 그에게 훈련을 받아야 하는 어린 도제가 아니라 수당만큼 일하는 한 명의 직원이었다.

그때 전화벨이 울려서 바로 차단하려고 집었더니 액정에는 실장 아니라 사무장의 번호가 떴다. 이렇게 일주일 사이로 바투 연락을 주는 건 엄마에게 무슨 일이 있다는 뜻이지 싶어 불안과 초조…… 그보다는 번다한 마음으로 받았다. 보호자분, 알았어요! 사무장의 목소리는 약간 들떠 있었다. 이유나진 할머님이 말씀하시던 게 뭔지 알았어요. 이제 보호자분이 오셔서 얘기만 들어주시고 적당히 조치해주시면 좋을 것 같아요. 니니코라치우푼타의 정체가 뭔지, 인내와 자애로 점철된 돌봄 노동 끝에 마침내 들었나 보다. 이제 됐다, 뭐라도 알면 그나마 찾기에 한시름 덜었다고……

할머님 어렸을 적에 만난 외계인 이름이래요.

……정말이지 하나도 되지 않았다.

할머니 세대의 흑백 소년잡지 만평 꼭지에서는, 당시로부터 오십여 년만 지나면 누구나 하늘을 나는 자동차를 타고 다니고 사람의 생각을 읽어내는 기계가 나오고 사람과 로봇 사이에 자유로운 대화가 가능하며 알약 하나로 식량을 완전 대체하는 한편 사람은 과거와 미래로 자유롭게 시간여행을 한다는 등의 미래 예상도를 그렸다. 소년 소녀의 상상력을 자극한다는 단순한 목적으로 기획한 꼭지라서 어느 정도 과장되었음을 감안하더라도, 고전소설이나 영화에서 이미 수없이 변주된 상상인 만큼, 막연하게나마 그런 시대가 오리라는 진심 또한 담겨 있었을 터다. 그러나 할머니가 돌아가시고 엄마가 장년에 접어들었으며 내가 취학 연령이 됐을 때쯤, 사람들은 하늘을 나는 자동차가 이론상으로도 기술적으로도 완성된 지 한참이지만 그것이 평범한 소시민들 사이에서 상용화되기에는 요원하다는 현실을 인정했다. 과학은 무언가 경이로운 것을 만들어낸다고 다가 아니라 그것의 지지 기반이 될 연료 문제와, 그것을 감당할 환경 조건과, 무엇보다도 새로운 교통법 제정 및 교통에 대한 패러다임의 전면 수정 재편 같은, 오랜 시간과 큰 비용과 사회적 합의 등이 결부된 총체적 시스템의 문제라는 것을 말이다. 로봇은 그 부담스러운 부품과 무게 등의 요인에 따라 이족보행 대신 두 다리를 없애고 슬라이딩 보행 시스템을 채용하여 조금이라도 예산을 절약하는 게 보통이었고, 단순 반복 노동을 빠르게 대량으로 처리하거나 시민들에게 매뉴얼에 따른 행정 안내를 하는 편의 제공에 쓰이지만 철학자와 형이상학에 대해 심도 있는 토론을 하라고 대학 강단에 보내기는 어려웠으며, 설령 기원전부터 누적된 방대한 철학(과 수학과 사회학과 아무튼 그 모든) 데이터를 주입하여 그게 가능한 걸 만들었다 하더라도 성과(돈)가 나지 않으면 투자처가 떨어져 나가기 일쑤여서, 후속 연구로 이어지기 전에 중단 폐기되곤 했다. 알약으로 식량을 대체하기는커녕, 사람들은 입에 들어가서 죽지 않는 거라면 뭐든 발굴하여 요리로 개발한 끝에 재료와 장소의 분위기 및 비주얼과 서비스에 비싼 값을 치르고 먹어댔다. 시간여행 역시 빛의 속도보다 빠른 입자와 우주적 규모의 거대 질량 에너지 공급이라는 문제가 해결된다면 가능했다. 꼽아놓고 보면 그 예상도들 가운데 무엇도 비현실적이지는 않았고, 그저 모든 인류의 피부에 평등하게 닿을 수 없어서 얼핏 미답지처럼 보일 뿐이었다. 그것들을 현실로 만들 기회가 돌아가는 쪽은 개발을 감당할 수 있는 국가. 그 안에서도 고가의 비용을 망설임 없이 치를 수 있는 일부의 재벌.

그러니 외계인 또한 우주 곳곳에 존재하고 지구에서도 그들과 어느 정도의 비언어적 신호를 주고받을 수 있으며 특별한 과정을 거쳐 선발된 소수의 건강하고 용감한 우주인들이 초국가적 프로젝트를 통해 직접 그들을 목격하러 갈 수도 있음을 이제는 누구도 의심하지 않지만, 그 무수한 우주 행성들과 지구를 직접 잇는 공간 이동 양자 통로가 설치되지는 않았으며, 외계인이 비행접시를 타고 무사히 대기권을 돌파하여 지구를 제집 드나들듯이 한다거나 몇 종인지도 짐작할 수 없는 외계 행성어 번역기가 개발되어 지구인과 의사소통을 함으로써 친구가 된다든지 적으로 돌아선다든지 식민지로 삼는 등의 본격적인 교류까지는, 아직 상상의 영역으로 있다.

엄마는 어렸을 적 무슨 영화나 소설을 보고 꿈속에서 외계인 친구를 만났을까. 그래봤자 「ET」나 「화성 침공」, 파충류들이 떼 지어 나오는 「V」 시리즈 같은 걸 텐데. 하긴 라인업이 그 정도만 되어도 꿈에서 만나기에는 충분하지. 우선 애써 붙여준 그 이름의 내력이 있다면 그걸 들어나 주는 게 좋을 것 같아, 이튿날 요양원 방문 예약을 잡기 위해 사무장과 통화하면서 창밖을 내다보았다. 이층 원룸의 창 아래로 현실의 풍경이 느릿느릿 지나가고 있었다. 할머니와 엄마가 막연히 짐작했던 미래에는 포함되지 않았을 게 분명한 장면들. 우리에게 실제로 닥쳐온 미래는 재해와 기근과 신종 바이러스의 주기적 출몰이 고착화된 세계에서의 각자도생과, 인류가 더 이상 인류를 이어갈 이유를 찾지 못하면서 그 진행에 가속도가 붙은 초고령사회 정도였다. 서바이벌이 일상이며 러시안룰렛이 복권이 되어버린 상황에서 극도로 예민해지거나 미쳐버린 사람들이 늘어나는 동안, 자신에게 정신감응이며 물건 이동 같은 초능력이 생겼다고 믿는 이들도 많아졌다. 수많은 고전 영화에 박제된 액체 금속 병기나 우주 터널 같은 문명의 포화(砲火)가 현재에 퍼부어지지 않은 대신, 좀비나 괴수 떼가 창궐하지도 않는―환경오염으로 뭍에 올라온 이형 생물들은 간간이 있었지만 크기든 개체수든 군부대가 그때그때 진압 가능한 수준이라 오히려 안쓰러웠다―점은 그나마 다행인 건가. 뭐가 됐든 인류에게 실제로 도착한 미래는 눈부심이나 편리함, 신비와는 거리가 있었고―어쩌면 아직 오지 않았기 때문이 아니라 언제까지나 오지 않을 것이기에 미래라는 이름이 붙었을 테지―대부분의 평범한 사람들에게는 해당 사항 없음이었다. 외계인 한두 팀이 지구에 불시착한들 임팩트 있는 이벤트 정도에 불과할 테며 삶이 획기적으로 달라지지 않는다는 사실쯤, 당장 외계인을 만났다고 주장하는 엄마의 만년만 보아도 알조다.

아니에요, 내가 붙여준 이름이 아니고 그 애가 자기 입으로 가르쳐줬어요. 원체 처음 들어보는 말이다 보니 몇 번이나 공책에 꾹꾹 눌러서 옮겨 적고 지우고 다시 쓰고, 얼마나 소리 내서 발음해보았는지 몰라요. 음소 체계부터가 인간의 것이 아니라 일종의 진동이라고 해야 하나, 의식의 직접 전송이라고 봐야 하나 모르겠는데, 웅웅거리는 소리가 내 귀에 닿기론 뉘에― 뉘에― 체에― 하는 식이었거든요. 한번 들어선 잘 모르겠으니까 니니카라츄푸나? 니니쿠라지우푼차? 하는 식으로 반문하면 그 애가 고개를 저어가면서 정정해줬어요. 그렇게 발음을 하나하나 완성한 다음에 조립해서 니니코라치우푼타? 하고 물었을 적에 그 애가 마침내 고개를 끄덕였어요. 그 이름은 무슨 뜻인지 묻고 싶어도 말이 통하지 않으니 물을 수 없고, 설령 알려주었던들 내가 알아들을 수도 없었겠지요. 하지만 이것은 무슨 뜻이냐, 고 따지는 것도 이제 와서 보자면 지극히 우리 중심적인 사고예요. 나를 이해시켜봐라. 모두를 설득하지 못하면 그것은 무의미하고 따라서 소용없는 것이다. 그렇잖아요? 하지만 외계의 언어를 우리의 사고 체계에 끼워 맞춰 이해하겠다는 것부터가 너무 오만이다 말이지요.

비록 숨이 차서 몇 어절마다 한 번씩 띄엄띄엄 쉬어 가느라 시간이 걸리기는 했지만, 엄마가 이렇게 오랫동안 조리 있게 말을 이어가는 모습을 몇 년 만에 보는 것 같다. 방에 들어왔을 때 나는 엄마 딸이야, 딸, 늙어가는 딸! 몇 번을 얘기했지만 엄마의 세계는 나를 낳기 전으로 돌아가 있는 것 같아서 그만두고, 대신 항공우주조사국에서 나온 조사원이라고 소개했더니 이렇게 입을 열어준다. 처음에는 조사원이라는 말을 못 알아들었거나 그 의미를 구체적으로 이해하지 못하는 것 같아서 공무원! 공무원이라고요! 하니까 그제야 고개를 끄덕였다. 할머니 친구 얘기, 자세히 듣고 싶어서 왔어요! 여든 무렵의 엄마에게 목청을 높이던 것과 비슷한 데시벨로 말했는데, 엄마는 의식뿐만 아니라 청력도 어린 시절로 돌아가기나 한 것처럼 손사래 치며 웃었다. 아유 나 귀 안 먹었어. 내천천히 들려줄게 거기 좀 앉으셔요. 이런 엄마의 모습을 한번 더 눈에 담을 수 있다는 사실만으로도 니니 뭐라는 것에게 고맙고 이제 그것이 외계인이든 고양이든 햄스터든 중요하지 않으며, 내가 엄마의 이야기를 듣고 잘 반응해주는 것이 관건이다…… 그러나 엄마가 들려주는 이야기는, 입소 전 상태를 고려하면 기적에 가까울 정도로 유창하지만 의외로 내용은 심심했는데, 어디서든 만 번쯤은 들어보고 더는 우려낼 사골조차 남지 않아서 이제는 무언가의 오마주로서가 아니면 갖다 쓰기도 민망한 클리셰로 정착된 듯싶은 화소의 조합으로 이루어져 있었으므로, 엄마가 예전에 본 영화들의 주요 장면을 죄다 뒤섞은 걸 두고 자신의 기억이라고 믿는 것처럼 보였다. 비록 작화증이라고 하더라도 오래된 영화의 스토리를 기억한다는 것 자체는 긍정적…… 이라고 봐도 되나.

그렇게 이름을 교환한 것 말고는 서로 대화가 도무지 안 됐지만, 별로 상관은 없었어요. 우리는 둘 다 손이 있으니 마주잡을 수 있고, 입이 있으니 웃을 수 있었거든요. 그거면 된 거 아닌가? 그 애가 머물다 간 일주일 동안, 나는 살아 있는 존재라면 꼭 소리 내지 않더라도 얼마든지 의사를 표현할 수 있다는 사실을 알게 됐어요. 그래서 그 애의 손짓 발짓만 보고도, 계산 값이 안 맞아 뿔뿔이 흩어져 착륙했던 자기 친구들과 간신히 통신이 닿아서 안심했다는 사실을 알 수 있었어요. 표정과 눈빛만으로도, 이제 곧 떠나야 할 시간이라는 걸 알았고요. 그도 그럴 게, 당연하잖아요, 사람 사는 땅에 환경도 안 맞는데…… 내가 이다음에 공부 열심히 해서, 훌륭한 사람 되어가지고 너의 별로 찾아갈게, 라고는 했는데 내가 말해봤자 우리말이니까 그 애가 알아들을 리는 없었고. 그래도 두 가지 장면만은 기억이 선명하네요. 배고플 텐데 사람 먹는 김밥이나 떡볶이 이런 거 주면 괜히 큰일 날 거 같아서 브이팔이었나 토마토 엄청 든 거 그거, 채소주스 캔을 하나 따 줬더니 그게 좀 시었나, 한 모금 물자마자 바로 뿜어서 내 얼굴에 다 튀었어요. 정말이지 그때 엄마랑 아빠가 다 병원에서 며칠씩 밤을 샜으니 망정이지 집에 부모님 있었어 봐, 그거 숨기지도 못하고 어떻게 했을지 모르겠네요. 하지만 처음에만 좀 낯설어하고 나중에는 앉은자리에서 몇 팩을 마셔도 탈이 안 나더라고요. 화장실은…… 잘 모르겠어요. 사용 안 한 것 같아요. 며칠씩 같은 집에서 지냈는데 어디다 뭘 싸는 것도 못 봤고. 그렇게 마신 거 다 어디로 갔을까. 하긴 인간하고는 소화기관이 다르게 생겼을 테니까요. 잠은, 내가 피곤해서 자니까 옆에서 그냥 같이 자주는 느낌이었어요. 눈떠보면 항상 일어나서 창밖을 보고 있었거든요. 그러고 보면 생리작용 자체가 딱히 필요하지 않았다는 느낌이라고 해야 할까요.

엄마가 그 나이쯤 엄마의 동생, 즉 지금은 돌아가신 내 이모가 태어났으므로 부모님이 병원에서 밤을 지새웠을 개연성은 있는데, 방치 학대가 아니라면 어린아이를 집에 혼자 둔 채 부모—나의 외할머니와 외할아버지가 그렇게 며칠씩 부재중이었을 성싶지 않았고, 그걸 포함하여 태클을 걸 구석이 한두 군데가 아니었지만 나는 일단 두번째 장면 얘기를 기다렸다. 증상 진행에 따라 상당 부분 잃었던 낱말과 문법들을, 악마와 계약하여 일시적으로 회수해 오기라도 한 것 같은 상태에 몇 분이라도 더 오래 머물고 싶었다. 지금 엄마는 한창 바깥 활동이 왕성했던 시기, 한 손에는 마이크 다른 손에는 보드 마커를 쥐고 강단에 서서 대학 신입생들에게 교양 과목을 강의하던 무렵과 비슷하게 말하고 있었다. 이런 엄마를 공연히 논리로 쏘삭여서 현실로 돌아오게 해서는 안 되었다.

그리고 다른 하나는, 떠나기 바로 직전쯤 해서요. 우리의 손짓 언어를 가르쳐줬는데 어찌어찌 그 의미를 알아들은 것 같아서 기분 좋았다는 기억이 남아 있어요. 이건 비밀이야, 네가 다녀갔다는 건 평생 나만 알고 있을게, 하는 거 있잖아요. 처음에는 손가락을 이렇게 입에 대고, 쉬…… 쉬…… 했는데 무슨 뜻인지 모르는 것 같았어요. 그래서 비밀, 아무한테도 말 안 해! 하곤 이렇게 두 손바닥을 겹쳐서 내 입을 딱 막고 도리도리. 그랬더니 그 애도 손으로 자기 입을 막고 고개를 가로젓더라고요. 얼마나 고개를 흔들어댔는지 나중에는 나도 어지러울 정도였는데 그 애는 생각해보면 자기 살던 별이랑 중력도 달랐을 텐데 그걸 그대로 따라 흔들어줬으니, 그 정도로 의미를 이해했다는 거 아닐까요? 비밀…… 지킨다고 했는데, 결국 이렇게 됐네요. 하지만 그로부터 칠십 년도 넘게 지났으니까 뭐. 관공서의 주요 문서 기밀 유지 연한이라고 해도 칠십 년이면 충분하지 않을까요? 그쪽도 나 잊어버렸을지 모르고, 설령 다시 온다 한들 얼굴이 이렇게 변했으니 못 알아볼 테고.

이렇게 보면 엄마는 자신이 여든 살도 넘었다는 걸 아는 모양이었고, 다만 나를 낳은 과거만 엄마라는 책의 페이지에서 누락된 것 같았다. 엄마의 이야기는 거기서 일단락이 된 모양이었고, 나는 방 안이 침묵에 잠기는 것이 어색하기도 한데다 약 기운이 떨어졌는지 스위치를 내린 것처럼 엄마의 표정이 어두워지는 게 마음에 걸려서 아무 말이나 걸었다. 단지 당신의 기억에 관심 갖고 있음을 표명하기 위한 수단이었을 뿐인데, 그것이 내 무덤 파는 일이 될 줄은 모르고.

그래서…… 그 니니코라치우푼타라는 친구는 어떻게 생겼나요?

그러자 딴 데를 멍하니 보면서 한참 다른 생각을 하는 것 같던 엄마는 갑자기 내 손을 덥석 붙들고 이렇게 말하는 것이었다.

그러니까 공무원 양반이 그 애를 대신 좀 찾아와주세요. 내가, 이, 이유나진이가 보고 싶어 하더라고. 다만 보더라도 실망하지 말라고. 아주 폭삭 늙었다고도 미리 말해주세요, 걔들이 늙었다는 개념을 이해할진 모르겠지만. 요즘은 과학이 엄청나게 발전했잖아요? 못하는 거 없잖아요. 외계 행성하고 통신도 다 되잖아요. 안 그래요? 다만 그 애가 사는 행성이 어딘지 모른다는 게 문제인데……

아무리 생각해봐도 문제는 그게 아닌데, 엄마는 내가 승낙해주지 않으면 바로 여행용 트렁크라도 꾸릴 기세였다. 저기 할머님, 잠깐만요. 우선 앉아서 말씀을…… 아니 그보다 우리 과학이 아직 그렇게까지…… 그러나 엄마의 눈빛은 이미 지구를 떠나 미지의 행성 주위를 공전하고 있었다.

죽기 전에 꼭 한 번만 다시 만나고 싶어요. 너무 위험할까요? 하지만 이제 그 애가 사는 별도 우리가 사는 곳만큼은 문명이 발달하지 않았을까요? 예전보다는 안전한 방식으로, 어쩌다 보니 뜻밖의 결과가 아니라, 빈틈없는 좌표 계산에 따라서 와줄 수 있지 않을까요? 불러주세요. 꼭 약속해주세요.

할머님, 저는 아주 말단 사원이고 임시직이라서요. 그런 능력도 안 되고 권한이 없어요…… 그러나 이 대목에서는 엄마가 말단 사원은 이해했는데 임시직을 못 알아들었다. 항공우주조사국 얘기를 꾸며낸 건 나의 실수였다. 엄마의 행성이 되어줄 수 없다면, 우주적인 사이즈의 사기는 치지 말았어야지.

현장에서는 사양이 뛰어난 컴퓨터만 있으면 그래픽 후가공을 통해 그 어떤 형태의 크리처라도 만들어낼 수 있었다. 날이 갈수록 배우들의 섬세한 연기력과 풍부한 상상력이 필요해졌을 뿐이다. 배우들은 하나도 놀랍지 않게 생긴 주연배우를 보고 세상에서 가장 무서운 괴수를 목격한 것처럼 비명을 지르며 도망쳐야 했으며, 텅 빈 스튜디오 벽을 보고 범접 불가능한 우주선의 위용에 압도당한 표정을 지어야 했다. 이때 고개를 드는 높이나 시선 처리도 중요했는데, 인건비와 시간만 넉넉하다면 그런 사소한 부분도 후보정으로 편집할 수 있었다.

우리는 어쩌면 마지막 세대일지도 모를, 소수정예로 명맥을 이어가는 아날로그 방식의 특수분장팀이었다. 괴수와 외계인이 등장하는 영화에서는 더 이상 우리를 필요로 하지 않았다. 주연배우가 한 테이크를 촬영하기 위해 영하의 날씨에 코도 못 풀고 여덟 시간 동안 꿈쩍 않고 앉아서 분장했다는 촬영 에피소드는 이제 없었다. 분장 일을 하던 선배들은 개인 미용실이나 메이크업 학원을 차려서 젊은이들이 특별한 기념일에 주문하곤 하는 출장 화장을 했지만 결혼식 자체가 많지 않다 보니 수입은 신통치 않아서, 별도로 엠바밍 기술을 배워 장례업체에 시신 화장을 하러 다니기도 했다. 결혼하는 사람이나 태어나는 사람보다는 아무래도 죽어갈 사람이 더 많은 시대의, 어찌 보면 당연한 초상이었다. 젊은 세대는 진작 컴퓨터그래픽 분장으로 방향을 바꿨는데, 3D로 구현한 분장은 한번 레이어만 제대로 짜놓으면 그 데이터를 수많은 각도로 변용해서 쓴다는 점에서 수작업으로 직접 재료를 댈 때에 비해 인건비가 상식 이하로 후려쳐지는 바람에, 자연히 더욱 많은 일을 문어발식으로 받아 진행하는 동안 작업의 퀄리티가 떨어지거나 건강을 해쳤다. 한편 우리 사무실은 텔레비전 드라마로 대하사극을 만드는 프로덕션과 외주 계약을 맺어서 출장 분장을 나가는 일거리가 요즘도 간간이 들어왔다. 고난도의 괴수 얼굴은 그래픽으로 만드는 게 대세지만, 등장인물의 대부분이 옛 시대의 의류를 입고 수염을 붙이는 사극에서는 여전히 분장팀의 손길을 빌리는 쪽을 선호했다. 그 외에는 아직까지 멸종하지는 않은 연극과 뮤지컬 무대, 음악회 연주자들의 메이크업 정도. 보는 사람과 출연자 사이에 어떤 액정 차단막이나 시각 보조장치가 존재하지 않는 라이브 현장 위주로 뛰어다녔다. 시드는 법 없으며 향기까지 구현해낸 4D 꽃이 인기를 끌어도 생화를 주고받는 사람들이 있는 한 화훼 농장이 완전히 소멸되지는 않듯이, 살아 있는 사람이 존재하며 그 사람을 눈으로 직접 보고 싶어 하는 사람들이 존재하는 한 분장 자체가 없어지는 않을 터였다. 그러나 구세대의 주요 수입원이었던 영화 현장을 거의 컴퓨터그래픽에 넘겨주었으니 '특수'분장실로서의 정체감은 없는 거나 마찬가지였다.

태블릿에 급하게 스케치한 것을 한 장씩 터치하여 넘겨가면서 작업실 후배의 전화를 받았다. 어, 그래. 별일 없니? 실장님이 전화해보라고 하신 거지? 내가 네 연락은 안 피하고 받을 걸 잘 아셨나 보네. 그때 한창 바쁜 타이밍에 던지고 나와서 미안했다. 무슨, 너 같았어도 그러긴 뭘 그래, 퍽이나. 그 공연까지만 딱 마치고 폼 나게 그만둘 예정이었는데…… 너희한테 좋은 모습 못 보여준 게 맘에 걸려. 그러게, 네 말마따나 내가 좀 미련하게 오래 참긴 했다. 실장님이 너무 그 좀, 너희 들어오기 전부터, 나 원년 멤버라고 더 편해서 그렇다 하는 핑계도 하루 이틀이어야 말이지. 어, 내 걱정 안 해도 돼. 그냥 정신만 좀 없어, 어머니 상태가 약간 그래서…… 정말? 바로 퇴사가 아니라 휴가로 처리했어? 웬일이래. 총무님은 뭐라는데? 아이고…… 알았어, 그건 나중에 내가 따로 통화할게. 그런데 언니가 너한테 물어볼 게 좀 있다. 지금 공연 하나 끝났고, 바로 다음 이어서 들어가는 거 없지? 작업실 며칠이나 비어 있을 거 같니? 비밀번호 안 바꿨고?

작업실은 바로 오늘 아침까지 밤샘 작업이라도 했던 것처럼 훈기가 돌고 있었다.

할머니가 말년까지 즐겨 보던 막장 드라마의 시절 같았으면, 나는 아무 진열장이나 열어도 충분한 용량이 발견될 법한 시너를 꺼내서 바닥에 부어버린 다음, 작업실을 전소시킬 거였다. 그것이 실장에 대한 합당한 보복이라도 되는 듯이, 사방에 널린 두상에서 인조 머리카락이 타는 냄새를 맡으며, 아세톤과 콜로디온 등 각종 재료가 폭발하는 한가운데서 장렬히 전사함으로써 시청자에게는 말초적인 자극을 제공하는 한편, 입 대기 좋아하는 평론가들의 몫으로는, 필사의 자세로 손을 써서 무언가를 하는 시대에 종말을 고하며 세상 어디서도 경건한 노동과 진중한 예술의 승계가 더 이상 이루어지지 않으리라는, 절망적이면서도 씁쓸한 메시지를 남겨둘 터였다.

그러나 나는 현실을 살아가기 바쁘고 그럴 위인이 못 되었으므로, 허튼 가정은 접어둔 채 서둘러 외투를 벗고 앞치마를 둘렀다. 익숙한 위치로 무심코 손을 뻗어 온갖 잉크와 재료로 오염된 팔 토시를 집다가 문득 떠올랐다. 실장님이 선배 물건 치우지 말고 그대로 다 놔두라고 했어요…… 후배 말만 들었을 때는 믿기 어려웠고 네가 직접 기어 나와서 집어가라는 실장의 뜻인가 싶었는데, 내 작업대가 정말 남아 있었다. 어지럽게 널린 실이나 작은 금속 등의 재료들이 수습되어 도구 상자에 담겼고, 뛰쳐나가기 전에 한창 작업 중이라 분명 열어두었을 잉크병마다 뚜껑이 닫혀 색상별로 정리되어 있었다. 새로운 프로젝트만 있다면 앉은자리에서 바로 본격 작업에 들어가도 될 정도였다. 이 정신 사나운 걸 눈치 봐가면서 정리했을 막내에게는 나중에 따로 밥을 사야겠다고 생각하며 태블릿부터 꺼냈다.

엄마의 기억과 말에만 의존하여 스케치한 외계인 얼굴만 마흔 장 넘게 나왔다. 그래도 색상만은 일관되게 보라와 녹색 조합이라고 했고, 인간과 같은 머리카락이 따로 없었다는 것도 처음 진술한 뒤로 바뀌지 않았다. 다만 귀와 코, 눈과 입의 크기 및 모양은 말할 때마다 오락가락해서 그것들을 경우의 수만큼 짝지어 조합하느라고 스케치의 매수는 점점 늘었으며, 보라와 녹색이라는 데까지만 변함없고 각 색상이 차지하는 비율과 가로세로 등의 무늬 방향이 달라지기도 하여, 나중에는 내가 거의 디자인하다시피 했다. 그 모든 스케치—수배 전단이나 다름없는 몽타주를 넘겨서 보여주는 동안 엄마의 입에서는 어어, 지금 막 그거랑 좀 닮은 것 같기도 하고, 너무 빨리 지나갔네요, 앞에 넘긴 거 다시 봅시다, 오 그렇지, 이 느낌인가, 이렇게까지 쨍한 색은 또 아니었어요, 아니 아니, 이건 너무 입이 크네, 하는 식으로 훈수를 두는 말들이 쏟아졌다. 그 모든 특징이 뒤섞여서 결국은 아무런 특징도 띠지 않을 지경이 됐을 때쯤 나는 지쳤다는 티를 내지 않기 위해 노력했고, 그나마 이렇게 말할 수 있을 때가 좋은 법이라고, 이 시간이 지나면 이렇게 대화와 번복을 통해 하나의 존재를 함께 구성해나갔다는 사실조차 잊어버릴지 모르니까, 지금 많이 들어두어야 한다고 이를 악물며 웃었다. 뭐가 됐든 엄마는 이 세상에 존재하지 않거나 존재하더라도 실제로 만나기는 요원한 어떤 존재를 보고 싶어 하며, 그건 다행히 내가 어떻게든 할 수 있는 일의 범위에 속했다. 특수분장을 좀 오래 쉬긴 했지만, 감독과 배우들이 압도당하곤 했을 정도로 한때는 실감 나게 마스크를 만들었던 기억이, 손금 하나하나에 기원전의 고고학적 유물처럼 남아 있었다.

복병은 배우였다. 나도 이 바닥에서 짧지 않게 구른 편이니 내가 감당할 수 있는 수준의 페이에 연기를 해줄 배우를 알음알음으로 구할 수 있을 줄 알았다. 작업실에 오기 직전까지 사방에 전화를 돌렸는데 배우를 섭외하지 못했다. 거푸집에 주물을 부어 굳힌 무생물인 두상만 들고 가는 건 소용없었고, 사람의 얼굴에 작업해서 그 사람을 데려가야 했다. 대본도 없고 관객은 한 명뿐인, 언제 돌발 상황이 일어날지 모르는 요양원에서의 연기란 봉사 정신과 사명감을 필요로 하는데 이번 경우 사회복지센터가 아닌 나 개인의 일이니 배우의 필모그래피에 도움 되지 않으며, 알지네이트와 석고를 배우의 얼굴에 맞춰 발라야 한다는 조건부터 일차 장벽이었다. 몰딩 과정에서 그다지 촉감이 유쾌하지 않은 재료가 얼굴 전부를 뒤

덮는 방식이라, 콧구멍까지 틀어막은 게 아닌데도 피부가 폐쇄된 공포에 호흡곤란이 오는 배우도 있었다. 즉 배우 입장에서는 페이에 비해 투자하는 시간과 감정 소모가 적지 않았고, 경험이 부족한 이가 맡기에는 여러모로 부담스러운 일이었다. 지금 공연 스케줄 없이 쉬는 배우라도 대다수가 연기와는 무관한 아르바이트로 생계를 유지하는 형편이니 일을 몇 시간이나 빼달라고 하면 누가 들어줄까. 자세한 사정을 말하면 누군가는 기꺼이 나서줄지도 몰랐지만 엄마의 상태와 전후 사정 이야기를 너무 많은 사람에게 하기는 좀…… 그때 갑자기 작업실 철문이 열렸다.

서로 할 말을 잃은 채 그 자리에 서서 침묵이 흐르는 장면 위로 감정의 동요나 긴장감을 조성하는 BGM 같은 걸 끼얹는 드라마적 연출 따위는 없고 입구에서부터 실장이 너무 성큼성큼 다가오는 바람에, 선배가 뭘 좀 가지러 잠깐 들를 거라고 그에게 분명 언질을 주었을 막내에 대한 배신감을 느낄 새도 없이 나는 자리에서 일어났다. 실장이 멈춰 서서 기가 막힌다는 듯이 실소를 터뜨렸다. 얘기하자는 거야. 그거 내려놓고 하자. 그 말을 듣고서야 나는 한 손에 미개봉 상태의 유토 덩어리와 다른 손에 금속 주걱을 들고서 다소 역동적인 자세를 취하고 있음을 알았다. 저는 할 얘기 없습니다. 나는 유토는 내려놓았지만 그나마 일종의 무기처럼 보이는, 그러나 무기로서의 기능을 별로 기대하기 어려운 주걱은 여전히 들고 서 있었다. 혹시라도 현장과 일이 그리워서 내지는 다른

게 아쉬워서 내가 숙이고 들어왔다는 착각을 그쪽이 하지 않
도록. 좋아, 나만 말할게. 거기서 듣기만 해. 더 안 갈게. 나
는 만일을 위해 챙겨 온 대형 타폴린백을 열고 그 안에 재료
들을 쑤셔 넣으며 그를 외면했다. 제 돈으로 구입한 재료만
회수하러 온 거고 금방 갈 겁니다. 듣고 싶은 말도 없습니다.
아무래도 작업은 작고 허름하며 통풍이 잘되지 않아 화학약
품 냄새가 쉽게 배는 나의 원룸에서 해야 할 듯싶었다. 아래
윗집 민원이 들어오지 않아야 할 텐데…… 같은 고민 사이로
그의 목소리가 다시 칼치기 차량처럼 들어왔다. 내가 다 잘못
했고, 이 작업팀 전원 네 밑으로 돌려. 내가 옮길 테니까. 너
이렇게 그만둘 사람 아닌 거 알아. 나는 못 들은 척하고 각종
파우더와 폼 라텍스를 용기째로 가방에 넣었다. 그것 말고 원
하는 거 있으면 다 말해봐. 들어줄게. 몇 번 반복하여 익숙한
패턴이었다. a-a′-b-a. 나는 그 세월 동안 a와 a′를 오가다가
이제 겨우 b를 저지른 참이었는데 여기서 다시 a로 돌아가리
라는 것을, 누구보다도 내가 그러기로 선택하리라는 것을, 질
리지도 않고 감정적 착시 상태를 잘도 유지하는 나 자신의 심
장이야말로, 도저한 환멸의 화살이 꽂힐 과녁이라는 사실을
잘 알고 있었다. 자연스럽고 매끄러우며 듣기에 부담 없다고
간주되는, 분위기의 조화와 감성의 화해를 종용하는 빌어먹
을 악곡의 형식.

   이게 만약 소설의 한 대목이었다면, 읽던 사람들이 마음속
으로 비명을 지를 부분이겠지. 절대로 그를 다시 받아들여서

는 안 돼! 시원시원하게 발로 뻥 차버리고 너 자신의 삶의 의미를 찾아서 당당히 걸어 나가! 독립적이고 주체적인 성장형 주인공의 모습을 보여줘…… 그러나 나는 주인공이 아니고 눈앞은 현실이었다. 어떤 감정은 상대방에 의해 자신이 하찮아지기를 감수하기도 하며, 그 상태에 적응하고 현실과 화해를 도모하기 위해 자신의 하찮음을 스스로 원한다고 착각하는 데까지 나아간다.

나를 다른 사람 앞에서 깔아뭉개지 마세요. 그건 결코 농담이 될 수 없고, 나한테는 예의가 아닌데다, 남들한테 보이기 위한 겸손도 아니에요.

조심할게. 그리고?

그냥 둘이 있을 때도 그러지 마세요. 나 그렇게 못나지 않았고 못하지도 않아요. 나를 자꾸 훼손하지 말라고요. 한 번만, 정말이지 한 번만 더 나를, 내 일을 대수롭지 않게 여기는 식으로 말하면, 여기다 불 지르고 죽어버릴 거라고요. 그냥, 실수했을 때 실수만 갖고 지적하는 게 그렇게 어려워요? 미스 난 거, 손해 난 거, 앞으로 시정해야 할 거! 그런 거 말고 도대체 재능이니 센스니 하다못해 인성까지 문제 삼는 게 맞는다고 생각해요?

그 말이 맞아. 고칠게. 그 밖에 또 다른 건?

그는 지금은 뭐가 아쉬워서 이러는지 몰라도 이런 태도조차 일종의 시위 내지는 제스처일 터였고, 오랜 세월 타인을 침입하는 말들이나 정복하는 몸짓 같은 게 인이 박여버린 사람이었으므로 나는 그의 말을 다 믿지 않았다. 그러나 지금의 나는 그 예감의 세부에 대해 그와 시비를 다툴 여유도 여력도 없었다.

그 최소한의 것만 지켜준다고 약속하면, 작업실은 계속 나올 거예요. 실장님이 다른 데로 옮길 필요도 없어요. 마지막으로……

나는 옆 작업대 밑으로 가지런히 들어가 있던 바퀴 의자를 끄집어내어 그의 앞에 밀어놓았다.

정말로 미안하다고 생각하면, 협조해요. 나한테 시간을 내라고요.

그 어떤 신호등과 도로도 뭔가 작정하거나 의지를 발휘할 수 있는 생물은 아니지만, 이날따라 내 앞차 바로 앞에서 대기가 걸리고, 어딘가의 접촉 사고로 차선 하나가 통제되는가 하면, 어디서는 도로공사 중이었다. 퇴근길보다도 오히려 차가 밀리는 듯하고, 화면에 뜬 요양원 도착 예상 시간의 숫자가 일 분씩 늘어날 때마다 뒷자리에 앉은 실장의 생사가 우려되지 않을 수 없었다. 룸미러로 살펴보았자 안색이 어떤지는 어차피 알 수 없으니 숨쉬기가 괴로우면 손으로 수신호를 보내라고 사전에 일러두긴 했는데, 앉은 자세나 가끔씩 움직이는 동작을 보면 괜찮은가 보았다.

바디페인팅을 할 때처럼 얼굴에 색과 그림만 입히는 거였다면 일은 간단했겠지만, 실장을 앉혀놓고 내가 한 것은 그의 머리에 랩을 씌운 뒤 알지네이트를 얼굴에 붙이고 페인팅 후 건조까지 하는, 본격적인 특수분장이었다. 당신 예전에 연극 무대도 서봤다며. 이 정도는 해달라고. 실장은 그게 어언 사 반세기 전의 일인데다 이름이 붙은 배역은 맡아본 적 없다며 한숨 쉬면서도 그날 저녁 잡혔던 미팅 하나를 취소했다. 뛰어 난 연기력은 필요하지 않았다. 몸짓이 너무 어색하거나 경직되지만 않는 정도면 충분했고, 어차피 말은 통하지 않는다는 게 기본 설정인 만큼, 이름만 확실히 외워두고 나머지 대화는 오리무중을 헤매도 상관없었다. 입 다물고 있기 뭐하면 실장 님 외대에서 페르시아어 전공했잖아요, 기초 교재에 있던 문 장 아무거나 읊으라고요. 우리 엄마 어차피 페르시아어는 못 알아들어. 혹시 모르니까 '살람' 같은 간단한 것만 빼고요. 그 의 얼굴에 재료를 펴 바르면서 나는 니니코라치우푼타에 대 해 이야기했고, 엄마와 만나 니니코라치우푼타인 척해야 한 다는 난도 높은 미션을 다짜고짜 던져주었다. 다른 존재를 가 장하는 일 자체의 어려움은 물론, 무거운 분장을 뒤집어쓴 채 다른 나라 말로 자연스럽게 하라니, 그것도 아무런 마음 준비 도 안 된 건 둘째 치고 합도 맞춰볼 틈 없이. 베테랑 배우에 게도 재난에 가까운 일이겠다. 랩을 감은 그의 머리는 열과 땀으로 폭발하기 직전일 테고. 그가 마음이 바뀌어 차에서 내 려버린대도 나로선 할 말이 없었고 붙잡지 않을 터였지만, 그 얼굴로 내렸다간 집까지 가는 동안 무슨 봉변을 당할지 모르 니 버텨주는 모양이었다.

영원히 도착할 수 없을 것만 같던 요양원 주차장에 차를 대고, 뒷자리에서 내리는 그를 안내했다. 당연히 눈구멍을 뚫어 놓긴 했지만 아무래도 시야가 불편할 터였다. 천천히 갈게요. 내 팔 붙잡고 조금씩 따라와요. 마침 부모님들 문안을 마치고 돌아가던 다른 객들이 우리 모습을 보고 흠칫 놀라며 멈춰 섰는데, 내가 옆에 붙어 있는 걸 보곤 무슨 파티 행사 있으신가 보다…… 하고 중얼거리며 지나쳤다. 그러고 보니 FBI가 범인을 연행할 때처럼 얼굴에 두건이라도 뒤집어씌우고 올 걸 그랬나. 만약 마주 오던 이가 건강한 보호자들이 아니라 이곳에서 생활하는 노인들이었다면 이걸 보고 심정지가 올지도 모르는 일이었다. 당장 입구에서 기다리던 사무장만 해도, 사전에 몇 번이고 언질을 주었는데도 막상 보고 멈칫하더니 몇 발짝 물러나는 것이었다.

진짜인 줄 알았어요. 정말 솜씨가 좋으시네요. 돈도 많이 들었을 것 같고.

재료 나름이긴 하나 인건비로 치면 아마도 비싸다. 비싸야…… 한다. 외계인 역할을 맡은 그가 별다른 소리는 내지 않고 목례로 인사를 나누는 걸 못 본 체하며 나는 사무장에게 눈짓했다.

이쪽으로 저 따라오세요. 다른 분들 지금 잠깐 복도에 못 나오시게 저희 보호사님들이 다 수습하고 계시거든요.

사무장을 따라 엄마의 방으로 가는 도중 나는 마침 생각나서 물었다.

저희 엄마 룸메이트분 있으시잖아요. 그분은 봐도 괜찮으세요?

음…… 그저께 가족분들이 오셔서 요양병원으로 모시고 갔어요. 지금은 혼자 쓰세요.

사무장은 방문 앞에서 두 번 노크했다.

이유나진 할머니, 저희 들어갈게요.

아무리 그래도 갑자기 초록 보라를 조합하여 기괴하게 만들어 붙인 오브제를 갑자기 눈앞에 들이밀면 엄마의 안전도 보장하기 어려울 것 같아서 나는 그에게 내 카디건을 벗어주었다. 그는 카디건을 양손으로 들어 올려 얼굴만 가리고 방으로 들어서서, 가능한 한 눈에 띄지 않게 벽 쪽으로 붙어 반쯤 돌아섰다.

오늘 기분 좀 어떠세요?

어, 뭐, 좋아요. 누구시더라.

아이, 왜 모른 척하세요. 저 우주조사국! 공무원! 공무원이에요.

어, 나라에서 나오셨어요. 아이고, 나라에서 나한테 왜 오셨을까.

예, 나라에서, 이유나진 할머님 얘기 들었잖아요. 그래서 찾아서 데려왔어요. 할머님 친구분!

친구요?

온 우주를 뒤져서 찾아왔어요. 온 우주에 통신을 보냈다고요.

통신요?

전화했다고요, 전화! 다른 행성에 전화, 걸었어요!

응, 난 무슨 소린지 뭐 모르겠네, 하하.

나는 이미 뭔가 잘못됐음을, 아니 실은 잘못된 것은 없으며 모든 것이 지극히 제 모습대로 굴러가고 있음을 알아차렸다.

이유나진 할머니, 니니코라치우푼타! 보고 싶다고 하셨지요?

니…… 코…… 뭐요?

이런 경우도 충분히 있을 수 있었다. 있을 수 있는 정도가 아니라 지극히 자연스러운 일이었고 엄마의 탓도, 사무장 탓도 아니었다. 의미를 알 수 없으며 다만 태초의 우주 어디서부턴가 온 그 발음, 그 이름을, 처음부터 없었다는 듯이 잊고 마는 일은. 엄마가 서 있는 승강장에 그 어떤 단어도 도착하지 않고 무정차 통과하는 일 정도는. 엄마의 뇌와 후두근에 잠깐 머물던 악마는 싫증 났다는 듯이 떠난 지 오래였다. 이런 일이 생길 것 같아서, 돌아서면 자기가 했던 말도 다시 잊을까 봐 나는 그토록 서두른 거였다. 그래도 그만큼 정밀 묘사를 했는데, 엄마와 내가 함께 파츠를 채택하고 조합하여 완성한 이 얼굴을 보면 조금이라도 뭔가 달라질까 하여 나는 그때까지도 얼굴을 가리고 있던 그의 손에서 카디건을 낚아챘다.

이 친구, 아시지요! 어릴 적에, 아홉 살 때!

내 등 뒤에서 그는 무슨 표정을 지어야 할지 갈피를 잡지 못하겠다는 표정을 짓고 엉거주춤 서 있을 게 틀림없었지만 이제는 아무래도 상관없었다. 엄마는 니니코라치우푼타의 얼굴을 보고 한순간 움찔하기는 했지만 숨이 가빠오거나 심장에 무리가 오지는 않은 듯싶었고, 그저…… 그 얼굴이 옛 친구인지 다른 종족인지는 고사하고 우리 보통의 인간과 다르게 생겼다는 것을, 얼굴색이 보라든 초록이든 상관없고 그게 무엇인지 자체를 인식하지 못하는 것 같았다. 한마디의 반응을 도출하기 위해 동원해야 하는 수많은 기억들, 그리고 지워버려야 하는 수사들의 무게가 어깨를 짓눌러 왔지만 나는 말없이 엄마를 기다렸다. 엄마는 그 모습이 눈앞의 공무원이나 사무장과는 구조라고 해야 할지 요소가 다르다는 것을 알아차린 듯, 손가락을 들어 그를 가리키고 사무장에게 동의를 구하는 식으로 물으며 난처하다는 미소를 띠었다. 이분은 왜…… 얼굴이 이렇지요?

내가 시동을 걸지 못하고 운전대만 부여잡은 채 손등에 이마를 기댄 동안 그는 뒷자리에서 묵묵히 앉아 기다렸다. 이미 가벼운 폐소공포를 느끼고 있을 그를 위해 얼른 작업실로 돌아가서 저 마스크의 뒤통수를 세로로 갈라 조심스럽게 분리해주어야 하는데, 그냥 머리 위로 잡아당겨 벗을 수 있는 게 아닌데…… 그러나 손가락 하나 움직일 마음이 들지 않았다. 몇 시간에 걸쳐 니니코라치우푼타를 빚어낸 내 손가락만 하나하나 떨어져 나가선 어느 블랙홀을 헤매는 것 같았다. 그때 굳이 배웅을 하겠다고 주차장까지 쫓아 나온 사무장이, 이 순간은 하나도 고맙지 않았다.

여기까지 와주셨는데 헛걸음해서 어쩌나요. 거기 마스크 쓰신 분도, 너무 힘드실 것 같아요.

그걸 알면 여기까지 따라 나오지 말고 더 이상의 말을 보태지 않는 쪽이 그녀가 우리를 돕는 길이었지만 나는 억지로 웃었다.

괜찮습니다. 이럴 수도 있을 거라고 예상은 했어요.

그럼요, 그럼요. 워낙 어르신들 하루가 다르게 바뀌세요. 하루가 다 뭐예요, 조금 전에 했던 말도 잊으시는걸요. 그래도 우리 어르신 정도면 상태가 양호하신 거예요. 어차피 이게, 진행이 되면 됐지 예전으로 돌아오는 건 아니니까…… 줄기세포고 신약 개발이고 다 뭐, 과학자들이 자기 논문 쓰고 연구 실적 내느라고 하는 말이지, 그런 은혜와 축복이 우리 같은 일반인한테까지 당연하다는 듯이 내려와주지는 않으니까요.

하나 마나 한 얘기를 더 듣고 앉아 있으니 떨리는 손으로 운전을 하는 게 낫지 싶어 나는 서둘러 시동을 걸었다.

오늘은 이만 들어가볼게요. 다음에 또 연락드리겠습니다.

그 와중에 마스크가 아까웠는지 원장은 실장을 곁눈질했다.

너무 실감 나게 잘 만드셨는데 소용없어서 어째요. 이거 그대로 벗으셨다가, 나중에 또 필요할 때 쓰고 오실 수 있지요? 이유나진 할머님이 다시 찾으시면 바로 전화드릴게요.

불가능한 건 아닌데, 이게 쉬운 일은…… 또 아니라서요. 하여간 문제 생기면 연락주세요.

나는 말을 더 얹지 않고, 조금만 더 지체했다간 스스로의 심연에 익사할 것만 같은 자리를 탈출하는 데에 온 힘을 기울였다.

첫번째 신호등에 걸려 대기 중일 때 뒷자리의 실장이 이면도로에서 차 붙이라고, 교대하자고 그랬다. 그러나 내가 그를 조수석이 아닌 뒷자리에 태운 까닭부터가 이 세상의 피조물이라고 보기 어려운 그 얼굴을 시야각 안에 넣어두고 운전하기가 정신 사나워서였는데, 하물며 그 상태로 운전을 시킬 수는 없었다.

오늘 헛걸음시켜서 미안해요. 가서 얼굴에 그거 빨리 떼어줄게요. 빚은 나중에 갚을 거고.

네가 제일 힘들 텐데 그런 거 신경 안 써도 돼.

그렇게 말하는 그의 목소리는 마스크 안에 미약한 구조 신호음처럼 갇혀서 내 귀에 무사히 도착하기 전에 소멸하는 것 같았다. 어쩌면 삶에 뿌려지고 살에 스며드는 빗물 소리를 닮았다. 어느 순간 비 고인 진창에 미끄러져 길게 스키드마크를 남기는 차바퀴 소리 같기도 했다. 손안의 핸들이 진동했다.

오히려 이런 본격적인 분장은 오랜만에 해봐서 나도 공부가 됐고, 이렇게 겪어보니 모델들한테 좀 더 신경 써야겠다는 생각도 들고 하니까. 너 최선 다한 거 알아.

최선을 다했다는 구태의연한 위로의 약을 파는 문장이 내 뒤통수를 어루만지는 걸 떨쳐내기 위해 나는 고개를 흔들었다.

최선은 무슨. 해본 지도 오래됐는데요. 도대체가 이런 일이, 평소 잘 안 들어오잖아요, 우리한테.

나는 신호를 받아 움직여야 하는 것도 어느새 잊었다. 한때 우리의 일은 설렘과 열정으로 이루어져 있다고 믿은 적도 분명 있을 것이다. 기대와 보답은 무응답 수준만 아니면 된다고 믿었던 적도. 어디까지나 우리가 젊고 체력도 좋았을 때. 최악으로 치닫더라도 그 자리가 무심함이나 관성이나 염증으로만 채워지지 않으면 된다고 여겼을지도.

안 그래요? 손에서 감각이 다 떠나갔는데, 그냥 잘하는 사람 섭외해다가 모델링 프로그램 돌리고, 쓰리디 프린터로 만들어 갈 걸 그랬나 봐요. 끼웠다 뺐다 그게 더 쉬울 텐데. 힘 빠지게 이게 대체 무슨 짓이래. 어차피 자기가 무슨 말을 했는지도 모를 건데, 뭐 하러!

핸들에 이마를 처박는 바람에 하릴없이 클랙슨만 길게 울리는 내 뒤통수에 대고 다른 차들이 출발을 종용하며 보내는 경적은, 동료들을 놓치고 불시착한 니니코라치우푼타의 고장 난 우주선에서 새어 나오는 마지막 비상벨 같았다.

한 계절이 바뀌는 동안 우리는 새 공연을 두 건 계약했고 겹치는 날짜가 있어서 팀을 나눠 움직였다. 하나는 시대극, 하나는 SF였다. 다소 무리가 되더라도 이 정도로 굴리지 않으면 먹고살 수 없었다. 우선 마음 놓고 공연을 보러 다닐 수 있는 사람들의 수가 적었다. 인구수도 적을뿐더러 예전 같으면 내 나이 때야말로 바로 그런 경제력과 활동력을 지녔다고 볼 수 있는데 중위연령 61세의 시대, 공연도 보러 다니고 할 만한 나 같은 사람들이 상시 노동에 붙들려 있어서 즐길 여유가 없었다. 일부의 여유롭거나 통 크고 자신이 소비하고자 하는 분야에 지출을 아끼지 않는 소수의 마니아, 회전문 관객들에게 의지하면서 근근이 유지되는 산업인데, 어떻게 보면 공연이라는 형식이 아직 남아 있는 게 기적 아닐까? 즐기고 누릴 주체는 태부족인데 파이는 조각조각 나뉜 채, 이제는 1세제곱센티미터의 큐브 내지는 종잇장처럼 갈가리 찢겨서 운영되고 있었다. 무언가를 만드는 사람이 또 다른 걸 만드는 사람의 그림이나 노래를 구입해주면서 구멍 난 카드 돌려막는 식으로 버티는 형편이었다. 그것은 예술이라는 명사에, 존재한다는 동사가 아닌 연명한다거나 서식한다는 동사를 붙일 근거가 될 터였다. 우리는 다 죽어가는 예술에 산소 호흡기를 씌우고 버틸 뿐 아니냐는, 근원적 내지 존재론적 고민이 들어설 자리는 없었다.

커튼콜이 올라가는 동안 가방을 열어보니, 붓과 주걱과 배우의 얼굴에서 손 놓을 틈 없던 동안 부재중 전화 기록이 열 통가량 남았는데, 전화를 받지 않으셔서 남깁니다……로 시작하는 사무장의 메시지가 그보다 먼저 팝업 스크린으로 나타났다.

당시 사용하시던 침구류는 소각했고 다음 입소자분들께 자리를 내드리느라고 방을 빠르게 치웠지만 개인 소지품은 이렇게 따로 모아두었으니 유족께서 확인하시라고, 사무장이 별도의 접견실로 나를 안내했다. 천천히 꺼내보시고, 그런 일은 잘 없지만 혹시라도 귀중품 같은 거나 가족에게 특별한 의미가 있는 물건을 분류하세요. 필요 없으신 건 이 바구니에다 버려주시면 저희가 처리해드려요. 간단한 장례를 치르고 주변인들에게 인사를 전하는 등 부모의 죽음과 관련한 최소한의 절차만 집행하고 눈 붙일 새 없이 곧바로 왔는데도 어느새 일주일이 흘렀다. 반년씩 방치해두시고 방문을 안 해주시는 유족분들이 계셔서 원래는 물품 보관비를 별도로 징수하거나 문자 통보 후 유품을 모두 폐기 처분하는데, 이번 경우는 다음 회차 요양비 출금 전까지 기간이 꽤 남아 있었으므로 특별히 잘 관리해두었다는 사무장의 부연이 있었다.

엄마의 소지품은 이삿짐 상자로 한 개뿐이었다. 변변찮은 실내용 옷가지와 생전에 먹던 처방약, 미개봉 상태나 소진되기 전의 각종 일회용 위생용품을 버리고 나니, 상자 안에는 방전된 지 한참 되어 부식된 내용물이 모서리로 새어 나온 전자책 단말기와 수첩 그리고 펜 한 자루만 남았다. 엄마는 사십 년 전부터 전자책 위주로 읽던 사람이었다. 광속(光速)이자 광속(狂速)으로 바뀌는 문화 환경에 적응을 잘하는 X세대의 일원이었고, 꾸준히 젊은 사람들—신입생을 만나 그들의 사고와 유행을 흡수하지는 못하더라도 최소한 알아두는 게 몸에 밴 사람이었다. 스마트폰을 다방면으로 활용하는 것은 물론, 전염병이 창궐하여 정상적인 강의를 하지 못하던 시절 다른 늙은 정교수들이 조교의 도움을 받아 더듬거리며 마우스나 클릭하고 자빠졌을 때 엄마와 동료 강사들은 거침없이 실시간 화상 수업을 열었다. 그 시대에 유행한 블리자드사의 게임에 접속해서도 던전을 휠휠 날아다니는 고수는 아니지만 어쨌든 캐릭터 조작을 할 줄은 알았고, 키오스크 앞에서 팔십 대 노인들이 어쩔 줄 몰라 하며 망설이고 있으면 나서서 터치와 주문을 대신해주는 한편, 무인 단말기의 형태와 방식이 점점 바뀌어 매번 새로운 도전 과제를 던져주어도 일흔 중반을 넘을 때까지 문제없이 수행했다. 그건 비슷한 문화 환경 속에서 평균 이상의 교육 혜택을 받고 부단한 향상심과 자립심 내지 창조성을 배양하거나 종용하는 분위기에 둘러싸여 평생을 산 엄마 또래 친구들이 대체로 그러했기에 엄마만 특별한 게 아니었다.

그러나 아무리 IT 문명을 제 옷처럼 입고 살았던 사람이라도, 그 옷을 낡아진 육체 위에 억지로 껴입을 권리까지 획득하지는 못했다. 특히 엄마와 같은 유형의 노인성 질환자들에게는, 우리 부모님이 고등교육을 받고 유학까지 다녀오신 전문가인데 이럴 수는 없다고 자식들이 항의하더라도 예외가 허용되지 않았다. 상태에 따라 차등과 예외를 두는 경우가 왜 없겠는가만 대부분의 노인들은 입소 시 스마트폰이나 개인 노트북 컴퓨터를 지참할 수 없었다. 한두 명에게 열기 시작하면 모두가 그게 무언지 정확히 모르는 상태에서 기계를 건드려보기 원하므로 관리에 어려움을 겪는다고 했다. 관련 사고가 세 번 있었다고 했다. 대표적으로는 데이터 용량을 채운 부친 명의의 스마트폰을 보호자가 방으로 넣어주었다가, 부친과 한방을 쓰는 노인이 그걸 자기 것처럼 만지작거리면서 게임 아이템까지 지르는 바람에 요금 폭탄을 맞고 기겁한 보호자가 요양원 상대로 관리 소홀 책임을 물어 소송을 건 일. 잦은 폭력 성향을 보이던 한 노인은, 사무장이 자리를 비운 틈에 요양보호사가 제지하는 걸 뿌리치고 사무장의 노트북을 들어다가 모서리로 다른 노인의 정수리를 찍은 적이 있다고 했다. 아무리 작고 가벼워도 노트북이 깃털은 아니고 고기 한 근 정도 무게는 나갔기에, 그걸 낚아채듯이 집은 노인도 손목이 애매한 방향으로 꺾여 깁스를 하고 그걸 맞은 노인은 응급실로 실려 갔다. 그 뒤로는 사무장도 자기 자리에서 휴대 가능한 노트북이 아니라 이제는 중생대의 유물이나 다름없이 극히 일부 시장에서 사제로 생산되는 탱크 수준의 풀 옵션 데스크톱을 쓰게 되었다고 하는데, 사실 그런 케이스는 굳이 노트북 아니라 다른 걸 들어다가 휘두를 수 있으니 그리 본질적인 문제는 아니겠고 진짜 우려하는 건 마지막 사례인 듯했다. 또 다른 노인은 우연히 잠깐 기억난 자기 아이디와 비번으로 국내 최대 포털 사이트에 접속해서 자식들이 이상한 데다 가둬놓았으니 도와달라고 구조 요청을 올리는 바람에, 경찰이 아이피 추적을 하고 요양원으로 찾아오기도 한 것이다. 글 올린 장소나 글의 문맥으로 보아 어찌 된 일인지 대강 알아차렸지만 워낙 많은 이들이 중복으로 사건 신고를 넣어주는 바람에 일단 안 와볼 수는 없었다는 입장이었고, 그 일은 이튿날 기사화되기도 했다.

그러나 엄마의 전자책 단말기는 워낙 구형 흑백 버전으로 인터넷 접속 자체가 원활하지 않고, 무기로 사용할 생각이 안 들 만큼 작고 가벼운 크기에다가, 이미 구입해놓고 다운로드 한 삼백여 권의 전자책 외에는 새로운 도서를 추가할 수 없을 정도로 사양이 낮은 거라고, 이걸로 다른 용도의 인터넷 사용 은 불가능하며 접속에 성공한다고 해보았자 국립도서관과 인 터넷서점 외에는 다른 사이트로 들어갈 경로도 없으며 결제 시스템조차 없는, 개인 취향의 스텐 머그컵 내지 애착이불 같 은 거라고 통사정해서 엄마의 짐 속에 끼워 보낸 거였다. 엄 마는 말을 많이 하던 사람이었고 이제 말을 잃어가는 중이 니 말로 된 것을 하루라도 더 보게 해달라는 소원이었다. 어 차피 충전 수명도 얼마 남지 않았고 이걸로 할 수 있는 일은 정말로 책 보는 것 말고는 없다. 무슨 책을 열람해도 재미없 는 글자만 가득하니 다른 입소자분들도 관심 갖지 않을 것이 다…… 망가지거나 분실되더라도 요양원에 관리 책임을 묻 지 않을 것이며, 결단코 그럴 일도 없겠지만 엄마가 이걸 휘 둘러서 타인을 다치게 한다면 그 치료비 일체를 지불하겠다 는 각서를 쓰고 넣어둔 단말기였는데, 실제로 엄마가 이곳에 서 지내는 동안 몇 번이나 이걸 열어보고 사용했는지는 이제 확인할 수 없지만, 몇 권을 들여다보았느냐가 중요하지는 않 았다. 전자로 된 단말기라는 것은 엄마가 한때 지적인 사람이었다는 기억을 하루라도 더 오래 갖게 해주는, 일종의 흔적일 뿐이었다.

수첩은 앞부분 몇 장 기록된 것 말고는 텅 비어 있었으며, 그나마도 의미를 알 수 없는 글자들의 나열이었지만 일단 글자이긴 했다. 그 짧은 여러 개의 문장들 속에 다행인지 불행인지 니니코라치우푼타의 이름은 없었다.

그중 한 페이지에 시선이 멈추었다. 사실인지 임의 기록인지 알 수 없는 일 년 전의 날짜 아래로 '사무장한테 유에스비'라고만 적혀 있었다. 내가 엄마의 가방에 넣어 보낸 것은 전자책 단말기였지 별도의 저장 장치가 아니었고, '한테'라는 조사는 일상 구어에서 문장의 서술어가 드러나지 않을 경우 from이나 to 어느 쪽으로든 통했다.

이게 뭔가요? 엄마가 유에스비를 사무장님께 맡긴 게 있나요? 아니면 엄마한테 유에스비를 주신 적이 있나요?

수첩을 내밀었을 때 사무장은 잘 기억해내지 못하는 표정이었다. 실은 엄마가 혼자만의 망상 속에서 기록했을 가능성이 더 높지만 망상이라면 보통 사무장이 때린다 흉본다 내지는 사무장 싫다 같은 내용일 텐데, 유에스비라는 구체적인 사물을 언급하니 그냥 지나칠 수 없었다. 그것도 이제는 사진기의 필름 수준으로 거의 단종된 거나 다름없는 고대 유물의 이름을. 엄마 세대의 사람들 가운데서도 매달 결제하는 방식의 온라인 드라이브에 자기 데이터를 죄다 보관해두고 이용하기를 부담스러워하거나 낯설어하는 이들은 분명 있었고, 회사

생활 경험이 일찍 중단된 경우 그런 웹하드 구독 서비스의 존재조차 알 필요가 없는 삶을 영위한 사람들도 있었다. 젊어서 5.25인치와 3.5인치 플로피 디스크라는 걸 썼던 엄마는 설령 실수로 밟아서 결딴나더라도, 때론 바이러스를 옮기는 매개가 되는 위험을 감수하고서라도 실물 메모리에 데이터를 담아 들고 다니기를 선호하는 타입이었다.

　사무장은 지난 업무일지를 클릭하고 세부를 검토하면서 고개를 기웃거리다가 손뼉을 딱 쳤다. 아! 그거 생각났어요……별말 없이 잘 지내던 엄마가 어느 날 문득 사무장의 책상을 기웃거리더니, 노인들에게 개인 컴퓨터를 쓰지 못하게 하는 방침에 대해 이의를 제기했다고 한다. 요양원에 계신 노인들 대부분이 젊은 시절 경제활동과 사회생활 경험이 있었으므로, 자신이 바깥세상에서 어떤 위치를 점유하는 인물이었는지를 거드럭거리는 이들에게 원장도 사무장도 이골이 나 있었다. 그러나 엄마는 다행히도 내가 누군지 아느냐 너희가 감히, 부르짖으며 닦아세우는 타입은 아니었고, 다만 꼭 다시 보고 싶은 영화들이 있는데 컴퓨터가 없으니 도대체 뭘 제대로 볼 수가 없지 않느냐며 하소연하더라는 것이었다. 이유나진 할머니, 우리 일주일에 한 번씩 홀에 모여서 영화 보잖아요. 그건 재미없으세요? 원하는 작품이 혹시 따로 있으세요? 말씀해주시면 저희가 알아볼게요. 그러자 엄마는 일없다는 식으로 뜸 들이다가 대답하기를, 제가 찾는 건 여기 다른 사람들이 안 좋아할 텐데요. 워낙 유명하지도 않고 즐거운 것도 아니고. 그게 그러니까, 마이너하다고요. 취향이 달라. 여기 홀에서는 세상 사람들이 다 알고 많이들 찾는 거 봐야지, 메이저. 대중성. 메인스트림! 그만한 건 나도 알아요. 그렇게 옥신각신하다가 결국 사무장은, 본인이 아직 해지하지 않은 영화 구독 사이트가 있으니 필요한 걸 말씀하시면 찾아주겠다고, 틈틈이 바로 이 자리, 사무장 옆에 앉아서 보게 해드리겠다고 약속했다. 정말 돼요? 저장도 되느냐고요. 사무장은 다운로드 옵션이 따로 없다고 말할까 하다가, 그 설명을 할 엄두가 안 날뿐더러 어차피 언제든 자기 아이디로 로그인하여 업무용 컴퓨터로 보여줄 생각이었으니 저장이 되나 마나 다를 바 없겠다는 생각이 들었다고 한다. 그럼요, 저장도 돼요. 여기다가 저장해드릴게요. 저장은 해드리고, 그런데 제가 맡아둘게요. 어차피 컴퓨터가 여기 있잖아요. 그렇지요? 여기서밖에 못 보니까. 아시죠? 그렇게 말하면서 사무장은 마침 책상에 있던 유에스비를 집어다가 흔들어 보였다. 그것은 요양원 운영 자료가 담긴 20테라바이트의 유에스비였다. 응, 그거 나도 알아요. 여러 번 써봤지, 유에스비, 거기다가 논문이랑 동영상 같은 거 무척 많이 담아 다녔지. 그렇게 안심하고 나서 이틀 뒤 엄마는 이 목록대로 찾아서 담아달라고, 보는 건 사무장님 형편 될 때 천천히 보겠다고 종이쪽지를 하나 주었는데, 거기에 무려 삼십 편이 넘는 영화 제목이 적혀 있어서 사무장은 놀랐다. 첫째로 이 많은 제목들을, 비록 상당수가 부정확하지만 기억에 의존하여 적었다는 것. 둘째로 언제 세상과 작별할지 모르는 어르신도 지금 이렇게 보고 싶으신 게 많다는 사실에 대하여. 찾을 수 있는 건 다 찾아서 여기 저장해둘게요! 사무장은 다시 한번 유에스비를 들어 보이며 강조하고 영화 구독 사이트를 뒤졌다. 영화는 모두 엄마가 요양원에 들어오기 전에 공개된 다소 오래된 작품들이었고, 그중 대부분이 비인기작인데다 사무장으로서는 예닐곱 편만 제외하곤 세상에 이런 영화도 있었나 싶은 제목들이 대부분이어서, 어떻게 이런 마이너한 작품들을 알고 계실까, 시네필이었나, 싶은 마음으로 찾아나가면서 위시리스트에 등록했다고 한다. 그러나 흔히 고정관념으로 떠오르는 시네필이라기에는 또 좀, C급에 가까운 B급들이 대부분이었다고. 사무장 본인이 구독 중인 영화 사이트에서는 그 목록 가운데 절반가량만 발견했기에, 있는 것들마저도 공급 계약이 종료되고 내려가기 전에 아무거라도 함께 보자 싶어서 엄마를 불렀을 때는, 이미 사무장에게 무엇을 부탁했는지 엄마가 잊어버린 다음이었다고.

그 목록 혹시 아직 갖고 계세요? 이제 와서 소용없지만 그래도 엄마가 마지막 순간에 한 조각의 기억으로 가져갔을지 모를 니니코라치우푼타에 대한 정보를 얻을 수 있을까 싶은 마음이었다.

그게요, 사실은. 제목을 다 정확하게 쓰신 건 아니어서요. 예를 들어 어떤 건 단어 하나 빼고 다 틀리고 하니까 저도 키워드 여러 개 조합해서 찾고 추측도 하고 그랬어요. 제가 최근 구독 서비스 그거 돈만 나가고 볼 틈도 없고 해지해버리는 바람에, 위시리스트가 다 없어져서…… 사무장은 입을 쉬지 않으면서 서류철을 뒤적이고 서랍을 휘젓고 필기구 트레이도 뒤집다가 마침내 종이쪽지를 찾아냈다. 이거네요!

　종이쪽지를 끼운 수첩 한 권을 제외한 모든 물품을 임의 폐기 처분 바구니에 넣고, 요양원 측과 자잘한 서류 정리를 마친 뒤 나왔을 때는 한밤중이었다. 이마저도 깨끗하게 종결된 게 아니라 추후 건강보험공단에서 보내오는 자료에 따라 이메일과 전자서류 서명이 더 오고 가면서 크로스체크를 할 게 있으니 자녀분이 연락을 잘 받아주셔야 한다는 당부가 뒤따랐다. 죽음과, 판정과, 처분과, 그 모든 것을 둘러싼 집행 과정이 실형이고 노역이었다.
　실장의 부재중 전화가 두 통 걸려와 있었고, 마지막으로 도착한 문자는 지금 너 있는 곳으로 갈게, 였다. 내가 한번 작업실을 엎어버린 뒤로 실장은 문자 하나를 보낼 때도 날것의 말을 줄이는 등 신경 썼는데, 그건 지렁이가 꿈틀한 데 놀라서라기보다는 아마도 그가 나 외에 그런 상태의 엄마를 본 유일한 사람이 되어버렸기 때문인지도 몰랐다. 엄마 소식이 막 들어왔을 때도 이곳 정리 상관하지 말고 지체 없이 가보라며 등 떠밀어 보내는 한편, 공연 정리가 끝난 뒤 팀원들과 뒤풀이도 없이 장례식장으로 왔던 사람. 우리 사이의 골은 얕지 않았고 나는 여전히 그의 다짐이나 약속을 의심하고 있다. 사람은 변하지 않고 고쳐 쓰는 거 아니라는 먼 옛날의 속담들을 감안할 때, 어쨌거나 그는 언제 손바닥을 뒤집더라도 불행을 통과한 사람에 대한 최소한의 예의를 당분간은 지킬 것이었다.

그때 마침 또 한 번 벨이 울려서 이번에는 받았다.

처리할 게 좀 있어서요. 예, 괜찮아요. 안 오셔도 돼요. 운전 잘할 수 있어요. 잠깐 저 뭐 하나만 확인하고 바로 출발할 거예요. 내일 일정만 간략하게 말씀해주시면……

실장의 말을 듣기 위해 스피커폰으로 돌려놓고 수첩을 열어 종이쪽지를 펼쳤다. 명료하지 않은 연필 글자 위로 깨알같이 적힌 물음표와 수정 표시가 사무장의 노력을 보여주고 있었다. 나조차도 업계 종사자가 아니었으면 몰랐을 제목들이 나열되었는데 예를 들면 「당거리 슬픈」이라는 건 「단거리 주자의 슬픔」을 말하는 거였고, 이것이 백여 년 전 영국 영화 「장거리 주자의 고독」을 제목만 경박하게 패러디했다는 사실은 그야말로 아는 사람만 알 터였다. 「내일의 손님 하나」라고 쓴 영화 제목은 실제로는 「미래의 방문객 하나」였다. 나는 모를 수가 없는 제목이지만 사무장은 이걸 대체 어떻게 찾았는지 모를 일이었다. 그렇게 하나하나 목록을 일별해나가다가 나는 문득 그 제목들 사이의 유일한 공통점을 발견했다.

스피커폰 너머에서 실장이 나더러 출발했느냐고, 지금 괜찮으냐고 물었다.

그…… 실장님 예전에 우리, 외계인 마스크 만들었던 거요. 그거 아까우니까 절개선 붙여서 인테리어로 둔다고, 댁으로 가져가셨잖아요.

그 영화들은 겉으로 보기에는 장르도 성과도 제각각이며 어떤 감독이 메가폰을 잡았다든지 어느 배우가 출연했다든지 그런 걸로 한데 묶을 수 없었다. 심지어 그중 어느 것도, 니니코라치우푼타에 대한 작은 실마리조차 주지 않았다.

마음이 바뀌었어요. 그거 우리 집에 갖다 둘래요.

엄마가 서툴게, 그리고 빼곡하게 적어둔 영화 제목들은 모두 우리 작업팀이 분장에 참여한 작품들이었다. 내가 십오 년을 일했지만 변변한 부와 명예는 얻지 못했던, 당연히 주연배우와 감독의 명성 뒤에서 그늘로 움직였던. 웬만한 시네필이 아니고서야 대부분 끝까지 지켜보지 않으며, 구독제 영화 사이트에서는 아예 '스킵하기'가 기본 옵션으로 설정된 엔드롤 자막에조차 개개인의 이름 대신 사무실 작업팀의 이름으로만 실리게 마련인.

이유는, 차차 말씀드릴게요. 지금 조리 있게 설명하기가 좀 그래요. 아무튼 우리 집에 두고 싶어요. 다음번에 가지러 갈게요.

누구에게 영화 포스터를 들이대곤 이 주인공의 흉악한 분장을 내가 세 시간 동안 맡았노라고 일일이 도시락 싸들고 다니면서 자랑하지 않으면 아무도 알아주지 않는. 하여 우리 사무실 바깥에서는, 즉 이 세상에서는 나의 엄마만이 알고 있는. 아니, 이제는 알고 있었던.

아니에요, 그건 안 괜찮아요. 아 진짜, 우리 집이라는 게 의미가…… 알았어요, 제집으로요. ……무슨 말씀을 하시는 거예요. 저는 단 한 번도 살림을 합치자고 제안드린 적이 없어요. 이건 분명히 해요. 글쎄요, 뭐 그건 앞으로 실장님 하시는 거 봐서요.

목소리가 떨리기 직전 서둘러 통화를 마치고, 낡은 종이쪽지에 적힌 엄마의 글씨가 더 훼손되어 마침내 지워지지 않도록, 다시 수첩 사이에 고이 끼워두었다.

수없이 흥행에 실패한 SF 독립영화와 상업영화들, 그 어느 장르보다 고난도의 특수분장이 필요하지만 이제는 무수히 복제 가능한 대체재가 넘쳐나는 영화들 사이사이에 니니코라치 우푼타의 파편이 있었다. 그것은 엄마가 유년에 실제로 만난 외부의 방문객. 혹은 젊은 날 쌓아 올린 수많은 지성과 교양의 성채에 금이 가서 허물어진 뒤, 베수비오 화산의 유적지와도 같은 인지 공간에 남아 있던 스키마를 동원하여 말년에 조악한 상상으로밖에 빚어낼 수 없었던, 세상 유일하고도 절대적인 존재. 누구도 그 이름의 의미를 알지 못하며 어떤 국가의 글자로도 쓸 수 없으나 태초의 우주 어디에선가 내려와 지금 이 자리에 실존하는 말. 세상 어느 민족에게서도 발견되지 않은 기원전 신화의 끝자락에서 왔을지도 모르는 이름. 낱낱의 발음을 입속으로 찬찬히 굴리는 동안 그것은 일자(一者)이자 진리이자 세계정신을 가리키는 다른 이름이 되었다.

김혜진

축복을 비는 마음

ⓒ이현우

2012년 동아일보 신춘문예에 당선되며 작품 활동 시
작. 소설집 『어비』『너라는 생활』, 장편소설 『중앙역』
『딸에 대하여』『9번의 일』『불과 나의 자서전』 등이 있
음. 신동엽문학상, 대산문학상, 젊은작가상 등을 수상.

경옥의 이름은 경옥이 아니었다.

그걸 알고 나서도 인선은 무심결에 그를 경옥이라고 부르곤 했다. 그러면 경옥은 자기 이름이 아니라거나 왜 계속 그렇게 부르느냐고 핀잔을 주는 대신 이렇게 물었다.

솔직히 그 이름 은근히 마음에 드시는 거죠, 그죠?

경옥이라는 이름은 경옥이 직접 알려준 것이었고, 인선은 나이에 비해 약간 촌스럽다고 생각했을 뿐 가명일 거라고 생각하지는 못했다. 어쨌든 몇 달을 그렇게 부르다 보니 버릇이 된 모양이었다. 좀처럼 고쳐지지가 않았다.

지난겨울, 인선은 경옥을 처음 만났다.

모처럼 만의 휴일이었고, 인선은 거실 소파에서 커피가 식기를 기다리다가 졸음에 빠진 것을 알았다. 탁자에 올려둔 휴대폰이 울린 탓이었다.

인선 씨, 집에 있지? 이따가 오후에 한 집 할 수 있어?

양 사장이었다.

오늘요? 어딘데요?

인선은 습관적으로 그렇게 물었고 양 사장은 열 평이 안 되는 원룸이라고, 신입 하나만 데려가도 충분하다고, 자신은 도저히 시간이 되지 않는다며 사정했다. 사람들의 말소리, 라디오 소리, 청소기 소음 같은 것들로 양 사장의 목소리는 들리다 말다 했다. 인선은 벽시계를 올려다봤다. 오전 아홉시. 다들 한창 일하느라 정신이 없을 때였다.

오늘 그 집 책임지고 마무리 좀 해줘. 인선 씨도 이제 그만하면 베테랑이잖아. 신입 하나 보내줄게.

신입을 보내면 어쩌라고요?

에이, 완전 신입은 아니야. 한국 사람이고. 말귀 알아먹으니까 뭐든 시키면 되잖아. 다른 건 문자로 찍어줄게.

얼마짜리인데요?

똑같지 뭐. 수수료 제하고 바로 입금해줄 테니까 그런 건 걱정하지 말어.

집 상태는요? 험한 집은 아니죠?

험한 집이면 부탁도 안 하지. 아니야, 아니래. 젊은 여자 혼자 살다가 나간 집이라 치울 것도 없대. 확실히 물어봤어.

오후에 눈이 온다는 예보가 있었고, 하루쯤 쉬고 싶은 마음도 컸다. 멋모르는 신입과 일하는 것도 내키지 않았지만 인선은 그러겠다고 했다. 충동적인 결정이라기보다는 지극히 현실적인 판단이었다. 꾸준하게 일이 있는 편이 아니었고 대목이라고 할 만한 2월도 끝나가는 중이었다. 3월에 접어들면 이사하는 집들이 줄고 벌이도 자연스레 줄어들 게 뻔했다.

지난밤, 어깨와 팔목에 붙여둔 파스 귀퉁이가 너덜너덜했다. 인선은 주방 쓰레기통에서 파스 포장지를 찾아 상표와 제조업체를 메모해두었다. 똑같은 제품을 다시 사는 실수를 저지르고 싶지 않아서였다. 그런 후엔 청소 도구가 담긴 가방을 꼼꼼하게 살핀 뒤 서둘러 옷을 챙겨 입었다.

신입은 십 분 늦게 왔다.

인선이 101호 원룸 내부를 둘러보고 있을 때였다. 현관문을 열자마자 무슨 예고처럼 쿰쿰한 냄새가 흘러나왔는데 내부는 생각보다 심각했다.

저, 청소하러 왔는데요. 여기 맞죠?

현관 앞에 체구가 작은 여자가 서 있었다. 신입이라고 해도 젊은 사람이 오는 경우는 드물었는데 여자는 지금껏 인선이 본 사람 중 가장 어렸다. 이십대 후반에서 삼십대 초반 사이. 어쨌든 인선보다 열 살은 어린 것 같았다. 후드를 뒤집어 쓴 여자는 점퍼 주머니에 두 손을 넣은 채 한마디 더 했다.

아, 근데 이 아저씨 거짓말했네.

인선과 눈이 마주치자 여자는 후드를 벗으며 투덜거렸다.

양 사장님이요. 한두 시간이면 금방 끝날 집이라더니 딱 봐도 아닌데요? 자기가 가려니 멀고 돈은 별로 안 되고. 그래서 넘긴 거 아니에요?

그런 후엔 어제부터 목이 돌아가지 않는다고, 고개를 쳐들거나 숙인 채 하는 일은 할 수가 없다고 딱 잘라 말했다. 그러곤 양 사장에게 네시 전에 일이 끝난다는 약속을 받았다고, 무슨 일이 있어도 네시에는 가야 한다는 말까지 덧붙이고 나서야 점퍼를 벗고 소매를 걷었다.

제멋대로인 사람이네.

인선은 그렇게 생각하며 시각을 확인했고, 여자의 얼굴을 똑바로 마주 보며 물었다.

이름이 뭐예요?

이름이 궁금한 건 아니었다. 이름과 나이 같은 신상은 알고 싶지도 않고, 알 필요도 없었다. 다만 말을 함부로 하는 것에 대해서는 확실하게 불편한 티를 내고 싶었다. 적어도 인선이 아는 양 사장은 일부러 직원(엄밀히 말하면 직원이 아니고 인부였다)을 속이거나 골탕 먹이는 사람은 아니었다. 아주 좋은 사람이라고는 할 수 없지만 그렇다고 아주 나쁜 사람도 아닌. 어쨌든 인선에게 일할 기회를 준 고마운 사람이긴 했다. 그러니까 그런 이야기를 가능한 한 부드럽게 꺼내려면 이름을 알 필요가 있었다.

경옥이요. 임경옥.

여자는 현관 앞에 쌓여 있는 신문과 광고지, 각종 고지서와 영수증 같은 것들을 우두커니 내려다보다가 한참 만에 대답했다.

그래요, 경옥 씨.

인선은 다음 말을 쏟아낼 작정이었지만 그렇게 하지 않았다. 경옥의 머리카락 때문이었다. 귀밑까지 내려오는 단발머리는 정전기 탓에 사방으로 뻗쳐 있었는데 군데군데 희끗희끗한 얼룩이 보였다. 그게 주로 욕실에서 쓰는 세정제 때문이라는 것을 인선이 모를 리 없었다. 게다가 손등에는 스팀 청소기에 덴 것이 분명한 붉은 화상 자국이 선명하게 남아 있었다. 그런 걸 보는 순간 이상하게 맥이 풀리면서 움켜쥐고 있던 말들이 흩어져버렸다.

그래요. 그럼 오늘 뭘 할 수 있겠어요?

이 일을 하기 전까지, 아니 이 일을 시작하고 한 달이 지날 무렵까지도 인선은 자신이 좋은 사람이라고 믿었다. 언제 어디서나 최선을 다하는 사람. 다른 사람의 처지를 먼저 헤아리고 배려하는 사람. 곤경에 처한 이를 돕는 사람. 나쁜 것보다 좋은 것을 볼 줄 아는 사람. 긍정적이고 희망적인 생각을 잃지 않는 사람.

그러나 그렇게 하다가는 몸이 남아나지 않는다는 것을 인선은 몸으로 배웠다.

밤에는 바늘로 찌르는 듯한 통증이 손발을 붙잡고 놔주지 않았고, 가려움증이 넘실거리며 피부 전체를 덮쳐올 때도 있었다. 눈가에 붉은 반점이 올라오고, 후각이 마비된 듯 아무런 냄새도 맡을 수 없는 증상은 그나마 경미한 경우였는데 계속 좋은 사람이려면 그 모든 것을 견뎌야 했다.

이것 봐요. 나도 좀 삽시다. 두 번, 세 번, 다시 하게 만들지 말고 오늘은 제발 제시간에 끝내자고요. 내 말 알아들어요?

아 일을 시작할 무렵 만났던 한 여자는 인선이 잠깐 숨을 돌릴 때마다 보란 듯 핀잔을 주곤 했다. 겨우 한두 마디였지만 여자의 눈빛과 말투 같은 것들은 오래 남았다. 그것들은 인선과 함께 출근하고 퇴근했다. 잠이 드는 순간까지도 인선의 머릿속을 떠나지 않았다.

모욕적이고 수치스러웠다.

한동안 인선은 그런 감정과 싸웠다. 싸움은 지지부진하게 이어졌고 끝날 기미가 보이지 않았다. 돌아서면 다시 싸움이 시작됐고 또 새로운 싸움이, 그보다 더한 싸움이 인선을 기다리고 있었다. 그리고 어느 순간 인선은 싸우기를 포기해버렸다. 모욕과 수치가 오가지 않는 평화로운 현장이 몸을 망가뜨릴 수 있다는 걸 깨닫고 난 뒤였다.

모두가 좋은 사람이어서는 일이 제대로 진행되지 않고 제시간에 퇴근도 할 수 없다는 것을, 그러니까 이곳에서 좋은 사람은 자신이 알던 좋은 사람과는 완전히 다른 의미라는 것을 받아들이게 된 거였다.

적어도 인선은 함께 일하는 사람들의 몸을 축내는 사람이 되고 싶지는 않았다. 그런 의미에서 경옥은 전혀 '좋은 사람'이 아니었다.

고무장갑과 실내화 같은 개인 소모품을 준비해오지 않은 건 괜찮았다. 뭘 시키면 이렇다 할 대답을 하지 않는 것도 그러려니 넘길 수 있었다. 동작이 굼뜨고, 요령이 없는 것도 참을 수 있었다. 그러나 작업을 끝냈다고 해서 가보면 매번 어딘가 문제가 있었다.

인선이 싱크대 안쪽에 붙은 스티커를 가리켰을 때도, 콘센트 안쪽의 묵은 때를 지적했을 때도, 손바닥으로 현관문 위쪽의 먼지를 쓸어 보였을 때도 경옥은 몰랐다고 대답했다. 다시 하겠다거나 미안하다는 말은 절대로 하지 않았다.

이런 것까지 해야 하는 거예요? 전 몰랐는데요.

모르면 물어봐야죠.

물어봐도 돼요?

모르면 물어야지, 방법이 있어요?

뭐 물어보면 다들 알아서 눈치껏 배우라는 말만 하고 가르쳐주지는 않던데요? 가르쳐주면 저도 하죠. 진짜 잘 배울 수 있거든요.

정말이지 하나부터 열까지 다 알려줘야 하는 타입이었다. 인선은 걸레질하는 순서와 방향, 먼지를 제거하는 요령, 세정제의 종류와 용도까지 꼼꼼하게 일러주었다. 경옥은 잠자코 들었다. 별다른 반응이 없어서 제대로 듣고 있는지 확인하고 싶을 때가 많았지만 인선은 그러지 않았다. 신입과 옥신각신하며 감정을 상하고 싶지 않았고 그럴 시간도 없어서였다.

인선은 양 사장에게 말할 작정이었다. 앞으로 급한 일을 맡길 땐 신입은 보내지 말라고, 집 상태를 모르면 그냥 모른다고 솔직하게 말하라고. 분위기가 괜찮으면 일머리 없는 신입을 보낸데다 험한 집을 맡겼으니 일당을 더 줘야 한다고 넌지시 떠볼 수도 있을 거였다.

경옥에 대한 생각은 하지 않았다. 오늘이 지나면 다시는 볼 일이 없을 거라고 여겼다. 그리고 얼마 뒤, 인선은 경옥을 다시 만났다.

네 사람이 투입되어 42평 아파트를 청소하는 날이었다.

아파트단지 정문을 찾느라 주변을 두리번거리며 걷던 인선은 환한 편의점 야외 테이블에 앉은 누군가를 보았다. 아직 날이 채 밝지 않은 시각이었다. 거리는 적막했고 눈이 시릴 정도로 차가운 바람이 불었다. 그러니까 우연히 테이블 위에 놓인 맥주 캔을 목격하지 않았더라면, 그래서 유심히 살펴보지 않았더라면 컵라면과 맥주를 먹고 있는 사람이 경옥이라는 걸 알아채지도 못했을 거였다.

인선은 멀찌감치 서서 그 모습을 지켜보았다.

컵라면에서 가느다랗게 김이 솟아오르는 게 보였다. 라면을 먹느라 잠깐씩 고개를 숙이는 경옥의 뒷모습은 허기져 보이지도, 지쳐 보이지도, 추워 보이지도 않았는데 이상하게 마음이 착잡해졌다.

인선은 자신이 하는 이 일에 크게 의미를 두지 않는 편이었다. 일할 때는 눈앞의 얼룩을 제거하는 데 몰두했고, 일이 끝나면 일에 관한 생각은 하지 않으려고 애썼다. 그런데 그 순간, 자신이 필사적으로 피해 다니던 어떤 생각들이 한꺼번에 몰려오는 기분이었다. 이 일을 하는 자신의 처지와 형편 같은, 당장은 대안이 없고 도움도 되지 않는 현실적 고민이 되살아났다.

인선은 돌아서서 빠르게 걸었다. 편의점을 지나치지 않으려면 후문이 있는 뒷길 쪽으로 돌아가야 했다.

집이 어디예요?

그날 인선은 경옥에게 물었다.

양 사장은 붙박이장의 선반을 순서대로 분리하는 중이었고, 양 사장의 아내는 기름때로 뒤덮인 주방 후드와 가스레인지에 약품을 바르는 중이었다.

욕실에는 인선과 경옥 둘뿐이었다.

집이 멀어요? 멀리서 와요?

경옥이 대답이 없어서 인선은 한 번 더 물었다. 멀리 사는지, 오는 시간을 제대로 계산하지 못했는지, 그래서 어쩔 수 없이 편의점에서 시간을 보내게 된 건지, 어쩌다 이가 덜덜 떨리는 그 새벽에 야외에서 맥주와 컵라면을 먹고 있었던 건지 의아해서였다.

전 돈만 많이 주면 어디든 가는데요.

경옥은 바스켓 앞에 쪼그리고 앉아 거품 물을 만들며 그렇게 중얼거렸고, 인선을 올려다보며 몇 마디 더 했다.

근데 이 일에 정말 소질 있으신 거 같아요. 지난번에 저 완전 깜짝 놀랐잖아요. 돈만 많으면 저희 집 청소도 맡기고 싶었다니까요. 그 집 주인은 진짜 절이라도 해야 해요. 그렇게 청소해주는 사람이 어딨어요. 전문가라는 사람들 저도 많이 봤거든요? 근데 그렇게 청소하는 사람 아무도 없었어요. 진짜 처음 봤어요.

다들 그렇게 한다거나 그렇게 하지 않으면 누가 일을 주겠느냐고 대수롭지 않게 대꾸하려 했지만 인선은 잠자코 거품물을 내려다보기만 했다. 당혹스러웠고, 민망하기도 했는데 슬며시 웃음이 새어 나오려는 걸 참을 수 없었다.

이봐, 인선 씨, 매직블럭 남은 거 좀 있지?

때마침 양 사장이 큰 소리로 호출한 탓에 인선은 경옥에게 이렇다 할 대답을 하지 못했다. 하지만 양 사장이 곰팡이가 낀 실리콘을 모두 긁어내라고 했을 때도, 베란다 천장을 물걸레로 닦으라고 했을 때도, 비좁은 세탁실의 줄눈을 솔질하라고 했을 때도 이상하게 짜증이 나지 않았다. 양 사장의 아내가 잠시 자리를 비운 탓에 인선이 주방 후드와 가스레인지 작업까지 마무리해야 했지만, 여느 때처럼 울분이 치밀지도 않았다.

그것이 경옥이 건넨 말 때문이라는 것을 인선은 나중에 알았다. 지금껏 들어본 적 없고, 듣게 될 거라고 기대하지 않았던 그 말을 자신이 내내 기다리고 있었다는 것을. 누군가가 한번쯤 그런 말을 해주길 몹시 바라고 있었다는 것을. 그럼에도 누구도 그런 다정한 말을 건넨 적이 없음을 깨닫게 된 거였다.

두번째 집으로 이동하기 전, 네 사람은 근처 식당에 들러 점심을 먹었다. 양 사장은 메뉴 세 개를 시키고 공깃밥 하나를 추가했다.

네 사람인데, 하나 더 시켜야 하는 거 아니에요?

그렇게 질문한 건 경옥이었다.

아, 우리 집사람이 많이 안 먹잖아. 인선 씨도 그렇고. 세 개만 시켜도 충분하지 뭐. 우린 늘 이렇게 먹어. 괜히 많이 시켜서 남는 거보다야 훨씬 낫잖아.

남기는 건 각자 마음이죠. 처음부터 모자라게 시키면 먹고 싶어도 다 먹을 수가 없잖아요. 눈치도 봐야 하고. 돈까스 하나 더 시킬게요. 제가 다 먹을 테니까 걱정 안 하셔도 돼요. 그래도 되죠? 여기요!

그뿐만이 아니었다.

양 사장이 타일 시트지를 제거하라거나 베란다 외부 유리창을 닦으라고 지시하면 경옥은 명랑한 목소리로 되물었다.

원래 이런 건 그냥 안 해주잖아요. 다 따로 추가 비용 받으시는 거죠? 그럼 저도 추가로 수당 주셔야 해요. 그게 맞잖아요.

그런 말을 할 땐 항상 큰 목소리를 냈기 때문에 멀리 있는 인선의 귀에도 또렷하게 들렸다. 인선은 경옥이 유별나다고 생각했다. 모든 걸 지나치게 따지고 든다는 생각, 현실을 너무 모른다는 생각이 들었다.

그러나 일을 마치고 귀가할 때면 경옥이 했던 말들을 곰곰이 되짚어보게 됐다. 식사비와 교통비, 추가 비용과 추가 수당 같은, 경옥이 스치듯 양 사장에게 했던 질문의 의미를 찾아보는 거였다. 정류장에서 버스를 기다리다가, 지하철에서 잠깐씩 졸음에 빠지다가, 마트에서 계란과 커피 같은 식료품을 고르다가 인선은 경옥의 질문을 떠올릴 때가 많았고, 그러면 지금껏 자신이 당연하게 해왔던 일의 수고와 비용을 따져 볼 수밖에 없었다.

이후 한동안 인선은 경옥을 만나지 못했다.

네 사람이 투입되는 현장에도, 다섯 사람이 투입되는 현장에도 늘 처음 보는 신입들뿐이었다. 이를 악물고 일을 배우겠다던 중년 여자도, 대화를 하기 전까진 한국인처럼 보이던 몽골 남자도, 청소업체 창업을 준비하고 있다던 청년들도 일주일을 넘기지 못했다. 수습 기간인 일주일 동안엔 식비와 교통비만 제공되고, 일주일이 지나야 정식으로 일당을 받을 수 있는데도 그랬다.

요즘 사람들이 뭐 이런 일 하려고 해? 조금만 힘들면 금방 그만둬버리지. 일은 많지, 사람은 없지. 말도 마. 나도 골치가 아파 죽겠다니까.

인선이 물으면 양 사장은 매번 앓는 소리를 했다.

기껏 일을 가르쳐놓으면 새로운 신입이 오고, 또 새로운 신입이 왔으므로 인선은 맥이 빠졌다. 일이 서툰 신입들을 대신해 인선이 해야 하는 일은 점점 늘었다. 일을 가르치고, 감독하고, 확인까지 하기엔 항상 시간이 빠듯해서였다. 제시간에 일을 마치려면 누구라도 무리를 할 수밖에 없었다.

양 사장이 인건비를 줄이기 위해 계속 신입을 데려온다는 생각은 하지 못했다. 매일 두 집씩, 주말도 쉬지 않고 일하는 사장 부부가 벌어들이는 돈이 결코 적지 않다는 생각도 하지 못했다. 그런 생각이 든 건 시간이 더 흐른 뒤였다.

인선 씨, 집에 있어? 아이, 휴일인데 미안하네. 아침부터 내가 일정이 꼬여서 말이야. 혹시 오늘 오후에 한 집 할 수 있어?

얼마 후, 인선은 다시 양 사장의 전화를 받았다. 20평 아파트라고 해도 내부는 아담하다고, 아주 기본적인 작업만 하면 된다고, 두 명이 쉬엄쉬엄해도 서너 시간 안에는 충분히 끝낼 수 있다며, 양 사장은 사정했다. 내일 아침 이사가 예정된 집이어서 무슨 일이 있어도 오늘까지는 청소를 완료해야 한다는 거였다.

인선은 경옥을 불러달라고 말했다.

누구? 경옥? 임경옥? 그게 누군데?

양 사장은 인선의 설명을 듣고 나서도 한참 만에야 경옥을 겨우 기억해냈다.

아, 그 젊은 여자애? 계속 뻑뻑거리던 애 아냐, 맞지? 에이, 뭐 하러 그런 애를 불러. 점잖은 사람도 얼마든지 많은데. 있어봐. 내가 전화 한번 돌려볼 테니까.

경옥 씨가 일은 잘해요. 말귀도 잘 알아듣고. 다 가르쳐놔서 이제 웬만한 작업은 알아서 다 한다니까요.

작업 일정을 관리하고 사람을 쓰는 건 양 사장의 권한이었고 인선이 관여할 수 없는 문제였다. 그걸 알면서도 인선은 고집을 꺾지 않았다.

아무것도 모르는 사람보다는 그래도 일을 좀 하는 사람을 데려가는 게 나도 편하잖아요.

걔가 일을 잘한다고? 에이, 쓸데없이 말만 많고 일은 제대로 안 하던데? 인선 씨도 봤잖아. 까탈스러운 거.

양 사장은 만류하듯 몇 마디를 더 보태다가 결국 경옥에게 연락하겠다고 말했다. 진지한 목소리로 불필요한 대화는 가급적 길게 하지 말라는 당부를 덧붙이고 나서였다.

경옥은 이번에도 조금 늦게 왔다. 인선이 주차된 차에서 청소 도구와 용품을 차례로 꺼내고 있을 때였다.

어? 차가 있으시네요.

경옥이 다가와 알은체를 했다.

지난번에도 가져왔는데 못 봤어요?

인선은 트렁크에서 청소기를 꺼내고, 날카로운 연장이 담긴 작은 가방을 멨다. 그런 후엔 스크래퍼와 헤라, 걸레와 밀대 따위가 담긴 커다란 바스켓을 경옥 쪽으로 밀어주었다.

차 없으면 무슨 수로 이걸 가져와요. 팀으로 갈 땐 사장님이 가져오지만 오늘은 둘뿐이잖아요. 이거 들 수 있죠?

오가는 사람이 거의 없는 아파트단지 안은 한산했다. 고개를 들면 앙상한 겨울 산의 풍경이 바로 보였다. 산 아래 위치한 탓에 바람은 더 차갑게 느껴졌고, 몽땅하게 가지치기를 한 가로수들은 볼품없었다. 여기저기 깨진 보도블록 탓에 발을 내디딜 때마다 몹시 주의를 기울여야 했다. 인선은 띄엄띄엄 늘어선 건물을 올려다보며 걸었다. 3동, 5동, 7동, 11동 건물은 보이지 않았다. 또 엉뚱한 곳에 주차를 한 모양이었다.

근데요. 양 사장님요. 진짜 연락 안 올 줄 알았거든요. 갑자기 전화 와서 엄청 놀랐잖아요. 꼭 좀 와달라고 그러던데요?

경옥은 바스켓을 들고 인선를 뒤따라오며 말했다. 덜그럭거리는 소리가 가까워졌다가 멀어졌다가 했다. 인선은 앞만 보고 걸었다. 마음이 급했다.

실은 사장님한테 일 없냐고 몇 번 문자 했었거든요. 답도 없더라고요. 전화도 안 받고. 아예 대놓고 무시하나 싶었죠.

경옥은 계속 말했다.

근데 알고 보니까 다른 업체 팀장한테 제가 유별나다고 욕한 거 있죠? 사장들만 있는 채팅방에 그런 글을 올렸다고 하더라고요. 어이가 없어서. 자기가 치사하게 군 건 하나도 말 안 하고. 그때 메뉴 세 개만 시키는 거 보셨죠? 아무리 그래도 그건 진짜 아니잖아요.

멀리 단지 안쪽에 11동 건물이 보였다. 오층 건물이었고 엘리베이터가 없어서 계단으로 직접 짐을 날라야 할 것 같았다.

다섯시까지는 끝내야 하니까 오늘은 좀 빨리 움직이죠.

인선은 놀이터를 가로지르며 그렇게 대꾸했고 서둘러 걸었다. 달라지지도 않고, 달라질 수도 없는 문제들을 일일이 들춰내고 싶지 않았고, 사장 부부의 결점을 들먹이며 열을 올리고 싶지도 않았다. 불만과 원망이 없는 일터가 어디 있느냐는 식의 훈계를 늘어놓을 수도 없는 노릇이었다.

아니, 인선은 뭔가를 더 알게 되는 게 불편했다. 이제껏 자연스럽다고 생각했고 당연하게 여겨왔던 이 일의 실체와 정체를 마주하는 것이 두려웠다. 그리고 뭔가 와르르 쏟아지는 소리가 났다. 인선이 돌아보았을 땐 경옥이 바닥에 엎어진 바스켓을 바로 세우는 중이었다.

왜 그래요? 괜찮아요?

인선이 물었는데 경옥의 몸이 휘청하더니 앞으로 고꾸라질 뻔했다. 시소 옆 벤치. 그 주변만 시멘트를 새로 바른 모양이었다. 덜 마른 시멘트 위에 청소솔과 스퀴지, 장갑과 마른걸레 같은 것들이 쏟아져 있었다.

아, 진짜. 공사했으면 뭐 표시라도 해놔야 하는 거 아니에요? 그냥 이렇게 두는 데가 어딨어요? 아, 진짜!

경옥은 제자리에서 발을 구르며 신발을 털어냈다. 탁탁, 하는 소리가 메아리처럼 울려 퍼졌다.

다친 데는 없어요?

인선은 경옥 대신 쏟아진 물건들을 챙겼다. 물건을 주우려면 어쩔 수 없이 덜 마른 시멘트를 밟아야 했다. 조심한다고 했지만 시멘트 위에 신발 자국 몇 개가 남았다. 시멘트에 발자국을 남긴 것도, 신발이 더러워진 것도 문제였지만, 작업도구가 오염된 게 가장 큰 문제였다. 무엇보다 걸레를 모두 빨아야 해서 마른걸레를 전혀 사용할 수가 없을 듯했다.

인선은 괜한 짓을 했다고 생각했다.

소질이니 전문가니 하는 칭찬에 마음이 물러지고, 추가 비용이니 수당이니 하는 요구에 귀가 솔깃해져서 경옥을 똑똑하고 야무진 사람이라고 믿은 자신이 바보 같았다. 경옥에게 이것저것 알아보려던 자신이 한심하게 느껴지기까지 했다.

일은 일곱시가 넘어서야 끝이 났다.

양 사장 말대로 실내는 아담했고 깔끔해 보였지만 실상은 그렇지 않았다. 집 안은 하수구에서 올라오는 악취로 머리가 아플 정도였고, 녹이 슨 베란다 새시는 아무리 힘을 줘도 열리지 않아 애를 먹었다. 시멘트가 묻은 청소 도구를 세척하는 데도 시간이 걸렸고, 수압이 세지 않은데다 온수를 전혀 사용할 수가 없어서 나중엔 손이 곱는 것 같았다.

인선은 청소가 끝난 실내를 둘러보며 사진을 찍은 뒤 밖으로 나왔다. 주변은 이미 캄캄했다. 땀에 젖은 옷 사이로 찬바람이 새어들었다. 잠잠했던 한파가 다시 시작되는 모양이었다.

진짜 이렇게 일해주는 사람은 아무도 없을 거예요. 녹슨 건 원래 제거 안 해주는 건데. 블라인드도 안 닦아주고요. 딴 데는 그런 거 다 추가로 비용 받는 거 아시죠?

경옥은 바스켓을 들고 인선를 뒤따라왔다. 손이 언 모양인지 경옥은 자주 바스켓을 놓쳤고, 그때마다 바스켓이 바닥을 때리며 요란한 소음을 냈다.

근데요, 이렇게 늦게 끝나면 돈 더 줘야 하는 거 아니에요? 요즘은 저녁 먹으라고 만 원씩 더 주는 데도 있다던데, 양 사장님은 그런 적 없죠? 하긴 절대 안 그러겠지.

경옥은 계속 말했다.

대우니 처우니 하면서 불평을 늘어놓는 사람들을 인선은 많이 봐왔다. 원칙과 권리를 들먹이던 이들은 대부분 보름을 못

넘기고 일을 그만두었다. 그들이 더 좋은 일을 구했을 거라고 인선은 생각한 적이 없었다. 어쨌든 그들은 이 일의 좋은 면을 발견하지 못했으니까. 다른 어떤 일을 해도 마찬가지일 거라고 여겼다.

그럼에도 경옥의 이야기를 들을 때면 뭔가 잘못됐나 하는 의심이 생겼고, 아무런 계산 없이, 요령도 없이, 형편없는 조건 속에 자신을 방치한 게 아닌가 하는 자책이 들었다.

배고파요? 뭘 좀 먹고 갈래요?

주차된 차 앞에 이르렀을 때 인선은 그렇게 물었고, 트렁크에 대충 짐을 실은 뒤 시동을 걸었다. 경옥은 조수석에 타자마자 창을 열며 중얼거렸다.

근데 차에서 락스 냄새나는 거 아세요? 아니다, 나한테서 나는 건가? 저한테서 나죠? 그죠?

세제가 독해서 그래요. 한두 시간 있으면 괜찮아져요.

시동은 두 번 만에 걸렸다. 산 아래 위치한 아파트단지에는 상가라고 할 만한 것이 없었고, 도로변에 위치한 조그마한 시장도 문을 닫는 분위기였다. 큰길까지 내려오자 주차할 만한 곳을 찾기가 어려웠다.

결국 인선이 근처 분식점에서 김밥을 포장해 왔고, 차 안에서 김밥을 나눠 먹었다. 웅웅거리는 히터 소리와 나지막한 라디오 소리 사이로 음식을 씹고 삼키는 소리가 이어졌다.

경옥은 얼마 전 신축 아파트 입주 청소를 나갔을 때, 집 안이 너무 깨끗해서 당황스러웠다고 말했다. 청소를 하는 게 아니고, 누군가 꼭꼭 숨겨둔 먼지와 얼룩을 필사적으로 찾아다니는 기분이었다고. 인선은 그래서 깔끔한 집보다는 더러운 집이 차라리 낫다고 했고, 깨끗한 집일수록 주인이 까다롭다고 이야기했다.

두 사람의 대화는 두 번 다시 경험하고 싶지 않은 집과 집주인에 대한 토로로 이어졌다. 수수료니 소개비니 하며 일당을 깎는 사장들, 힘든 일을 요리조리 피해 다니는 얌체 같은 팀원들, 매번 다른 강도와 증상으로 찾아오는 통증에 대해서도 솔직하게 털어놓았다. 그럼에도 두 사람 모두 최악은 말하지 않았다. 지금껏 아물지 않았고, 언제 아물지 모를 기억에 대해서는 입을 다물 수밖에 없었다.

아, 생각하니까 또 열받네. 진짜 너무 화나지 않으세요?

이따금 경옥은 못 참겠다는 듯 그렇게 중얼거렸다.

인선은 잠자코 들었다. 이해한다는 듯 고개를 끄덕이고, 속상하다는 듯 한숨을 내쉬면서. 그리고 경옥의 말이 끝난 뒤 조심스럽게 입을 열었다.

있잖아요, 경옥 씨. 내 말 오해하지 말고 들어요.

식사를 끝낸 뒤, 경옥을 지하철역까지 태워다주는 길이었다. 신호가 바뀌었고, 차가 사거리에 잠시 멈췄다. 인선은 일렬로 늘어선 붉은 미등을 주시하며 다음 말을 꺼내려고 했다. 무슨 일이든 포기하고 감수해야 하는 것이 있다고, 매사 하나하나 다 따져가며 일할 수 없다고, 그러면 어떤 일도 지속할 수 없다고 충고할 작정이었다.

아, 맞다. 저 사실 경옥 아니에요.

그 순간 경옥이 불쑥 말했다. 인선은 그 말을 한번에 이해하지 못했다. 고개를 돌려 눈을 맞추자 경옥이 조금 더 큰 목소리를 냈다.

그 이름 제 이름 아니에요. 진짜 이름은 따로 있어요.

경옥이 진짜 이름이 아니라고요?

네. 그때, 고지서에서 본 이름이에요. 왜 처음 갔었던 원룸 있잖아요. 기억하시죠? 현관에 고지서 엄청 쌓여 있던 집. 거기서 봤어요. 임경옥이라고 적혀 있더라고요.

신호가 바뀌었고 인선은 속도를 냈다. 왜 그런 거짓말을 했는지, 왜 지금 느닷없이 그 사실을 털어놓는 건지 의아했지만 묻지 않았다. 다만 경옥이 차에서 내리기 직전 이렇게 말했다.

그럼 앞으로 뭐라고 불러요? 경옥 씨라고 계속 부르면 돼요?

아, 제 이름 소현이에요. 이소현. 근데 그냥 좋을 대로 부르시면 돼요. 상관없어요.

인선은 고개를 끄덕였다. 하려던 말은 하지 못했다. 덜 마른 시멘트에 남긴 신발 자국도 까맣게 잊고 말았다.

인선 씨, 어제 갔던 집 말이야. 거기 시멘트 밟아서 엉망으로 해놨다며? 아침부터 전화 오고 난리도 아니네.

다음 날 오전, 양 사장의 전화를 받고 나서야 인선은 어제 일을 기억해냈다.

아, 양 사장님. 그거, 그게 일부러 그런 게 아니고요. 놀이터에.

인선이 해명하려 했지만 양 사장은 들을 마음이 없는 것 같았다. 운전 중인 모양인지 신경질적인 경적이 계속 끼어들었다.

그 사람들이 뭐 우리 이야기를 듣기나 해? 하여간 골치 아프게 됐어. 관리사무소에서 그 집 사람한테 원상 복구해내라고 난리라네. 청소비는커녕 돈만 더 물어주게 생겼어. 듣고 있어?

거기 아무 표시가 없어서 사람이 다칠 뻔했어요. 무슨 표시라도 해둬야 하잖아요. 애들 노는 놀이터인데.

인선 씨가 그런 거야? 아이, 실수 안 하는 사람이 왜 그랬대? 인선 씨, 하여간 이건 인선 씨가 책임져야 해. 우리 업체 이미지도 있고. 그렇잖아.

미안한 일이었지만 다짜고짜 몰아붙이는 양 사장에게 서운한 마음이 들었고, 청소비를 주니 마니 하는 의뢰인의 태도가 말할 수 없이 야속했다. 처음 있는 일은 아니었다. 어떻게든 트집을 잡아 단 얼마라도 깎아보려는 사람들은 어디에나 있었다. 돈을 주는 사람이 억지를 부리면 방법이 없었다.

그래서 돈을 못 주겠대요? 집을 그렇게 깨끗하게 해놨는데도요?

일단은 잘 달래봐야지. 젊은 사람 같던데. 괜히 인터넷에 글이라도 올리면 더 큰일이잖아. 아무튼 인선 씨도 그렇게 알고 있어. 내가 다시.

인선은 양 사장의 말을 끊고 물었다.

그럼 제가 가서 한번 이야기해볼까요? 오늘 이사한다고 했죠, 그 집?

양 사장은 그럴 필요가 없다면서 처음엔 그냥 기다리라고 했다가 자신이 해결하겠다고 말을 바꿨다. 인선은 경옥의 연락처를 알려달라고 했다. 어쨌든 사태의 경위를 직접 설명하고 싶었고, 오해를 살 만한 상황은 만들고 싶지 않았다. 뜸을 들이던 양 사장은 한참 만에 경옥의 연락처를 알려주었다.

그래서 돈을 못 준대요?

전화로 짤막한 설명을 듣자마자 경옥은 대번에 그렇게 물었다.

일단은 사장님이 해결하겠다니까 기다려봐야죠.

겨우 몇 분이 지났을 뿐이지만 서운함도 야속함도 잦아들고 인선은 잠자코 양 사장의 연락을 기다릴 생각이었다.

해결할 생각이 있었으면 전화하기 전에 해결했겠죠. 아, 열받아. 시멘트는 시멘트고 청소는 청소잖아요. 일을 시켰으면 돈을 줘야죠. 전 못 참아요. 진짜 못 참겠어요.

경옥은 가만히 있으면 안 된다고 말했고, 일이 어떻게 해결되는지 확인해야 한다고 말했고, 이도 저도 안 되면 그 집을 청소 이전의 상태로 돌려놓고 말겠다고 큰소리쳤다.

인선은 그럴 수 있으면 얼마나 좋겠냐고 대꾸했지만 경옥과 함께 진짜 그 집을 찾아가게 될 줄은 몰랐다. 언성을 높이지 않고, 악다구니를 쓰지도 않고 그토록 쉽게 돈을 받을 수 있을 거라고는 전혀 기대하지 않았다.

네? 누구시라고요?

11동 402호 남자는 황당하다는 얼굴로 두 사람을 맞았다. 쉴 새 없이 이삿짐이 올라오는 탓에 계속 주변을 기웃거리면서였다.

사장님한테 돈 못 준다고 하셨다면서요? 어제 저희 일곱 시 넘도록 청소했거든요. 진짜 안 해도 되는 데까지 다 하고 갔다고요. 저기 베란다 창문 녹슨 거하고, 블라인드. 저런 건 원래 닦아주지도 않아요.

경옥이 목소리를 높이자 남자가 되물었다.

돈을 못 준다고 했다고요? 난 그런 말 한 적이 없는데요?

돈 못 주겠다고 했다면서요. 사장님한테 들었어요.

글쎄, 전 그런 말 한 적이 없다니까요. 시멘트 그거 어떻게 할 거냐고 물은 게 다라고요. 여기 청소하신 분이세요? 저한테는 사장님이 직접 청소한다고 하더니 다른 사람을 보냈나 보죠?

인선은 무슨 말을 더 하려는 경옥을 만류하며 이렇게 답했다.

청소는 우리가 훨씬 더 잘해요. 그래서 우리가 온 거예요.

남자는 관리사무소에 가서 문제를 해결하라고 했고, 문제가 해결되면 청소비를 주겠다고 약속했다. 청소 상태가 꽤 만족스러운 모양이었다. 두 사람은 관리사무소로 가서 신발 자국을 남긴 것에 대해 해명했다. 외부인, 무단침입, 훼손

운운하며 대뜸 두 사람을 하대하던 관리과장은 놀이터, 위험, 아이들, 안전, 맘카페 등을 언급하는 경옥의 말을 끝까지 듣고 나서 서류 한 장을 내밀었다.

알았어요. 그만합시다. 여기 이름 적고 서명해요. 우리도 기록으로 남기긴 해야 하니까.

402호 남자는 더는 책임을 묻지 않겠다는 관리사무소의 전화를 받은 뒤 양 사장에게 바로 돈을 보냈다. 양 사장이 수수료를 제하고 두 사람에게 일당을 지급하기까지는 시간이 조금 더 걸릴 거였다.

그게 끝이었다.

당시엔 예상하지 못했지만 인선과 양 사장의 관계도 그렇게 끝이 났다. 양 사장이 인선을 탓하거나 인선이 양 사장에게 항의했기 때문이 아니었다. 인선은 아무것도 묻지 않았고, 양 사장도 아무 말 하지 않았다. 그러니까 인선은 끝까지 아무런 말도 하지 않는 양 사장의 태도가 말할 수 없이 실망스러웠다. 아니, 모든 걸 당연한 줄 알고 성실하게 일해왔던 스스로가 너무나 바보 같았다.

양 사장님, 그동안 덕분에 많이 배웠어요.

이후 몇 차례 양 사장의 호출이 있었지만 인선은 그렇게 대꾸하고 말았다. 뻔뻔하게 자신을 속여온 사장에게 당하면서 배운 게 많긴 했으니까. 진심과 원망이 공평하게 담긴 말이었다.

인선은 청소업체 몇 군데에 새로 지원서를 넣고, 인터넷 구인공고에 연락처를 남겼다. 연락은 오지 않았다. 이사철이 지난 탓인지, 양 사장이 채팅방에서 비밀스러운 복수를 감행하고 있는 탓인지 알 수 없었으나 인선은 뭐든 오래 생각하지 않으려고 애썼다.

일이 들어온 건 3월 중순이 지나서였다.

오가는 데만 세 시간이 넘게 걸리는데다 일당도 터무니없이 적었지만 인선은 하겠다고 했다. 이른 새벽, 인선은 경옥과 함께 출발했다. 거리는 고요했고 도심을 빠져나오자 풍경이라 할 만한 것들이 빠르게 멀어졌다. 나중엔 황량한 들판과 군데군데 선 창고 몇 개가 전부였다.

인선은 라디오를 켜고 채널을 이리저리 돌렸다.

아예 그냥 창업을 하시면 어때요? 아시죠? 청소업체 엄청 많은 거. 창업하는 데 돈이 많이 안 들어서 그렇대요. 이백 갖고 창업한 사람도 있다던데요? 어차피 기본적인 건 다 갖고 계시잖아요.

경옥은 휴대폰으로 창 너머 해가 떠오르는 모습을 찍다가 그렇게 말했다.

돈만 있다고 뭐 창업을 할 수 있나요.

아뇨. 창업하면 완전 대박 나실걸요? 그건 제가 장담해요. 백 프로!

백 프로씩이나?

실력이 있으니까요.

그런 게 가능할 리 없다고 생각하면서도 인선은 웃어 보였다. 어떤 기분 좋은 상상들이 신기루처럼 잠깐 떠올랐다가 사라졌다.

경옥 씨는, 아니다. 소현 씨는 이 일 계속할 마음 있어요?

아뇨. 전 이 일 너무 싫어요. 당장이라도 그만두고 싶은데 또 모르죠. 하다 보면 잘 풀릴지도요. 근데 창업하시면 저 직원으로 써주시면 안 돼요? 저 진짜 잘할 수 있거든요.

라디오에서 경쾌한 팝송이 흘러나왔다. 그 멜로디가 마음속에 드리운 불안을 조금씩 걷어내는 것 같았다.

그런데 왜 남의 이름을 알려준 거예요? 소현이라는 이름이 훨씬 잘 어울리는데.

아, 그거요. 그날까지만 하고 진짜 그만둘 생각이었거든요. 근데 소현보다는 경옥이 청소를 훨씬 더 잘할 것 같지 않아요? 경옥. 임경옥. 뭔가 베테랑 같잖아요.

인선은 라디오 볼륨을 조금 낮추며 물었다.

이 일 하기 전엔 무슨 일 했어요?

저요? 편의점 알바도 하고, 베이커리에서 빵도 굽고, 커피도 만들고 그랬죠. 아, 우체국에서 사무보조로 일한 적도 있고요.

그런데 왜 청소 일을 하게 되었느냐고, 인선은 묻지 않았다. 그런 질문에 관해서라면 자신도 제대로 된 답을 갖고 있지 못했으니까. 이 일을 하게 되기까지의 과정은 자신조차 납득할 수 없는 공백으로 가득했으니까.

저도 궁금한 거 있는데 물어봐도 돼요?

인선이 고개를 끄덕이자 경옥은 도저히 엄두가 나지 않는 집을 청소할 땐 마음이 너무 불행해지지 않느냐고 물었다. 받는 돈은 똑같은데 몇 배나 더 일해야 하는 상황이 억울하지 않으냐는 거였다.

축복을 비는 마음으로 하는 거죠, 뭐.

인선이 답했고 경옥이 물었다.

축복요? 무슨 축복요?

깨끗하게 청소해드리는 만큼 좋은 일 많이 생기시라고 빌어주는 거죠.

경옥이 황당하다는 얼굴로 인선을 돌아보았다. 인선의 얼굴에 엷게 웃음이 떠오르는 걸 확인하고 난 뒤에야 경옥이 중얼거렸다.

에이, 설마. 진짜 아니죠?

왜 아니에요? 진짜지. 진짜예요.

진짜요? 진심으로요? 축복을요?

진짜라니. 축복을 비는 마음이라니. 인선은 대답 대신 소리 내어 웃었다. 때마침 경쾌한 팝송이 끝나고 다른 곡이 흘러나왔다. 나의 꿈, 나의 모든 것, 모진 바람 불어와서 내 꿈을 데려갔네, 로 시작되는, 인선이 좋아하는 노래였다. 인선은 창을 내리고 라디오 볼륨을 더 높였다. 창틈으로 신선한 바람이 새어들었다. 더는 한기가 느껴지지 않고, 이가 덜덜 떨리지도 않는, 정말 봄이라고 할 만한 공기였다.

박지영

쿠쿠, 나의 반려밥솥에게

2010년 조선일보 신춘문예에 당선되며 작품 활동 시작.
장편소설 『지나치게 사적인 그의 월요일』 『고독사 워크
숍』이 있음. 2013년 조선일보 판타지문학상 수상.

1

7월이 되면서 예쁜 치매 노인상을 신설했다. 후보는 어차 피 강만석뿐이지만. 포도알 스티커를 냉장고에 붙여두었다.

아버지, 보세요. 착한 일을 할 때마다 포도알 스티커를 하 나씩 붙여드릴 거예요. 그러니까 착하게 굴어야 해요. 똥은 변기에 앉아서 싸는 거고요. 혼자 변기에 앉아서 똥만 싸도 포도알 스티커가 하나 늘어나니 얼마나 좋아요? 나도 누가 똥만 잘 싸도 착하다고, 잘했다고 스티커를 붙여주면 좋을 텐데 말이죠. 열두 개의 포도알을 다 채우면 이달의 예쁜 치 매 노인상을 드릴게요. 이달의 예쁜 치매 노인상을 네 개만 받으면 연말에 올해의 예쁜 치매 노인상도 받을 수 있어요. 그때는 아버지가 좋아하는 장어를 먹으러 가요. 자연산 장어를 배가 터지게. 계산은 누나나 형보고 하라고 하고요.

당연히 강만석은 강선동의 말을 이해하지 못한다. 다만 중 얼거릴 뿐이다. 염병.

지난 주말 오랜만에 방문한 강진경은 냉장고에 붙여놓은 포도알 스티커를 보고 강선동에게 말했다. 너 말이야, 즐기는 거 같다?

그러고 보니. 강선동은 자신이 즐기고 있다는 걸 인정했다. 치매에 걸린 아버지를 돌보는 일이 게임기 속 다마고치를 키우는 것과 같지는 않지만 이왕이면 게임처럼 즐기면서 하는 게 나쁜 건 아니잖아?

최근에는 「세상에 나쁜 개는 없다」와 같은 반려견 행동 교정 프로그램을 자주 보기 시작했다. 개나 고양이는 귀엽지만 그뿐, 귀찮아서 키울 생각은 해본 적 없는데 치매에 걸린 아버지와 살기 시작하면서 동물 관련 방송들을 유심히 보게 됐다. 뭐랄까, 치매에 관한 다큐멘터리보다 훨씬 참고할 만하달까. 다른 형제들에게는 말하지 않았다. 강진경이 안다면 아마도 아버지를 반려동물로 생각하는 거냐고 어이없어할지도 모르니까. 그럴 리가. 강선동은 강만석을 절대 개나 고양이로 생각하지 않았다. 귀여운 구석도 없고 똑똑한 녀석들처럼 똥 오줌도 못 가리는데 그럴 리가. 밥솥이라면 모를까.

전기밥솥의 평균 수명은 5년에서 7년. 강만석의 집에 있는 밥솥은 10인용이고 7년이 되었다. 바꿀 때가 되었다는 의미다. 강만석이 처음 치매 진단을 받은 것도 7년 전이었다. 집에서 치울 때가 된 것이 밥솥만은 아니다. 그러나 아직은 둘 다 집에 있다. 밥솥은 낡았지만 그럭저럭 쓸 만하고 교체하는 데 비용이 들어서, 강만석은 쓸데도 없고 고장 난 지 오래지만 강선동의 아버지이기 때문이다.

그러나 강만석은 완전히 고장 난 후 새로운 쓸모가 생겼다. 혼자서는 먹고 싸고 말하는 것도 못하게 되면서 강선동의 2인용 밥솥으로 기능하게 된 것이다. 강선동은 돌봄 비용이 입금되는 날이면 매운 족발에 생맥주를 시켜 먹으며 그 어느 때보다 상냥한 목소리로 강만석에게 이렇게 중얼거렸다.

아버지, 따라 해보세요. 잘 따라 하면 포도알 스티커를 붙여줄게요. 요즘 말도 못하는 밥솥이 어디 있어요. 그러니까 이렇게 말해보세요. 지금부터 보온을 시작합니다, 쿠쿠.

2

강선동의 한자는 선할 선(善)에 아이 동(童), 착한 아이의 마음으로 살라고 강선동의 할아버지인 강욱이 지어준 이름이었다. 강만석은 그 이름이 마음에 들지 않았다. 착한 아이의 세계란 얼마나 좁고 답답한가. 수많은 삶의 가능성을 차단하는 선한 억압에 대해서 강만석은 누구보다 잘 알았다. 자신은 그렇게 살았으나 자식은 그렇게 살지 않기를 바랐다. 그러나 착한 아들답게 강만석은 강욱의 뜻을 거스르지 못했다. 그

대신 선동의 이름을 부를 땐 늘 거꾸로 불렀다. 강동선. 혹은 강똥선.

아들은 아버지의 기대를 저버리는 쪽으로 자랐다. 그러니까 강선동은 강만석의 바람과는 달리 착한 아이로 성장했다는 뜻이다. 초등학교 4학년인 강선동이 교실 뒤편에 붙여 놓은 마흔여덟 개의 포도알 스티커를 빈틈없이 채우고 처음으로 선행상이란 걸 받아 왔을 때 강만석이 한 말은 이런 것이었다. 염병, 너무 애쓰지 마라.

그날 이후 강선동은 한층 더 착한 아이가 되었다. 그것이 강만석이 틀렸다는 걸 증명하는, 아버지와 불화하는 아들의 방식이었다. 자신은 애쓰는 게 아니라 태생적으로 착한 아이였다. 다만 착함을 표출하기 위해 다른 누군가에게 염병할 일들이 생기는 걸 반길 뿐이었다. 다행히 염병할 일은 언제 어디서나 일어났다. 그리고 마침내 은유가 아닌 직유로서 염병의 시대가 도래했다. 코로나바이러스의 확산으로 모든 사람의 삶이 재편되기 시작한 것이다. 타인은 나를 위협하는 거대한 염병 집단이 되었고 나 역시 누군가의 염병이 될 가능성을 지닌 존재였다.

강만석이 다니던 주간보호센터에도 확진자가 발생했다. 중증 치매로 장기 요양 등급을 받은 후 일주일에 6일간 여덟 시간씩 머물며 하루 세끼의 식사까지 해결하던 곳이 폐쇄되었다. 혼자 거주하는 집으로 방문 요양을 신청했으나 하루에 세 시간의 돌봄으로는 부족했다. 한 달 사이에 세 번의 실종 사고가 있었고, 세번째가 되자 경찰들은 치매 노인에 대한 가족의 학대와 방치를 의심하며 요양원 입소를 권했다. 요양원이라고 즉시 입소가 가능한 것도 아니었다. 믿을 만한 국공립요양원은 남자 노인의 경우 대기 인원만 스무 명이 넘었다. 대기를 걸어놓고 언제 자리가 날까요, 물었더니 그걸 제가 아나요, 란 답이 돌아왔다. 노인 한 명이 죽어야 노인 한 명이 들어갈 수 있는 시스템이라고 했다.

누군가 죽어 나가기를 기다리는 동안 요양원을 중심으로 한 집단 감염과 치매 노인에 대한 간병인들의 학대 기사들이 새삼 눈에 들어왔다. 강선동은 요양원에서 학대당하는 치매 노인의 영상이나 기사를 볼 때마다 가족 단톡방에 올려 정보를 공유했다. 마침내 강진경이 물었다.

―그래서, 어떻게 하자는 거야. 네가 돌보기라도 할래?

강진철은 큰아들이지만 강만석의 수원 집과 멀리 떨어진 세종시에 근무하며 남매를 키우는 맞벌이 가장이라서, 강진경은 주로 독박 돌봄의 역할을 맡게 되는 비혼의 장녀지만 학원을 운영하며 가장 경제 능력이 출중한 자녀라는 점에서 일찍이 돌봄 노동에서 제외되었다. 남은 건 서른여덟의 미혼, 가족 내에서 잉여로 분류되며 최저 시급 이하의 값싼 노동력을 가진 막내아들 강선동뿐이었다.

―걱정하지 마. 내가 해볼게.

강선동은 착한 아이였다. 초등학교 4학년부터 6학년까지 마흔여덟 개의 포도알 스티커를 학기마다 모두 채운 학생은

강선동뿐이었다. 포도알, 강선동에겐 언제나 더 많은 포도알
이 필요했다. 착한 아이는 그렇게 착한 어른이 되어 착실히
독박 돌봄 가족의 길을 걷게 되었다.

3

강선동이 극단 일을 접고 강만석의 집에 들어가 스물네 시
간 돌봄을 전담하기로 결정한 후 형제간에 협의된 건 강만석
을 위한 돌봄 비용은 큰형 강진철과 둘째 딸 강진경이 분담한
다는 것이었다. 문제는 그 적절한 비용의 결정에 있었다.

한 명의 자녀가 개인의 삶을 희생하며 돌봄을 전담할 경우
일련의 부작용이 따르는 것은 당연했다. 따라서 발생 가능한
모든 부정적 현상을 제거하기 위해서는 선제적인 예방이 필
요했는데 가장 일차적이고 효과적인 예방책이란 강선동이 생
각건대 적절하고 충분한 보상, 즉 높은 수준의 부양료 지급이
었다.

강만석의 기본 생활비와 병원비를 제외한 적정한 돌봄 비
용 산출을 위해 강선동은 다음과 같이 추가로 고려할 사항들
을 제시했다.

돌봄 자녀의 심리적 부담감을 고려한 정신 건강 관리 비
용/육체적인 건강 유지 비용/반복되는 간병에 따른 무기력
과 피로 해소를 위한 소확행 비용/사회적 고립에 따른 인지

기능 하락 방지를 위한 취미 생활 비용/돌봄 기간 경력 단절에 따른 불안 제거를 위한 재취업 교육 비용/간병 능력 향상을 위한 치매 안심 학습 비용/기본적인 케어 외에 다정함과 상냥함을 가능케 하는 추가 복지 비용/다른 자녀들의 자식된 도리를 대신하는 데 따른 대리 효도 비용 등등.

"야, 내 착한 동생이 어쩌다 이렇게 돈만 아는 괴물이 된 거야."

강선동이 내민 부양료 산정 내역서를 보고 강진경은 중얼거렸지만 이 모든 것은 사실 전적으로 강선동의 착한 마음에서 비롯된 세심한 배려였다. 강선동은 사람의 선한 의도가 상황에 따라 얼마나 쉽게 변질되는지 알고 있었다. 치매에 걸린 강만석 곁에서 그를 미워하지 않고 과중한 부담으로 다른 형제들을 원망하지 않으며 계속 착한 돌봄을 지속하기 위해서는 '내가 이 정도 돈을 받아도 되는 걸까?' 수준의 넘치는 금전적 보상이 필요하다는 것을 익히 파악했다. 강만석을 돌보며 짜증이 나다가도 돌봄 비용으로 사고 싶던 한정판 게임팩이나 나이키 신상을 사고, 배달료 3천 원을 아까워하지 않으며 치킨과 맥주를 시킬 여유, 프리미엄으로 결재한 넷플릭스의 19금 시리즈를 보며 분출되지 못한 욕망을 해소함으로써 자기 안의 선량함을 보호할 정도의 적절한, 그러니까 '염병, 이 정도 돈을 받는데 이것도 못 견디겠어' 수준의 돌봄 비용이 필요하다는 이야기였다. 이른바 염병 비용이었다. 직장인에게 스트레스 해소를 위한 씨발 비용이 필요하다면 강선동에게는 염병 비용이 필요했다. 더구나 숨 쉬듯 염병 소리를 입에 달고 사는 치매 노인이 아닌가 말이다.

언어장애부터 시작된 강만석의 치매는 그에게 캬카쿠크커처럼 의미 불명의 음성들, 녹슨 기계가 겨우 작동할 때 내는 소음과 유사한 소리 외의 모든 소통 가능한 말을 앗아 갔다. 그런 그가 유일하게 본래의 의미대로 사용하는 말이 염병이었다. 이는 강만석의 마지막 말로 꽤나 적절했다. 모든 것이 다 망가져버린 지금 강만석에게는 살아서 겪는 모든 일이 염병할 노릇일 터였다. 더구나 이 말은 코로나 시대에 꽤 유용해지기까지 했다. 엘리베이터에서, 병원 대기실에서, 협소하고 인원이 밀집한 곳일수록 강만석은 침을 뱉듯 끊임없이 염병을 내뱉었고 사람들은 자연스레 그와 거리두기를 실천하는 것이다. 이제 이 말은 강만석 인생의 최고의 농담이 되었다. 누구에게도 염병할 인간이 되지 않기 위해 스물네 시간 엄격한 규율을 세워두고 일흔아홉 평생 성실하게 살아온 노인이었다. 오십여 년을 함께 살아온 아내 김아녜스가 죽은 다음 날 장례식장에서 쪽잠을 자다가도 새벽 다섯시 오십분 알람에 깨어 오랜 습관대로 휘적휘적 기체조를 하는 강만석의 뒷모습을, 그 염병할 쓸쓸한 몸짓을 강선동은 기억했다. 그런 그에게 끝까지 남은 단 하나의 말이 염병이라니. 이게 염병할 세상이 건네는 농담이 아니면 무어란 말인가.

그리하여 강선동은 염병 비용을 고려한, 어디까지나 객관적인 부양료 산정에 도움이 될 만한 자료를 가족 단톡방에 올렸다.

—대형 병원에서 추천하는 열 개의 간병협회에 문의한 결과. 개인 간병의 경우 하루에 12만 원이 기본. 치매나 중증 환자는 하루 1만 원의 간병비 추가. 식대는 별도로 하루에 5천 원 추가되거나 햇반 세 개 제공. 햇반은 300그램 기준.

김아녜스가 췌장암으로 죽기 전 개인 간병인을 일주일간 쓴 적 있었다. 4년 전이었는데 그때도 하루에 10만 원의 간병비가 들었다. 강진경도 기억할 터였다. 지금은 개인 간병인을 쓸 경우 한 달이면 30일×13만 원, 식대를 제하고도 390만 원이 든다는 이야기였다. 그러자 잠시 후 강진경이 이런 댓글을 달았다.

—요양보호사 자격증이 있는 자녀가 집에서 노인장기요양 등급을 받은 부모를 요양 보호할 경우 1일 60분, 월 최대 20일까지의 방문 요양을 제공한 것으로 인정받아 해당 수가 2만 790원×20일을 받을 수 있다.

그걸 기준으로 하면 한 달에 강선동이 받을 수 있는 돌봄 비용은 고작해야 40만 원 남짓이었다. 그런데 넌 요양보호사 자격증도 없잖아가 강진경의 주장이었다. 찾아보니 돌봄 대상자의 폭력 성향 등 부적절한 행동이 인정될 경우에는 1일 2만 7,880원×월 20일을 초과하여 산정 가능하다고 되어 있었다. 말하자면 법적인 근거가 있는 염병 비용이었는데 위험에 노출되는 육체적, 감정적 노동에 비해 그 보상이 매우 미비하다는 점에서 실로 염병 비용이라 할 만했다. 강선동은 책에서 본 이런 내용을 다시 올렸다.

—가족을 간병하는 사람 10명 중 6명은 우울증 치료가 필요한 것으로 나타났다. 일반 사람보다 10배 이상 높은 비율이다. 특히 간병 기간이 5년을 넘거나, **월 소득이 300만 원 이하**일 때 우울감을 호소하는 사례가 큰 폭으로 늘어났다.[*] 또한, 2006년부터 2018년 8월까지 발생한 간병 살인 108건을 분석한 결과 사건 절반 이상인 53.7퍼센트가 치매 환자를 간병하는 과정에서 발생했다.[**]

강선동은 특히 월 소득이 300만 원 이하라는 부분을 강조했다. 『간병살인, 154인의 기록』이라는 책에서 발췌한 문장이었다. 며칠 전 강만석의 부양료 문제를 상의하러 온 강진경이 식탁에 놓인 책의 제목을 보고 넌 무슨 저런 책을 보니 짜증을 내던 게 생각났다. 그때 감지했다. 적정 수준의 부양료를 결정하는 데는 믿고 맡겨도 좋다, 라는 신뢰감을 바탕으로 적당한 불안감을 심어주는 편이 협상에 유리하게 작용하리라는 것을.

침묵 끝에 자정이 넘어서야 올라온 강진철의 댓글은 이런 것이었다.

---

[*] 유영규 외, 『간병살인, 154인의 고백』, 루아크, 2019, 101쪽.

[**] 같은 책, 86쪽.

─염병하네.

일주일이 지났지만 모두가 만족할 만한 선에서 부양료를 결정하기란 쉽지 않았다. 미친 새끼와 착한 동생아 사이를 오가는 동안에도 돌봄을 미뤄둘 수는 없었다. 일단 한 달간의 체험 기간을 가지기로 하고 강선동은 임의로 네 개의 케어 등급을 나누어 각각의 비용을 산출해 단톡방에 올렸다. 두 사람의 기본 생활비를 제하고 가족 특별 할인이 포함된, 최저 시급도 안 되는 순수 돌봄 비용만을 계산한 것임을 강조했다.

─기본 케어 170만 원

─세심한 케어 190만 원

─다정플러스 케어 220만 원

─하나뿐인 가족 케어 240만 원

당연하게도 강진철과 강진경이 선택한 건 비용이 가장 저렴한 기본 케어였다. 기본 케어를 시작하고 강선동은 그 어느 때보다 강진철과 강진경에게 자주 연락했다. 아침과 점심과 저녁의 식단과 일주일에 목욕은 몇 번을 시켜야 하는지, 낮잠을 재울지 말지까지 일상을 돌보며 발생하는 사소한 것들에 관해 사사건건 의견을 물었다. 기본 케어에 따르면 책임과 선택은 가족의 몫이고 강선동은 최저 시급도 못 받는 위탁 도우미에 불과했기 때문이었다.

일주일 만에 강진경이 세심한 케어로 바꾸기를 요구했다. 세심한 케어에서 강선동은 소소한 일상의 결정권을 가지게 되었다. 그러나 다른 가족들이 해야 할 의무까지 대신 할 수는 없었다. 매일 형과 누나에게 영상통화를 걸어 말도 못하는 강만석을 바꿔주었고 주 1회 두 사람이 번갈아 방문하도록 했다. 첫번째 일요일에 강진경이 왔다가 딸을 알아보지 못하는 것은 물론 주방 싱크대 문을 열고 소변을 보는 강만석을 보고 삼십 분 만에 자리를 떴다. 둘째 주 일요일은 강진철의 차례였으나 오후가 되어서야 근무하는 시청에 일이 생겨 못 온다는 메시지를 남겼다. 세번째 주 일요일에 강진경은 아무 말 없이 방문 약속을 어기더니 전화도 받지 않았다. 그날 저녁 강진경의 인스타그램에는 '#힐링이필요해'라는 태그와 함께 충주호가 보이는 전망 좋은 카페에서 찍은 사진이 올라왔다.

한 달 만에 다정플러스 케어가 시작되었다. 두 번의 방문 약속을 어기면 다음 등급의 케어로 넘어가기로 정해둔 터였다. 다정플러스 케어에는 몇 가지의 다정한 돌봄이 추가되었다. 1일 1회 포옹 혹은 안마나 손 마사지 등의 친밀한 접촉, 종이접기나 색칠하기 같은 인지 활동, 주 2회 손잡고 산책하기, 과거에 좋아했던 음악이나 영화 감상, 책 읽어주기 등이 포함되었다. 강선동은 그 모든 돌봄 활동을 영상으로 찍어 가족 단톡방에 공유했다. 처음에는 수고했다, 네가 고생이 많다, 고맙다, 같은 댓글이 달리더니 한 달쯤 지나자 누구도 댓글을 달지 않았다. 영상을 클릭해보지도 않는 것 같았다. 그래도 강선동은 꾸준히 사진과 영상을 추가했다.

　—그만 좀 올리면 안 돼?

가족 단톡방에 올라오는 강만석의 영상에 마침내 불편함을 언급한 것은 강진경이었다.

—그렇게 하지 않으면 내가 제대로 돌보는지 알 수 없잖아?

—넌 착한 내 동생이잖아. 내가 믿지 않으면 누가 믿겠니.

강진경의 말에 강선동은 웃음을 터뜨렸다. 그리고 댓글을 남겼다.

—원하지 않으면 다음 케어로 넘어가면 돼. 하나뿐인 가족 케어. 그러면 다른 가족들에게 보고의 의무 없이 나 혼자 온전히 아버지를 돌볼 수 있어. 누나도 죄책감 느낄 필요 없고.

무언가를 하는 데도 비용이 지불되지만 하지 않는 데에도 비용이 지불된다는 것. 때로는 하지 않는 데에 더 큰 가치가 매겨진다는 것을 강선동은 알게 되었다.

강선동은 착한 동생이었다. 돈으로 하는 효도가 얼마나 어렵고 힘든 일인지도 잘 알고 있었다. 강진철은 추가 비용을 진경이가 다 지불한다면 아무래도 상관없다는 말로 책임을 떠넘겼다. 강진경은 고민 끝에 하나뿐인 가족 케어를 선택했다. 그리고 비혼의 장녀에게 부과된, 통상 다른 남자 형제보다 더 짊어질 수밖에 없었던 마음의 부담들, 강만석의 돌봄과 관련된 모든 의무와 책임으로부터 자유로워진 후 제주도로 휴가를 떠났다.

한 달이 지났다. 그러나 계좌에 입금된 건 130만 원이 전부였다. 강진경에게 전화했더니 받지 않았다. 밤늦게 단톡방에 이런 글이 올라왔다.

—대기 걸어둔 요양원에서 입소 가능하다고 연락 옴. 한 달 비용 90만 원. 너 어차피 돌아갈 곳도 없다며? 어떻게 할래?

어떻게 하긴. 다른 방법이 없었다. 아버지를 돌보기 위해 일도 포기한 기특하고 희생적인 아들인 척했지만 그전에 이미 극단에서 불미스러운 사건, 동료를 상대로 한 코인과 관련된 사기에 엮여 쫓겨나듯 그만둔 게 사실이었다. 혼자 살던 원룸을 정리하고 보증금을 받아 사고를 무마해야 했다. 그 후 짐만 극단 창고에 맡긴 채 몰래 강만석의 집에 들어와 살기 시작했다. 어차피 강만석은 기억도 못하고 말도 못하니 상관없었다. 다만 형제들에게 마흔이 다 된 아들이 치매 걸린 노인에게 기생해서 산다는 말은 듣고 싶지 않았을 뿐이었다. 그래서 비밀로 했다.

강만석이 세번째 실종되던 날 강선동은 거실의 소파에서 낮잠을 자다가 현관문이 열리는 소리를 들었다. 그러나 모른 척했다. 자신은 그 시간에 그곳에 없어야 하는 사람이었다. 저녁 늦게 실종 신고를 하고 가장 두려웠던 건 강만석을 영영 찾지 못하게 될 것이 아니었다. 자신이 평일 낮에 강만석의 집에 있었다는 사실, 있으면서 모른 척했다는 사실이 드러나는 것이었다.

당당하게 강만석의 집에 거주하며 생활비도 받을 기회가 그저 주어진 건 아니란 이야기다. 이대로 포기할 순 없었다. 그 대신 케어 등급은 130만 원에 적정한 수준으로 재조정하기로 했다.

─다마고치 케어

130만 원의 돌봄 비용에 적합하게 제때 밥을 주고 똥을 치워주는 정도의 케어를 벗어나지 않도록 노력했다. 그러자 강선동 역시 집에서 무의미하게 보내는 시간이 늘어났다. 대부분은 멍하니 유튜브나 넷플릭스를 보며 지냈다. 한 달에 130만 원이라는 부양료는 무엇을 적극적으로 하기에도 하지 않기에도 애매한 금액이었다. 다시 케어 등급 조정을 부탁해볼까 하는 심정으로 단톡방에 올리려고 찍어놓았던 영상들을 보다가 그것으로 무언가를 해볼 수 있겠다는 생각이 들었다. 치매 부자의 일상을 담은 유튜브 채널 '어쩌다 부자유친'의 시작이었다.

4

중앙치매센터의 2019년 대한민국 치매 현황 보고서에 따르면 2018년 자료를 중심으로 65세 이상 노인 인구는 전체 인구의 14.4퍼센트이고, 그중 치매 환자 수는 75만 488명으로 추정된다. 치매 유병률은 10.16퍼센트로 65세 이상 노인 열 명 중 한 명꼴로 치매를 앓고 있다는 것이다. 2017년 치매 환자 수는 추정 72만 4,857명이었다. 이러한 증가세를 기초로 중앙치매센터는 치매 인구가 2024년에는 100만 명, 2039

년에 200만 명, 2050년에 300만 명을 넘어설 것으로 전망하기도 했다. 이 자료가 의미하는 것은 무엇인가. 치매 관련 산업의 확장 가능성이다. 치매 관련한 유튜브 채널의 잠재적인 구독자도 계속 늘어나리란 이야기였다.

그렇다 해도 한계는 명확했다. 식탁에 앉아 밥솥에 올라오는 김을 멍하니 응시하는 강만석을 보니 한숨만 나왔다. 도대체 누가 치매 노인의 브이로그 같은 걸 보고 싶어 할까? 더구나 저런 볼품없는 노인을.

요즘은 노인들의 콘텐츠도 인기였다. 꼭 연륜과 경험이 풍부하지 않더라도 노인의 노인다움이 오히려 매력적인 콘텐츠로 각광받았다. 그러나 강만석은 언어장애가 있었다. 할 줄 아는 말이라곤 염병뿐. 치매라는 걸 감안해도 염병 소리만 내뱉는 노인에게 호감을 가지기란 힘들 터였다. 다만 소통은 불가능해도 아예 소리를 못 내는 건 아니니까 앵무새에게 하듯 새롭게 말을 가르쳐볼 수는 있었다. 사랑합니다나 고맙습니다 같은 말은 무난하지만 진부했다. 그렇다고 구독과 좋아요를 연습시킬 순 없었다. 의도가 분명한 노골적인 말이 아니면서 재밌거나 의미가 담긴 말, 좋아요를 많이 받을 수 있는 단한 문장을 연습시킨다면 어떤 게 좋을까, 예를 들면. 강선동은 주방 한구석에서 김을 내뿜으며 취사가 완료되었다고 말하는 밥솥을 돌아보았다. 그래, 예를 들면 이런 말은 어떨까. 지금부터 보온을 시작합니다, 쿠쿠.

당연히 강만석은 그렇게 긴 문장은 따라 하지 못했다. 다만 훈련 결과 습관적으로 내뱉는 말이 두 개로 늘어났을 뿐이다. 염병과 쿠쿠.

유튜브 채널 속 강만석의 부캐 이름 역시 쿠쿠로 정했다. 부캐는 누구에게나 유용하다. 그것이 치매 노인과 가족에게 라면 더욱더. 똥오줌도 못 가리는 노인이 평생을 성실하고 반듯하게 살아온 아버지 강만석과 동일인이라고 생각하면 참을 수 없는 씨발스러움도 그저 밥솥과 별반 다름없는 무생물, 게임기 속 다마고치나 NPC라 생각하면 뭐 그럴 수도 있지, 평정심을 유지하게 되는 것이다.

통계에 따르면 독박 돌봄 노동을 하는 자녀는 대개 비혼의 딸인 경우가 많았다. 돌보는 역할이 가족 내에서 주로 여성에게 부과된다는 점, 그런 구시대의 보편성이 치매 부자 콘텐츠에도 차별성을 부여하리라 믿었다. 그러나 생각보다 전망이 밝지만은 않았다. 남자가 돌봄 노동을 하는 경우가 수적으로 월등히 적음에도 불구하고 관련된 책이나 콘텐츠의 양은 크게 다르지 않았던 것이다. 남자들은 일단 위세를 떤다. 실질적으로 돌봄 노동에 치여 그것을 기록하거나 사고할 시간적, 금전적, 마음의 여유가 없는 여성들, 자연스레 자신이 해야할 일로 받아들이는 여성들과 달리 남자들은 요란을 떨며 돌봄 노동을 하면서도 돌봄 노동을 하는 자신을 명예롭게 만들 어떤 결과물을 만들기 위한 음모를 꾸미는 것이다. 그동안 자신을 위한 또 다른 돌봄 가족이 생기는 현상은 철저히 배제한다. 심지어 압도적으로 여성 간병 가족이 많음에도 간병 살인의 경우 가해자가 남성인 경우가 80건으로 전체의 74.1퍼센트를 넘었다. 그중 아들이 38건, 35.2퍼센트로 비중이 가장 높았다. 그러나 수치가 증명하는 비극 덕분에 강선동은 비혼의 아들이 치매에 걸린 아버지와 동거하며 겪는 일상 브이로그가 나름의 경쟁력 있는 콘텐츠가 될 수 있겠다는 긍정적인 결론에 도달하게 되었다.

그리하여 남보다 더 가까울 것도 없던 서먹한 일흔아홉, 서른여덟의 부자가 치매 노인과 돌봄 가족으로 만나 다투고 화해하며 기억의 해체와 재구성을 통해 서로에 대해 알아가고, 더불어 삶과 죽음, 나아가 어디까지 잃은 후에도 우리는 인간다움을 유지하며 인간으로 존재할 수 있는가에 관한 성찰까지 담은, 아니 담겠다는 원대한 포부로 시작된 유튜브 채널 '어쩌다 부자유친'이 개설되었다.

다른 치매 가족들의 영상도 모니터링하기 시작했다. 대개는 홈비디오 수준의 영상들이었고 조회수나 구독자 수도 저조했다. 기본적으로 수요가 없는 분야라는 점에서 부정적이었지만, 반면 그렇기 때문에 독보적인 입지를 차지할 수 있겠다는 희망도 보였다. 그러다 그 채널을 알게 되었다. 구독자 수와 조회수가 다른 채널에 비해 월등히 높았다. '마담 케이의 비밀 정원'이란 제목이었는데 치매 걸린 홀어머니를 모시고 사는 강선동 또래의 아들이 올리는 치매 모자의 일상이었다. 어머니와 아버지라는 점이 다를 뿐 강선동의 유튜브와 콘셉트가 겹치는 면이 있었다. 그러나 강선동이 찍어놓은 영상들보다 훨씬 발랄하고 따스한 분위기였다. 그것은 배경으로 등장하는 소박한 정원의 평화로움과 아들이 운영하는 서점의 생동감, 곱게 늙은 노인의 우아하고 사랑스러운 외모 덕인 듯했다. 그런데 노인의 모습이 어쩐지 낯익었다.

"엄마가 젤 좋아하는 꽃이에요. 이름이 뭔지 기억나세요?"

아들이 마당에서 꺾은 꽃을 머리에 꽂아주며 말하자 노인이 수줍게 웃었다.

"내가 왜 몰라? 알지, 다 알지. 수국이잖아. 수국. 영무 아버지는 내가 그것도 잊었을까 봐."

그러자 아들이 노인의 손을 붙잡고 애틋하게 중얼거렸다.

"어머니, 저 아버지 아니고 영무잖아요. 어머니 첫째 아들. 영무야, 해보세요. 영무야."

강선동은 영상을 정지시키고 아들의 모습을 찬찬히 들여다보기 시작했다. 영무라고? 혹시 제영무? 20여 년이 훌쩍 지난 후여서 동일인인지 확신하기는 힘들었지만 어릴 때의 모습이 어렴풋이 남아 있었다. 무엇보다 그 옆의 노인, 저 치매 걸린 노인은 볼수록 강선동의 피아노 선생님이던 권순영이 분명했다. 그러니까 권순영의 아들이라면 제영무가 틀림없었다. 오래전 제영무의 목소리가 다시 재생되기 시작했다. 하지 마. 너, 그러지 마. 그러면 안 돼.

5

강선동은 살면서 한 번도 싸운 적이 없었다. 자신을 위해서만이 아니라 남을 위해서도 그랬다. 소위 말하는 대의를 위해서도, 국가와 민족과 세계의 평화와 지구의 안녕을 위해서도 그랬다. 그러니까 그런 식으로 착했다.

그런 식으로 착하기 위해 강선동은 특히 소외되고 약한 사람들을 애정했다. 자신의 선함을 증명하고 돕는 자의 위치에 있기 위해서는 늘 주변에 도움이 필요한 사람이 있어야 했기 때문이었다. 소외된 사람을 찾아 약점을 드러내고 더욱 소외되게 만드는 일, 선의라는 말로 다른 방식의 폭력을 행하고 자신은 선한 사마리아인의 자리에 앉아 불행한 이들을 굽어살피는 일에 강선동은 탁월한 재능이 있었다. 5학년 때 같은 반이었던 제영무는 그 재능을 알아본 두번째 사람이었다.

외부에서 주최한 희망편지쓰기 대회에서 강선동은 반 친구에게 쓴 편지로 장려상을 받았다. 왼쪽 얼굴에 푸른 반점이 있는 여자아이였다. 단발머리로 얼굴의 반을 가리고 쉬는 시간이면 창밖만 바라보던, 가리지 않은 오른쪽 옆모습이 참 예쁘던 아이. 그 아이는 뛰는 법이 없었다. 머리카락이 날려 얼굴이 드러나는 게 싫어서인 것 같았다. 이름도 기억나지 않는, 친하게 말을 나눠본 적도 없는 아이에게 강선동은 굳이 편지를 썼다. 너의 얼굴에서 나는 푸른 별을 본다, 라고 썼다. 그 푸른 별이 널 특별하고 아름답게 만든다고, 부끄러워하지 말라고, 그 머리카락으로 가리지 않아도 너는 충분히 아름답다고, 머리카락을 날리며 마음껏 뛰는 너를 보고 싶다고. 그리고 이 편지가 너에게 위로가 되었으면 좋겠다고.

국어 시간에 선생님이 상 받은 글을 읽어보라고 했다. 강선동이 일어나 읽기 시작하자 작은 수군거림이 들렸다. 이름은 언급하지 않았지만 누구에게 쓴 글인지 모두가 알아챘을 터였다. 평범한 푸른 반점은 강선동이 푸른 별이라 명명한 순간 아무리 끄려 해도 꺼지지 않고 발광하는 조악한 네온사인이 되었다. 잠시 후 뒤쪽에서 소란이 일었다. 읽기를 멈추고 돌아보니 제영무가 여자아이에게 장난을 치다 우유를 쏟았다고 했다. 여자아이가 고개를 숙인 채 눈물을 뚝뚝 흘리며 교실 밖으로 뛰쳐나갔다. 그러니까 **뛰 었 다**. 뭐 그런 걸로 우느냐고 제영무가 투덜거리다 교실 밖으로 쫓겨났다. 나가는 제영무와 강선동의 눈이 마주쳤다. 제영무가 작게 고개를 저으며 입 모양으로 무언가 중얼거렸다. 그만둬. 하지 마. 그러지 마. 너 그러면 안 돼. 그중 하나일 수도 있고 전혀 다른 말일 수도 있었는데 이 말은 절대 아니었겠으나 강선동은 이렇게 내뱉는 제영무의 음성을 들은 것 같았다. 개새끼. 그제야 알았다. 자신이 무슨 짓을 한 건지. 그러나 그해에도 마흔여덟 개의 포도알을 모두 채우고 선행상을 받은 건 강선동이었다.

그날 이후 제영무의 눈을 똑바로 쳐다볼 수 없었다. 늘 들켰다는 심정이 되었다. 녹색 바탕에 앵무새와 올리브 잎사귀가 그려진 권순영의 잃어버린 곱창머리끈을 가져간 범인이 강선동이라는 것도, 그걸 가지고 강선동이 피아노 학원 화장실에서 무엇을 했는지도, 권순영이 알면서 모른 체해줬다는 것도 다 알고 있을 것만 같았다. 권순영이 치매를 앓는다는 걸 안 순간 강선동이 제일 먼저 떠올린 질문은 이런 것이었다. 그 치욕스러운 장면도 잊었을까? 그리고 생각했다. 다행이야, 라고. 타인의 기억에 남았을지 모를 자신의 수치를 지우기 위해 치매 걸린 노인을 향해 다행이야, 라고 안도할 수 있는 사람. 그것이 강선동이었다. 강선동은 여전히 그런 식으로 착한 아이였다.

6

권순영은 성인용 기저귀를 하고 대소변을 가리지 못하면서도 강선동에게 피아노를 가르칠 때의 우아함과 품위를 잃지 않고 있었다. 기저귀에 오줌을 싸면 권순영은 이렇게 말했다.

"비가 왔어. 꽃이 피려나 봐."

그러면 제영무는 우리 권순영 씨는 시인이네 하며 웃었다. 함께 화장실에 다녀와서는 권순영의 머리를 쓰다듬어주며 이런 칭찬도 했다.

"오늘도 아주 예쁜 시를 썼어. 참 잘했어요."

권순영도 웃으며 제영무를 따라 자기 머리를 쓰다듬고는 말했다.

"참 잘했어요."

영상 속에서 권순영은 시인이었다. 제영무가 그렇게 만들었다. 대학 졸업 후 시인으로 등단한 제영무는 마당 있는 이층집에서 '소북소북'이란 서점을 운영하고 있었다. 짧은 결혼 생활을 접고 3년 전 이혼한 후로는 권순영과 둘이 살았는데 그해가 권순영이 치매 진단을 받은 해라고 했다. 이혼한 전처는 출판사 편집자로 지금도 친구처럼 지내고 있었고, 둘이 키우던 고양이 깜장콩은 이제 권순영의 고양이 김갑순이 되었다.

강선동은 이 모든 걸 제영무가 올린 서른일곱 편의 영상을 보고 알게 되었다. 제영무의 채널은 개설한 지 반년 만에 구독자 수가 4만 명에 육박했다. 치매 가족 채널로서는 탁월한 성과였다. 무엇보다 댓글들이 모두 호의적이었다. 그들은 권순영을 사랑했다. 고양이 김갑순을 귀여워하듯 치매에 걸린 무해한 노인을 귀여워했다. 그리고 제영무 역시 애정했다.

제영무의 서점에 들르는 대부분 손님이 유튜브를 보고 찾아온 팬인 것 같았다. 손님들이 부탁하면 권순영은 서점에 놓인 피아노 앞에 앉아 연주도 했다. 물론 제대로 연주하는 건 불가능했고 그저 건반을 두드리는 몸짓에 지나지 않았다. 그러나 권순영의 얼굴은 더없이 진지하고 충만해 보였고 연주가 끝나면 모두가 진심으로 권순영에게 박수를 쳐주었다.

염병. 모든 게 이런 식이었다. 피아노 연주만이 아니었다. 모든 장면이 예쁘게 포장된 거짓과 위선으로 가득했다. 어느 정도 연출이 들어가는 건 이해했다. 그러나 연출의 방향성이 문제였다. 치매 가족의 현실을 미화해서 보여주는 것은 왜곡된 정보를 제공할 뿐 아니라 다른 치매 가족에게 박탈감을 안겨줄 수도 있다는 점에서 상당히 유해했다. 그러나 사람들은 제영무의 영상을 좋아했다. 개설한 지 한 달 된 강선동의 유튜브 구독자 수와 비교해도 반년이 넘은 제영무의 채널이 두 배, 세 배 더 증가 추세가 좋았다. 처음에는 금세 따라잡을 거라 생각했으나 아니었다. 아무리 봐도 편집이나 스토리텔링 면에서라면 강선동의 채널이 그보다 못할 것도 없었다. 두 채널의 결정적인 차이는 하나뿐이었다. 권순영과 강만석.

강만석을 코미디언으로 만들기로 했다.

그 아이디어는 제영무가 유튜브 방송 중에 추천해준 책 『새벽 세시의 몸들에게』에서 착안한 것이었다. 제영무는 치매 환자의 망상을 시라고 받아들일 수도 있다는 것을 이 책을 통해 배웠다고 했다. 치매 환자가 믿는 가상현실을 부정하는 대신에 시라고 생각하며 수용하고, 그 안에서 상호작용하는 연극적 과정을 통해 특별한 교감을 이루는 긍정적 효과를 얻을 수 있다는 거였다.

강만석은 시인이 될 수는 없었다. 그러나 코미디언이라면 가능하지 않을까? 책에는 치매 걸린 노모를 돌보는 미국의 즉흥 코미디언 캐런 스토비의 이야기가 실려 있었다. 캐런은 치매 환자를 대하는 가이드북의 원칙들이 즉흥 연기의 원칙과 일치한다는 것을 발견했다. 그리고 즉흥 코미디의 트레이닝

프로그램을 치매 걸린 노모에게 응용할 수 있다는 걸 깨달았다. 치매 환자와 소통하는 일은 즉흥 코미디와 다르지 않았다.

이거라면 해볼 만하다고 강선동은 생각했다. 강만석은 애쓰지 않고도 이미 위대한 슬랩스틱 코미디언이었다. 밥 먹을 때면 수저 사용법을 잊어 젓가락 하나로 국을 떴다. 반바지를 주면 티셔츠인 줄 알고 다리를 넣어야 할 곳에 팔을 꿴 채 낑낑댔다. 오줌은 서서 싸더라도 똥은 앉아서 싸야 한다는 걸 잊어서 변기 앞에 선 채로 똥을 싸기도 했다. 언젠가는 강만석을 위해 기도해주러 온 교인분들이 아멘을 말할 때 염병을 외치기도 했다. 그 모든 난감한 순간들이 코미디라고 생각하자 그저 우스운 에피소드로 느껴졌다. 권순영의 예쁜 치매에 대적하려면 웃기는 치매 노인이 되는 수밖에 없었다.

매일 강만석과 함께 산책을 시작했다. 찰리 채플린 스타일의 콧수염이 그려진 마스크를 쓰고 몸에 잘 맞지도 않는 턱시도에 커다란 보타이를 맨 채 기저귀 때문에 엉덩이를 뒤로 쭉 빼고 뒤뚱뒤뚱 걷는 강만석은 꽤 귀여워 보였다. 몰티즈나 푸들 같은 보편적 귀여움은 아니어도 퍼그나 불독그의 귀여움 정도는 되었다. 길에서 짖는 강아지를 보면 같이 짖기도 했고 비둘기를 쫓다가 신발이 벗겨지기도 했다. 집에서 찍는 것보다 의외성 있는 신선하고 재미있는 영상이 많이 만들어졌다.

산책하는데 복장이 불편해 보인다는 댓글이 몇 개 달렸다. 그중 두 개는 강선동이 본인의 가계정으로 달아놓은 것이었다. 그 댓글에 공감 수가 20이 넘었을 때 강선동은 유튜브의

라이브 방송을 켰다. 그리고 시청자 수가 40명이 넘자 준비해둔 이야기를 꺼냈다.

"아버지의 꿈은 스탠딩 코미디언이었습니다."

그럴 리가. 그러나 기억을 잃은 강만석에게 괜찮은 꿈 하나쯤 만들어주는 것이 착한 아들의 역할인지도 모른다. 그러니 지금부터 강만석의 꿈은 스탠딩 코미디언이 되기로 하자. 그렇게 생각하자 이야기가 거침없이 풀려나갔다. 세 아이를 둔 가장 강만석은 평생을 두 평 반짜리 수리점 안에서 근면 성실한 시계수리공으로 살았다. 그러나 그에게는 자유롭게 공연을 다니며 무대에서 사람들을 웃기고 싶은 꿈이 있었다. 그의 옷장에는 오래된 나비넥타이와 중절모, 그리고 턱시도와 지팡이가 있었다. 강선동은 강만석을 돌보기 시작하며 그 의상을 처음 발견했다. 한 번도 입은 모습을 본 적 없는데 왜 이런 옷이 옷장에 있는지 의문이었다. 그러다 알게 되었다. 그것이 무성영화 시대의 위대한 코미디언 찰리 채플린의 복장이라는 것을. 강만석의 오래된, 이루지 못한 꿈은 그런 식으로 옷장 깊숙한 곳에서 낡아가고 있었다. 기억을 잃은 그에게 새로운 기억을 심어주기로 했다. 찰리 채플린의 코스튬을 하고 거리 공연을 하는 코미디언의 기억 말이다. 그것이 착한 아들 강선동이 해줄 수 있는 마지막 효도였다. 강만석은 코미디언인 적이 없었으나 남은 생은 코미디언으로 살다 코미디언으로 죽을 것이다.

물론 모두 강선동이 지어낸 사연이었다. 그러나 사실이 아니라면 어떤가. 강선동은 자신이 지어낸 이야기가 좋았다. 강만석이 스스로를 코미디언이라 믿으며 치매로 인해 하게 된 엉뚱한 행동과 실수들을 수치스럽게 느끼지 않고 죄책감 없이 맘껏 웃으며 하길 바란다고도 덧붙였다. 그러니 혹시 영상을 보며 느끼는 불편함이 있다면 그가 하는 우스꽝스러운 행동들을 안타깝게 여기지 말고 그저 재미있는 슬랩스틱코미디라 생각하고 맘껏 편하게 웃어달라고도 당부했다. 라이브 방송이 끝나고 영상을 업로드했다. 다음 날 확인해보니 다른 영상들보다 세 배는 많은 81개의 댓글이 달려 있었다. 모두 강만석의 코미디가 끝나지 않기를 기원하는 응원의 댓글이었다.

영상을 올리고 일주일쯤 지났을 때였다. 강만석과 병원에 들렀다가 혈압약과 당뇨약을 사러 약국에 들렀는데 늘 무표정하던 약사가 친절하게 웃으며 알은척을 했다.

"잘 보고 있어요."

"네?"

"유튜브요. 우리 성당 자매님께 들었어요. 치매 어르신을 돌보는 일이 쉽지 않은데 웃으면서 하시는 게 참 대단하세요."

약사가 비타민 드링크 두 병을 슬쩍 약봉지에 넣어주며 덧붙였다.

"뭐라도 드리고 싶어서요. 힘내세요."

정말이지 힘이 났다. 흰 가운에 적힌 이름을 보았다. 김희진. 약국을 나오며 그 이름을 입안에서 여러 번 되뇌어보았다. 오래전부터 알던 사이 같기도 했고 앞으로 오래 알아갈 이름 같기도 했다. 희진 씨를 위해서라도 더 힘내고 싶어졌다. 그래서 열심히, 더 열심히 강만석을 돌보고 더 열심히 유튜브에 영상을 업로드했다.

산책 시간도 늘렸다. 오전 열한시와 열두시 사이에 한 번, 오후 세시와 네시 사이에 한 번, 하루에 두 번씩 산책했다. 그때마다 약국 앞을 지나쳤다. 약국 안의 희진 씨와 눈이 마주치면 강만석의 손을 꼭 잡고 인사를 했다.

"또 뵙네요."

희진 씨가 웃으며 인사를 받아주면 강선동은 난처한 듯 어쩔 수 없다는 듯 선한 웃음을 지으며 말했다.

"아버지께서 산책을 좋아하세요. 집에 있으면 답답하신지 자꾸만 조르시네요."

곤란하다는 말투 속에 강만석이 자신을 힘들게 한다는 사실이 은연중에 드러나도록 신경 썼다. 그래야 자신이 착한 아들이라는 점이 부각될 터였다. 오히려 산책을 원하는 건 강선동이었다. 강만석은 쉽게 지쳤고 불편한 옷을 입기 싫어해서 산책을 나오려면 때로 완력을 써야 했으나 그런 이야기를 할 필요는 없었다.

세상은 그 어느 때보다 강선동에게 친절했다. 강만석의 손을 잡고 블루클럽에 가서 아버지가 치매시라…… 미안한 듯 말하면 이발비 5천 원에 공짜로 머리까지 감겨주는 친절을 받을 수 있었다. 강만석과 성당 앞 빵집에 가면 세상에, 비오 형제님이 어쩌다 이렇게 되셨어요 하면서 단팥빵을 서비스로 넣어주었다. 아니 꼭 공짜라서가 아니라 그 다정들이 강선동을 울렸다.

"치매 걸린 아버지와 걷다 보면 작은 귀여움과 작은 친절에 가슴이 웅장해지곤 합니다."

이런 내레이션과 함께 산책하며 만난 다정한 사람들과 귀여운 것들을 찍어 올리기 시작했다. 거짓이 아니었다. 강선동은 진심으로 자주 뭉클해졌고 자주 울컥했다. 강만석이 누가 봐도 치매 노인이라는 게 두드러질수록 사람들은 친절해졌다. 그럴수록 누가 봐도 치매 노인임이 드러나도록 요란스레 부축하고 강만석의 매무새에 더욱 신경을 썼다. 혼자 다닐 때는 느끼지 못했던 다정과 호의를 맘껏 누렸다. 사람들은 스쳐 지나가는 약자에게 선뜻 다정해졌다. 다들 자신의 다정한 마음을 과시할 기회를 찾고 있었다는 생각이 들었다. 누구나 기회만 된다면 포도알을 받고 싶은 것이다. 누구나, 착한 아이뿐 아니라 착하지 않은 어른도 포도알을 받을 기회를 놓치고 싶지 않은 것이다.

모든 것이 좋았다. 가장 좋은 건 유튜브 영상에 좋아요 수가 점점 늘어나는 거였다. 강만석이 옷을 거꾸로 입어도, 물을 삼키는 법을 잊어 줄줄 흘려도, 면도기로 눈썹을 밀어 멍청한 얼굴이 더 멍청해 보여도 사람들은 웃어주었다. 아버지가 참 재밌으세요, 귀여우세요, 그들은 그렇게 말했다. 시트콤을 보는 것 같다고도 했다. 강만석의 행동이 상식에서 벗어나 이해하기 힘들어질수록 강선동을 칭찬하는 댓글도 늘어났다.

강만석의 작은 실수도 과장되게 편집하기 시작했다. 조회수와 구독자 수가 기대만큼 늘지는 않았지만 충분히 좋았다. 최근에는 강선동이 보이지 않으면 불안해하는 강만석 때문에 똥을 눌 때도 화장실 문을 잠그지 못했지만 그래도 괜찮았다. 변기에 앉아 반쯤 열어놓은 문으로 강만석의 무사를 확인하며 영상에 달린 댓글을 읽고 또 읽었다. 그러면 다 괜찮아졌다. 그러니까 괜찮았던 게 문제였다. 강선동은 편집해서 올린 영상들, 일상의 일부만을 보고 댓글을 다는 모르는 사람들의 칭찬에, 자신이 착한 아들이라는 자부심에 중독되었다. 원하는 건 포도알, 더 많은 포도알뿐이었다. 염병, 그러니까 너무 애를 썼다.

포도알에 중독된 강선동은 행복한 몽상을 시작했다. 요즘엔 다양한 분야의 생활 에세이 출간이 트렌드인 듯했다. 치매 부자의 일상에 대한 책을 써보면 어떨까. 책과 유튜브가 화제가 되면 방송에 출연할 기회가 생길지도 몰랐다. 비록 배우로는 실패했으나 아버지의 치매로 새로운 가능성이 열릴 수도 있었다.

강선동은 즐겨 보던 예능 프로그램에 강만석과 나가는 상상을 했다. 진행자가 묻겠지. 아버님, 방송 출연한 기분이 어떠세요? 그러면 강만석은 이렇게 답할 것이다. 염병. 그래도 다들 재미있는 농담을 들은 듯 착하게 웃어줄 것이다. 이해하고 용서하고 웃어줄 준비가 된 사람들을 웃기는 건 어려운 일

이 아니었다. 생각만으로도 가슴이 따뜻해졌다. 그 후로는 강
만석이 약국의 희진 씨 앞에서 염병을 연달아 내뱉어도 난처
하지 않았다. 엘리베이터에서 인사를 건네는 아이에게 염병
이라고 해도, 그들의 부모가 전염병이 옮을 것을 두려워하듯
두 사람에게서 몸을 사려도 강만석이 미워지지 않았다. 그저
우스운 코미디의 한 장면 같았다. 춥지도 덥지도 않은 날들이
이어졌고 강만석과 나눠 먹는 과일은 달고 즙이 많았다. 강선
동은 마음껏 착한 아이로 살아갈 수 있었다. 제영무의 그 소
식을 듣기 전까지는 그랬다.

7

　제영무가 치매 걸린 어머니를 돌보며 쓴 에세이가 출간되
었다. 권순영이 직접 그린 낙서 같은 삽화가 포함된 책『우리
엄마는 시인이에요』에는 이런 에피소드가 나온다.
　"생일 선물로 뭘 받고 싶어요, 엄마?"
　"엄마."
　"아니 내 말 따라 하지 말고, 생일 선물로 받고 싶은 거 말
이에요."
　"엄마아. 엄마. 엄마."
　그러니까 권순영이 받고 싶은 선물은 자신의 엄마, 제영무
의 돌아가신 외할머니였다. 제영무는 엄마에게 엄마를 선물

할 수 없었다. 그래서 데려온 게 고양이 김갑순이었다. 김갑순은 권순영의 엄마 이름이었다. 고양이를 엄마의 환생이라 믿게 하는 건 권순영이 치매 걸린 노인이라서 가능한 판타지였다.

또 이런 식이었다. 염병. 이런 이야기라면 강선동도 얼마든지, 하루에 열 개, 스무 개도 만들어낼 수 있었다. 그러나 치매 부모를 돌보는 착한 예술가 아들의 역할을 선점한 건 제영무였다. 호기심에 한번 클릭했더니 강선동의 SNS 피드에도 책의 광고나 리뷰가 자꾸 떠서 보고 싶지 않은데도 보게 되었다. 처음엔 괜찮았다. 그러나 한 아이돌 멤버가 치매를 앓다 돌아가신 할머니가 생각난다며 인스타그램에 소개하면서 제영무의 책이 갑자기 화제에 올랐다. 그리고 강선동이 즐겨 보던 프로그램, 언젠가 강만석과 나갈지도 모른다며 혼자 상상만 하던 방송에 제영무가 출연한다는 소식을 들었다. 방송은 보지 않았다. 그러나 다음 날 제영무의 채널에 들어가 보니 구독자 수가 1만 명이 넘게 늘어나 있었다. 하루에 1만 명이라니. 강선동의 구독자 수는 아직 4천 명이 넘지 않았다. 일주일에 3회 이상 성실하게 영상을 올린 지 4개월이 지났는데도 그랬다. 유튜브로 수익을 올리려던 계획은 이미 무산되었다. 그래도 그걸 기반으로 책도 내고 방송 출연도 좀 하고, 계획은 많았다. 그러나 그 계획을 모두 달성한 건 강선동이 아니었다. 제영무였다.

내게도 기회가 올까? 온다 해도 두번째는 첫번째처럼 주목

받기 힘들 거였다. 무얼 해도 따라 하는 것처럼 보일 터였다. 게다가 자신의 아버지는 권순영이 아니었다. 늘 그랬듯 문제는 제영무와 강선동이 아니었다. 권순영과 강만석의 차이였다. 자신도 권순영의 아들이라면 애쓰지 않아도 착한 아들일 수 있을 터였다.

강만석의 볼품없이 늙고 병든 모습이 부쩍 눈에 거슬렸다. 밀어버린 눈썹으로 더한층 아둔해 보이는 얼굴과 초점 없는 바랜 눈빛, 찌푸린 미간과 성정 나빠 보이는 깊은 주름들, 삐져나온 코털과 푹 팬 볼과 마른 팔다리까지 모든 게 지긋지긋했다.

그래도 애써 노력했다. 전처럼 하루 두 번 산책을 하고 영상을 올렸다. 여전히 좋은 댓글이 대부분이었지만 늘 보이는 형식적인 응원의 말이 전부였고 그것도 비슷한 영상이 반복되자 반으로 줄어들었다. 조회수 역시 점점 떨어졌다. 그러는 동안에도 제영무의 책은 3쇄를, 5쇄를, 10쇄를 찍는다고 했다. 구독자 수도 가파르게 증가하고 있었다. 그즈음에 차라리 유튜브를 중단해야 했다. 오래전 제영무의 말을 떠올려야 했다. 그만둬, 하지 마, 그러지 마, 그러면 안 돼. 그러나 강선동은 멈출 수 없었다. 멈추지 않았다. 강선동에게는 언제나 더 많은 포도알이 필요했다. 새로운 돌파구를 찾아야 했다.

강만석을 살찌우기로 했다.

종종 강만석이 너무 마른 것 같다고, 잘 돌보는 게 맞느냐는 걱정스러운 댓글이 달렸던 걸 기억했다. 악플이라고 무시했으나 참고할 만한 조언이었다. 마른 것보다는 보기 좋게 살이 오른 노인이 호감을 얻기 수월할 터였다. 돌봄을 잘 받은 것처럼 보이려면 지금보다 5킬로그램 정도는 체중을 불리는 편이 나았다. 체중만 늘리면 구독자 수도 늘 것 같았다.

치매 노인을 위한 영양식을 만드는 콘텐츠를 시작했다. 요리와 먹방을 겸한 새로운 콘텐츠라서인지 반응이 나쁘지 않았다. 문제는 영양식을 만들어 먹이는데도 강만석의 살이 자꾸 빠진다는 점이었다. 저장 기능도 상실했는지 아무리 먹여도 먹는 대로 싸기만 하고 체중이 늘지 않았다. 이래서는 요리 콘텐츠의 진정성이 의심받을 수도 있었다. 대책을 강구해야 했다. 블루클럽 대신 강선동이 머리를 하는 미용실에 데려가 2만 원을 주고 머리를 다듬고 정성껏 드라이해서 머리에 볼륨을 주었다. 호감 가는 남자 인상 메이크업 사진을 참고해 눈썹을 그리고 코털도 정리하고 촬영 직전에는 안색 나쁜 얼굴에 혈색이 돌아오도록 뺨을 때려 홍조 띤 볼을 만들었다. 그래도 마른 얼굴은 감춰지지 않았다.

식욕을 돋우기 위해 산책 시간을 늘리고 달고 열량이 높은 간식들을 자주 먹이기 시작했다. 통조림 과일이나 우유에 적신 크림빵, 초콜릿과 아이스크림, 꿀과 마요네즈, 땅콩버터를 바른 바나나 같은 것을 수시로 먹였다. 일주일 만에 볼에 살이 오르기 시작했다. 인상도 좋아지고 없던 귀염성도 생겨나는 듯했다. 문제는 똥이었다. 똥을 너무 많이 쌌다. 혼자서 처리하지 못하는 똥을 자꾸만 자꾸만. 강만석은 기저귀가 불편한지 수시로 기저귀를 빼내고 바지에도 세면대에도 화장실 타일 위에도 똥을 지려놓았다. 그래도 견뎠다. 밥통이나 다마고치라고 생각하면 견딜 수 있었다. 자식 된 도리나 효도로 생각하면 하지 못할 일도 다마고치 키우기나 게임을 클리어하기 위한 미션이라고 생각하면 할 만해졌다. 할 만하지 않아야 했다. 차라리 못 견뎌야 했다.

전과 다름없이 산책을 하고 영상을 올렸는데 이상한 댓글이 달리기 시작했다.

—같은 동네 주민임. 산책하는 걸 몇 번 봤는데 개처럼 끌려다니시던데요? 아버지랑 산책하는 게 아니라 무슨 도살장에 개 끌고 가는 개장수인 줄. 치매 노인 학대가 의심됩니다.

발견 즉시 댓글을 삭제하고 차단했지만 이미 여러 사람이 본 후였다. 그리고 한 사람이 의문을 제기하자 동조하는 사람들이 생겼다.

—저도 봄. 유튜브 때문인지 걷기도 힘들어 보이는 어르신을 억지로 끌고 다니며 계속 카메라를 들이대더라고요. 이런 비윤리적인 영상을 계속 소비해도 되는 건가요?

그래. 그렇게 보일 수도 있었다. 균형도 잘 잡지 못하는 몸으로 턱시도를 입고 기저귀까지 찬 채 걷는 게 편할 리 없었다. 나가고 싶다는 의사를 표했다가도 금세 집에 들어가고 싶어 했다. 그러나 이왕 나왔으니 유튜브에 올릴 만한 영상은 찍고 돌아가야 했다. 더 많은 실수가, 더 자극적인 웃기는 장면이 필요했다. 많은 사람이 착한 아들 강선동의 인내와 수고를 목격해줘야 했다. 그래서 무리해서 끌고 다니다시피 한 적도 있긴 했다. 그걸 보고 누군가 악플을 남긴 모양이었다. 앞에서는 참 대단하세요, 보기 좋아요 하며 인사치레를 했던 101동 반장 아주머니일까. 산책하다 넘어진 강만석을 일으켜주던 과일 가게 청년일 수도 있었다. 아니면 제영무 채널의 구독자일 수도 있었다. 강선동을 경쟁 채널로 인식해서 루머를 퍼뜨리는 것이다. 악플을 달고 나쁜 여론을 형성해 더 이상 채널이 크지 못하도록 견제하는 것이다.

자신은 착한 아이였다. 이유 없이 누군가를 의심하고 미워할 리가 없었다. 나쁜 마음의 주체는 결코 자신이 아니었다. 착한 마음에 나쁜 마음이 깃들게 한 건 누구인가. 제영무였다. 강만석이었다.

어쩌면 너무 괜찮은 척한 게 문제였다. 자신이 얼마나 애쓰며 돌보는지, 강만석이 자신을 얼마나 힘들게 하는지 사람들이 알아야 했다. 웃으며 한다고 해서 정말 괜찮은 게 아니라는 걸 보여줘야 했다. 그리고 더 적나라하고 비참한 현실을 보여줌으로써 제영무의 채널이 얼마나 비현실적인가를 알게 해주어야 했다. 제영무와는 확실하게 차별화된 영상이 필요했다. 싸우고, 울고, 악다구니하고, 그리고 진짜 벽에 똥칠하는 것을 보여줘야 했다.

약국에 가서 쾌변이라고 쓰인 변비약 세 통을 샀다. 희진 씨는 강선동에게 전처럼 알은척을 하거나 웃어주지 않았다.

바빠서일 수도 있지만 유튜브의 악플을 보고 오해해서 냉정해진 거라는 생각이 들었다. 집에 돌아와 강만석에게 변비약 두 통을 섞은 죽을 먹였다. 강만석은 아무 말 없이 주는 대로 받아먹었다.

그날 밤 거실에서 텔레비전을 보는데 방에 누워 있던 강만석이 끙끙거리는 소리가 들렸다. 강선동을 찾는 소리였다. 똥이 마려운 거겠지. 강선동은 움직이지 않았다. 잠시 후 강만석이 바지를 반쯤 내린 채 엉거주춤한 자세로 방문을 열고 나오며 마치 선물을 건네듯 조심스레 강선동에게 손바닥을 내밀었다. 손바닥 위에 있는 건 똥이었다.

강선동은 서두르지 않았다. 천천히 카메라를 켜고 유튜브에 접속해 라이브 방송을 시작했다. 저녁 아홉시 이십분. 생방송을 하기에 적당한 시간이었다. 20명이, 40명이, 70명이 방송을 보러 들어왔다. 강선동은 말없이 강만석의 모습을 실시간으로 찍어 내보냈다. 비쭉비쭉 비집고 나오는 똥을 어쩌지 못해 바지에, 거실 바닥에 자꾸만 묻히며 한쪽 손으로 받아내려 애쓰고 있는 강만석의 모습을, 똥 묻은 손을 내밀고 강선동을 향해 걸어오는 그 어리둥절한 얼굴을, 그러고도 뿌직뿌직 계속 멈추지 않고 나오는 똥 덩어리를 그대로 방송에 내보냈다. 강선동이 어떤 도움도 주지 않고 카메라만 들이대자 강만석이 마침내 울 것 같은 얼굴로 똥 묻은 손을 얼굴에 문지르며 중얼거렸다. 염병.

화면에도 똥이 튀었다. 어디선가 소문이 퍼졌는지 갑자기 시청자 수가 급격히 늘어났다. 120명, 180명, 200명, 300명. 채팅창은 욕설로 뒤덮였다. 곧이어 노란 경고창이 떴고, 라이브 방송은 강제로 종료되었다.

이틀 후 강만석은 의식을 잃었다. 침대에 누워 눈도 뜨지 못하고 포도씨 같은 굳은 똥만 찔끔찔끔 싸댈 뿐이었다. 구급차를 불러 응급실로 갔다. 설사로 인한 탈수 현상과 함께 급성 당 쇼크로 인한 의식불명이라고 했다. 살을 찌우겠다고 당뇨 환자에게 단기간에 지나치게 단 고열량의 음식들을 섭취하게 한 게 결정적인 원인이었다.

8

의식이 돌아온 후에도 강만석은 집으로 돌아오지 못했다. 요양병원에 장기 입원한 강만석이 자유의지로 할 수 있는 건 더 이상 없었다. 침대에 묶인 채 하루 스물네 시간 염병을 부르짖어도 모자랄 상황이 되었으나 강만석은 단지 염병의 주체가 될 수 있을 뿐이었다. 강선동은 면회를 가지 않았다. 어차피 알아보지도 못할 터였다. 강만석의 주 보호자는 이제 강진경이 되었다. 강진경은 강선동에게 강만석과 관련된 어떤 것도 의논하지 않고 모든 부담을 혼자 짊어졌다. 그 대신 밤늦게 가끔 전화해서 술 취한 목소리로 이런 이야기를 했다.

"너 어렸을 때 얼마나 착한 동생이었는지 아니? 내가 아무리 괴롭혀도 엄마 아빠한테 고자질 한 번 한 적 없었어. 심부름을 시키면 또 얼마나 곧이곧대로 열심히 하던지. 나는 있잖아 선동아, 너처럼 착한 동생을 본 적이 없어. 염병할. 넌 그걸 알아야 돼."

그런 전화를 받으면 강선동은 아무 말 못하고 전화를 끊고는 오래 울었다. 그리고 알게 되었다. 언젠가 강만석이 했던 말, 염병, 너무 애쓰지 마라, 그것은 강만석이 착한 아이 강선동에게 해줄 수 있는 최고의 칭찬이었다. 그 말이 사라지지 않도록 붙잡기 위해서는 그저 계속 애쓰는 수밖에 없었다. 염병.

한 달 만의 외출이었다. 강만석의 면회를 가기 위해 버스를 탔다. 그사이 거리의 풍경이 바뀌어 있었다. 멀리서 풍문처럼 봄이 오고 있었다. 한 시간이 걸려 병원에 도착했다. 그러나 차마 들어갈 수 없었다. 망설이다가 다시 버스를 타고 제영무의 서점을 찾아갔다. 왜인지 제영무가 보고 싶었다. 자신은 이토록 망가지고 부서졌지만 단단하게 그 자리에서 권순영과 함께 살아가는 제영무를 눈으로 확인하고 나면 다시 애쓸 수 있을 것 같았다. 제영무에게 다시 한번 하지 마, 그러지 마, 너 그러면 안 돼, 라는 말을 듣고 싶었다. 아니면 개새끼라는 말이라도.

제영무는 강선동을 기억했다. 그리고 권순영에게 물었다.

"엄마, 기억해요? 선동이가 왔어요. 강선동, 스테파노 말이에요."

"기억하지."

"착한 아이였잖아요."

"착한 아이였지."

"그런데 선동이는 몰라요."

"뭘 모른다고?"

"자기가 착한 아인 걸 몰라요."

"바보구나."

"네. 바보예요. 그러니 혼내주세요."

"싫어."

"왜요?"

"착한 아이는 혼내는 거 아니야."

"그러면요?"

"칭찬해줘야지."

그렇게 말하며 권순영은 강선동의 머리를 쓰다듬었다. 그리고 다정히 속삭였다.

"착한 아이야, 스테파노는."

아니다. 이것은 실제로 일어난 일이 아니다. 강선동은 제영무의 서점까지 가지 못했다. 중간에 내려 가까운 서점에 들러 제영무의 책을 샀다. 그리고 제영무의 책에 실린 에피소드를 보며 그 장면이 자신에게 재현되는 것을 상상했을 뿐이다.

유튜브 영상에도 종종 이런 장면이 나온다. 제영무가 지인이나 서점의 손님들을 소개하면 권순영이 머리를 쓰다듬어주며 중얼거리는 것이다. 착한 아이구나, 착한 아이야. 모두가 가짜라는 걸 알고 하는 잘 짜인 상황극의 일종이었지만 마케팅적으로 꽤 효과가 있는 듯했다. 치매 걸린 노모를 서점 홍보에 이용한다고 가계정을 만들어 악플을 단 적도 있었다. 그러나 연극이면 어떤가. 누구나 착한 아이가 되고 싶은 것이다. 권순영이 그 작고 주름진 손으로 머리를 쓰다듬어주는 순간 누구나 자기 안의 착한 아이와 다시 마주하게 되는 것이다. 한때는 누구나 착한 아이였다. 누구나. 그리고 그 아이는 언제나 깨어날 준비를 하고 있다는 것이 강선동의 믿음이었다. 그런 믿음은 지치지도 않았다. 아니 그러니까, 염병할.

버스를 타고 집으로 돌아오며 강선동은 유튜브에 올린 강만석의 영상들을 다시 보기 시작했다. 정작 자신은 한 번도 좋아요를 누른 적이 없다는 걸 깨달았다. 강선동은 마흔일곱 개의 영상을 하나씩 클릭했다. 그리고 가운뎃손가락을 들어 좋아요를 눌러주었다. 충분히 착하지 않아도 강선동은 좋아요를 받을 자격이 있었다. 강선동은 애써왔고 앞으로도 애쓸 거였기 때문이었다. 엿 먹이는 손가락과 좋아요를 눌러주는 손가락이 같은 건 우연이 아니었다.

강선동은 한 번도 싸운 적이 없었다. 자신을 위해서만이 아니라 남을 위해서도 그랬다. 그러니까 그런 식으로 착했다. 서른아홉이 되어서야 강선동은 자신과 남을 돌보기 위해서는 다른 방식의 착함이 필요하다는 것을 깨달았다. 착함은 양보가 아니었다. 희생이 아니었다. 투쟁하고 악착같이 싸우고 탐욕스레 지켜야 하는 것이었다. 하루 세끼 성실하게 꼭꼭 씹어

든든하게 먹고 근력 운동을 하고 체력을 키우며 사라지지 않
도록 버텨내야 하는 것이었다.

강선동은 자신이 싸워야 할 이름들을 하나씩 메모창에 적
기 시작했다. 그중에는 한 번도 만나지 않은 뉴스에서만 들어
본 이름도 있었고 터무니없는 모함으로 사람을 음해한 극단
의 동료도 있었고 탄소와 기후 위기, 플라스틱 빨대, 몰래카
메라나 혐오같이 사람이 아닌 것도 있었다. 망설이다가 탄소
발자국이 가장 많은 음식이라는 소고기도 적었다. 맙소사. 내
가 소고기와 싸울 수 있을까? 자신은 없지만 일주일에 한 번,
한 달에 한 번만 싸움에서 이겨도 싸우지 않는 것보다는 나을
거였다. 그리고 그중에 가장 열심히 싸워야 하는 것은 자기
안의 착한 아이 강선동이었다.

집에 가면 냉장고에 붙여놓은 포도알 스티커에 포도알부터
하나 그려 넣자. 포도알은 얼마든지 선불로 지급되어도 좋다.
포도알을 다 채우면 꼭, 그때는 강만석을 보러 가야지. 가야
한다. 갈 수 있을 것이다. 강선동은 미처 유튜브에 올리지 못
한 강만석의 영상을 재생하기 시작했다. 오도카니 어둑한 식
탁에 앉아 있는 강만석의 모습이 보인다. 강만석의 옆모습 뒤
로 취사 완료를 알리는 밥솥의 김이 오른다. 강만석에게 밥솥
의 말을 따라 하도록 훈련하며 찍은 영상이었다. 강만석은 이
제 집에 없지만 밥솥은 여전히 그 자리에 있었다. 이제 밥솥
의 말을 배워야 하는 건 강선동이었다. 강선동은 처음 말을
배우는 아이처럼 밥솥의 말을 더듬더듬 따라 하기 시작했다.

지금부터, 지금부터 보온을 시작합니다. 쿠쿠.

9

너무 작위적인가. 강선동은 끝까지 착한 아이 강선동을 연기하는 연극적 태도를 버리지 못한다. 하지만 나쁘지 않다고 생각한다. 계속 연기하다 보면 부캐가 본캐가 되는 날이 올지도 몰랐다. 면회를 갔다가 병원 입구에서 돌아서서 집으로 오는 과정까지 찍은 영상을 강선동은 유튜브 채널에 올렸다. 3개월 만이었다. 돌봄 기간에 자신이 심리적으로 불안하고 혼란했던 것을 고백하며 그것이 돌봄 노동을 하는 다수의 치매 가족들이 겪을 수 있는 우울증 증세임을 강조했다. 그 결과 지금 일종의 조기 치매 증세를 겪고 있다고도 덧붙였다. 납작 엎드려야 한다. 잘못을 인정하고 착한 어른들의 다정과 배려가 필요한 소외된 약자임을 드러내야 한다. 다시 유튜버가 되어 좋아요를 받고 구독자 수를 늘리기 위해서는 그 방법뿐이었다. 사람들은 포도알을 받을 기회를 놓치지 않을 것이다. 강선동은 그렇게 다시 착한 아이가 되어 마지막 메시지를 남겼다.

"그로부터 석 달이 지났습니다. 회복 중이지만 이미 저는 많은 것을 잃었습니다. 아버지, 그리고 구독자 여러분의 신뢰를 잃었습니다. 그러나 저는 완전히 망가진 후에도 재생될 수 있는 우리 삶의 가능성에 대한 희망만은 잃지 않았습니다. 저는 조기 치매 진단을 받았습니다. 그로 인한 판단력 상실이 제가 그릇된 행동을 한 이유였습니다. 이제 제 꿈은 착한 치매 노인이 되는 겁니다. 그래서 지금부터 모든 상실의 기록을 이 유튜브 채널에 남겨두려 합니다. 저와 예쁜 치매 프로젝트를 하실 분들을 찾습니다. 이것은 제가 다정한 당신들께 조심스레 건네는 첫번째 포도알입니다."

강선동은 착한 아이였다. 착한 아이 강선동은 자신을 연민하고 사랑하려고 애쓰는 마음을, 더 많은 포도알을 수확하고 타인에게 인정받고 싶은 마음을 멈출 수 없었다. 나쁜 어른의 기억은 지우고 착한 아이의 기억만 남겨두는 것. 강선동의 치매는 그런 식으로 진행되었다. 그러니까 조기 치매라는 말이 완전히 거짓은 아니었다. 염병, 너무 애쓰지 마라. 강만석의 칭찬은 유효했다. 강만석 외에는 누구도 강선동에게 그렇게 말할 수 없었다.

참고 자료

김영옥 외, 『새벽 세 시의 몸들에게』, 봄날의책, 2020.

유영규 외, 『간병살인, 154인의 고백』, 루아크, 2019.

백수린

봄밤의 우리

2011년 경향신문 신춘문예에 당선되며 작품 활
동 시작. 소설집 『폴링 인 폴』 『참담한 빛』 『여
름의 빌라』, 짧은 소설집 『오늘 밤은 사라지지
말아요』, 중편소설 『친애하고, 친애하는』 등이
있음. 젊은작가상, 문지문학상, 이해조소설문학
상, 현대문학상, 한국일보문학상 등을 수상.

나루카와 유타는 늙고 고요한 기린 같았다. 목이 길거나 키가 큰 건 아니었는데, 아무튼 그녀가 처음 받은 인상이 그랬다. 사자의 습격으로 새끼를 잃은 어미 기린을 몇 해 전 유튜브에서 보고 그녀도 기린이 그렇게 순하기만 한 동물이 아니란 걸 알게 되긴 했지만. 영상 속에서, 크나큰 슬픔에 잠긴 어미 기린은 사자를 쫓아가 두개골이 깨질 때까지 뒷발로 짓밟고 또 짓밟았다.

　그를 처음 만났을 때 그녀는 스물여섯이었고, 그건 벌써 십오 년도 더 된 일이다. 그때 그녀는 현대 희곡에 대해서 배우는 강의실에 앉아 있었다. 그녀는 파리의 한 대학 석사과정에 막 진학한 상태였는데, 아무리 애를 써도 교수가 말하는 속도대로 필기하는 건 불가능했다. 유타는 그 강의실에 있었던 학생들 중 그녀를 제외하면 유일한 동아시아인이었다. 유타가 그녀를 위해 필기를 보여주어서 그들은 일주일에 한 번씩 강의실 밖에서 만나게 됐다. 그녀가 유타의 노트를 집에 가져가서 베끼고 이틀이나 사흘 뒤 유타에게 반납하는 식이었는데, 그런 이유로 만나는 날엔 그녀가 밥을 샀다. 파니니나, 바게트에 버터를 바르고 햄을 끼운 샌드위치처럼 저렴한 한 끼 식사 정도였지만, 유학생 처지의 그녀로선 그것이 최대한으로 고마움을 표시한 것이었다. 이후 그들은 조 발표를 같이하게 돼, 도서관이나 카페테리아에서 만나 같이 책을 읽고 자료를 주고받기도 했다. 프랑스어 실력이 부족했던 그녀는 재시험을 보지 않기 위해서 유타에게 많은 부분을 의지할 수밖에 없었다. 하지만 정작 과제물을 발표한 건 그녀였는데, 그건 유타의 프랑스어 회화 실력이 그녀보다 형편없었기 때문이다. 말을 할 때 유타의 문법은 엉망이었고, 그중에서도 시제는 프랑스어에 아직 능숙하지 않던 그녀가 듣기에도 뒤죽박죽이었다. 하지만 무엇보다 사람들로 하여금 그의 프랑스어 수준을 의심하게 만드는 건 발음이었다. 일본어 억양이 아주 짙게 묻어나는 발음. 그 때문에 같이 수업을 듣는 학생들은 물론 교수까지도 그녀가 그보다 프랑스어를 훨씬 잘한다고 종종 착각하곤 했다. 하지만 실상은 그렇지 않았다. 사실 그는 그녀가 알지 못하는 고급 표현들에 매우 해박했고, 까다로운 문장구조를 가진 프랑스어 책을 독해하는 데 막히는 법이 없었다. 그도 그럴 것이 그때 그녀는 프랑스에 도착한 지 겨우 반년밖에 되지 않은 처지였던 반면 그는 그곳에서 이미 팔 년째 살고 있었다.

그해 가을부터 겨울까지, 유타는 그녀의 거의 유일한 친구였다. 그녀가 그 단어로 유타를 정의하기까지는 조금 시간이 필요했는데, 그건 그가 일본인이어서도, 남자여서도 아니었다. 그의 나이, 그러니까 자신보다 열두 살이나 많다는 사실이 그를 '친구'라고 지칭하는 걸 망설이게 했던 것이다. 줄곧 한국에서만 살았던 그녀에게 열두 살 많은 남성을 친구로 받아들이는 건 쉽지 않은 일이었다. 그는 서른여덟이었는데, 그무렵의 그녀에게 서른여덟이란 자신이 졸업한 학교에 갓 임용된 교수의 나이였고, 축구 선수로서 전성기를 마무리하고 은퇴한 지단보다도 더 많은 나이였다. 처음 유타의 나이를 알았을 때, 그녀는 유타가 그렇게 많은 나이에 자신과 같이 석사과정을 밟는 건 뒤늦게 유학을 왔기 때문일 거라고 그저 단순하게만 생각했다. 하지만 시간이 흐르면서 유타가 그 나이에 자기보다 열두 살 이상—그녀와 같은 수업을 듣던 프랑스 학생들은 그녀보다도 더 어렸다—어린 학생들과 수업을 듣게 되기까지 밟은 삶의 이력이 꽤나 복잡하다는 걸 알게 됐다. 가업을 이으라는—그의 집은 3대째 메밀국수와 우동을 파는 식당을 운영했다—부모의 말을 거스르고 일본의 명문 대학에서 법학을 전공했던 유타는 중간에 학교를 그만두고 몇 년간 부모의 국숫집에서 일을 했고, 서른 살이 된 그해 여름 홀연히 프랑스로 건너왔다. 처음 도착했을 때 그는 프랑스어를 조금도 하지 못했기 때문에 그르노블과 앙제에서 삼 년간 어학연수를 해야 했다.

"하나도 못했다고? 그런데 대체 왜 프랑스에 온 거야?"

처음 그에게 과거의 행로에 대해 들었을 때 그녀는 놀라 물었다.

"글쎄. 사실은 꼭 프랑스가 아니어도 됐는지 몰라. 학비가 싸다는 걸 들어 알고 있었고, 에펠탑이 정말 도쿄타워와 똑같이 생겼는지 한번 보고도 싶었지."

그는 진짜 이유에 대해선 말하고픈 마음이 없었는지, 늘 그렇듯 시제를 다 틀려가며 대충 얼버무렸는데, 그녀는 그의 이야기를 들으며 그가 숨기려는 진실이 무엇일지 궁금했다. 어쨌든 그는 삼 년의 어학연수 끝에 파리의 한 대학에 입학했다. 처음부터 연극학을 전공한 것은 아니었다. 전공을 바꿔 심리학으로 학사학위와 석사학위를 딴 그가 어째서 박사과정에 진학하지 않고 연극학 석사과정에 재입학했는지는 알 수 없었다.

그녀가 아는 건, 유타에겐 보통의 사람들이 갖고 있는 시간 개념이 희박했다는 것뿐이다. 그에겐 다른 유학생들처럼 얼른 공부를 마친 뒤 너무 늦기 전에 귀국해 자리를 잡아야 한다는 목표 같은 것이 결여되어 있었다. 석사과정을 마친 후엔 연극학 박사학위 과정을 밟았지만 학위를 받아 일본에서 교수가 되어야겠다는 야망이 있는 것은 전혀 아니었고, 그래서 그는 다른 일본인 유학생—대체로 프랑스 문학 석사학위를 취득해 귀국하기만 하면 일본 명문대에서 끌어줄 연줄을 가지고 있던 야심만만한 젊은 일본 남자들이었다—무리 속에도 잘 섞여들지 못했다. 사정이 그러하다 보니 유타는 늘 혼자 있었고, 아무 활동도 하지 않았다. 그가 별다른 활동을 하지 않은 주요한 이유는 무엇보다 경제적인 문제 때문이었을 것이다. 이따금씩 주재원들을 대상으로 프랑스어 문법 과외를 하는 것 같긴 했지만 그것만으로 생계를 유지하는 데는 어려움이 있을 수밖에 없었다. 그는 공부하는 틈틈이 각종 통역이나 번역 아르바이트를 했고, 그걸 위해 한 달에 한두 번씩은 기차를 탔다.

유타는 경제적으로 넉넉한 상황이 아니었기 때문에 늘 돈을 신경 썼다. 언제나 도시락을 싸 들고 다녔고, 옷은 꼭 필요한 경우에만 그것도 중고로 샀으며, 교통비를 아끼기 위해 웬만한 곳은 다 걸어 다녔다. 심지어 충치 치료가 필요해도 치대 학생들이 실습을 위한 자원자를 모집할 때까지 진통제를 먹어가며 기다렸다. "아주 저렴하거든." 그녀가 사주는 파니니를 우물우물 씹어 먹으며 유타가 말했다. 매사에 돈 걱정을 해야 하는 건 대부분의 유학생들이 마찬가지였지만, 그런 유타를 볼 때마다 그녀의 마음이 복잡해졌던 건 서른여덟이라는 그의 나이 때문이었을 것이다. 아직 스물여섯 살이었던 그녀에게 이십대의 가난은 자연스러운 것이었지만 마흔 살에 가까운 남자의 가난이란 초라한 것이었다.

하지만 그런 유타에게도 낙은 있었다. 그녀는 유타와 조금씩 가까워지면서 그가 한 달에 두세 번씩은 반드시 연극을 보러 간다는 걸 알게 됐다. 유타는 매주 수요일 가판대에서 새로 나온 『파리스코프』를 샀고, 처음부터 끝까지 정독을 하면서 티켓 값이 저렴하고 볼 만한 연극들을 찾아냈다. 그의 예산으로 관람할 수 있는 연극들은 대부분 스무 명 남짓의 관객이 들어갈 수 있는 소극장에서 하는 작품이었지만 가끔 아주 훌륭한 배우나 연출가의 공연이 있을 땐 롱푸앙 극장이나 샤틀레 극장을 찾기도 했다. 그녀가 처음 유타와 함께 본 연극은 샤틀레 극장에서 상영된 「칼리굴라」였다. 그들은 티켓을 예매하는 대신 헐값에 살 수 있는 공연 직전 취소 표가 나오길 기다리며 매일 밤 공연장에 갔다. 그들이 공연장에 들어갈 수 있었던 건 그런 식으로 엿새를 기다린 어느 밤이었다. 그녀는 19세기에 지어진, 파리의 아름다운 대극장에서 난생처음 연극을 본다는 사실에 들떠 있었지만 "내겐 존재들의 침묵이 필요해. 마음속의 이 끔찍한 소란이 잠잠해져야만 해"라거나 "있는 그대로의 이 세상은 참을 수 없어. 그러니 나는 달이 필요해. 아니면 행복이나 불멸의 생명이. 어쩌면 말이 되지 않는 것일지라도, 아무튼 이 세상의 것이 아닌 무언가가" 같은 대사들로 이루어진 공연을 온전히 이해할 수는 없었다. 그들은 그 후로도 몇 번 더 공연을 같이 봤다. 같이 관람을 했을 뿐 돈을 아끼기 위해 차를 마시거나 술을 마시진 않았다. 하지만 가끔씩 공연의 감동이 너무 벅차 아무도 없는 집으로 돌아가기 싫을 때면 그들은 조금 걸어 극장 근처의 공원이나 벤치를 찾아 앉았고, 공연에 대한 감상을 주고받았다. 유타는 그녀와 달리 파리의 골목골목들을 잘 알았는데 그런 유타를 따라다니는 일은 그녀에게 새로운 책을 펼치는 일처럼 느껴졌다. 시간이 흐른 후엔 그녀도 파리의 이면들—더럽고 냄새나는 지하철이라든지, 공원 벤치에 누워 있는 노숙자들, 이민정책의 실패가 낳은 여러 사회문제—을 제대로 보게 됐지만 유타와 연극을 보러 다니던 시기에 그녀는 대학 시절 읽었던 에밀 졸라나 빅토르 위고 같은 작가들의 작품 속에 등장하는 골목들을 실제로 걷는다는 사실에 취해 그런 것들을 의식할 겨를이 없었다. 그렇게 도시를 걷다 보면 그녀의 머릿속엔 자연스럽게 불멸이 된 죽은 이들이 떠올랐다. 막이 내리면 사라져버리는 일회적인 것이라 연극을 좋아한다던 유타와 달리 그녀는 미래에도 영원히 남는 것이기 때문에 연극이 좋았고, 같은 이유에서 골목이나 다리의 이름으로 남아 영속되는 빛나는 이름들을 길을 걷다 마주치면 마음이 일렁였다. 이따금씩 그런 밤들엔 눈이 내리기도 했다. 기온이 충분히 낮지 않아 닿는 순간 덧없이 녹아버리던 눈송이들. 하지만 전쟁 속에서도 불타지 않고 살아남은 구시가지에 눈송이가 흩날리는 풍경은 그녀의 눈에 그저 아름다웠고, 그녀는 상기된 얼굴로 기꺼이 눈을 맞았다. "너무 아름답지?" 그녀가 돌아보면 평소보다 얼굴이 환해 보이는 유타가 말없이 웃었다. 유타는 장갑을 끼지 않아 조금 붉어진 손을 뻗었고, 그녀의 젖은 머리를 털어주었다.

점차 프랑스어 실력이 좋아지고 파리 생활에 적응해나가면서 그녀는 유타 외에도 어울릴 또래 친구들이 생겼고, 몇 명의 애인을 사귀고 헤어졌다. 그녀는 유타를 좋아했고 자신이 그의 거의 유일한 친구라는 걸 알았지만, 그의 수도승처럼 단조로운 일상을 날마다 같이하기엔 가능성으로 가득한 삶에 대한 호기심이 너무 많았다. 그녀는 낯선 나라에서의 삶을 만끽하고 싶었고, 될 수 있는 한 많은 걸 경험하고 싶었다. 그러다 보니 그녀가 유타와 보는 일은 연애를 하는 동안엔 자연스럽게 뜸해졌다가 이별을 하면 다시 잦아졌다. 파리에서 두 번째로 맞이하던 8월, 반년 정도 만났던 베트남계 프랑스인과 헤어진 후 그녀는 유타를 만나 센강 변에서 아이스크림을 사 먹었다. 강을 따라 늘어선 나무들은 푸르렀고, 강물은 투명하게 반짝였다. 계단 아래서는 살구색으로 피부가 익은 어린아이들이 쭈그려 앉아 낙서를 하고 있었다. 유타는 별다른 말을 하지 않았지만 그녀가 이런저런 이야기를 하면 늘 그렇듯 잘 들어주었고, 그녀는 유타가 자신을 바라보는 눈빛을 느끼는 것이 즐거웠다. 그녀는 유타가 짧은 치마 아래 드러난 자신의 다리를, 때론 일부러 그의 앞에서 통통 튀듯 걷는 자신의 뒷모습을 어떤 눈으로 보는지 알고 있었다. 그가 그녀를 욕망하면서도 감히 손을 뻗으려 하지 못한다는 사실이 실연의 상처로 의기소침해 있던 그녀를 우쭐하게 만들었다. 그녀에겐 그에게 없는 젊음이 있었고, 그것만으로도 그녀에게는 자신이 그보다 우월한 위치에 있을 이유가 충분했다.

삼 년 후, 프랑스의 한 극장에 취직해 있던 그녀가 일을 그만두고 귀국하게 되었을 때 유타는 출국을 앞둔 그녀를 처음이자 마지막으로 자신의 집에 초대했다. 그의 집은 뜻밖에도 말제르브 대로변의 으리으리한 오스만 양식 건물에 위치해 있었다. 유타가 알려준 대로 비밀번호를 누르고 건물 안에 들어가 엘리베이터를 탔고 사층에 내렸다. 그녀가 벨을 누르자, 유타는 한 손에 긴 나무젓가락을 들고 문을 열었다. 그가 사는 곳은 주인이 사는 집의 일부를 막아 세를 놓기 위한 공간으로 개조한 것으로, 방 한 칸과 부엌, 화장실로 이루어진 아주 작은 집이었다. 집은 협소했지만 유타처럼 정갈했고, 그녀는 금세 그곳이 좋아졌다. 그들은 부엌 겸 다이닝룸 겸 거실이었던 작은 공간에 앉아 그가 준비한 자루우동과 샐러드, 연어초밥을 먹었다. 자신을 위해선 식비를 지독히도 아끼던 그가 일부러 시장에 나가 싱싱한 연어를 샀을 거라 생각하자 그녀는 마음이 따뜻해졌다.

그들은 그녀가 사 간 포도주와 치즈를 함께 나누며 늦은 시간까지 이야기를 했다. 그날 유타는 자신 역시 머지않아 일본으로 돌아갈 생각이라고 했다.

"논문은 어쩌고?"

그때 유타는 이오네스코와 베케트를 전공할 생각으로 박사과정에 진학해 있었지만 생계비 버는 일에 치여 논문을 아직 시작도 못한 상태였다.

"내가 논문을 완성한다고 교수가 될 것도 아니고. 공부하고 싶은 만큼만 하다가 일본에 가서 가업을 다시 잇거나, 학원에서 프랑스어를 가르치면 되지."

그날 그녀는 그가 떠난 바람에 그의 할머니가 늙은 몸을 이끌고 국숫집을 운영하고 계시단 걸 처음 알았다. 그의 부모님이 교통사고로 한날한시에 돌아가셨고, 그 일을 계기로 국숫집을 떠맡았던 유타가 어느 날 갑자기 모든 게 무의미하게 느껴져 일본을 떠났다는 사실도.

"아, 미안해. 그런 일이 있었구나. 전혀 몰랐어."

"당연하지. 내가 말하지 않았으니까."

그는 자신이 모든 걸 정리하고 떠나려 했는데 그의 할머니가 문을 닫으려 했던 가게를 굳이 다시 열어 지금껏 운영하고 있다고 포도주를 마시며 탐탁지 않은 투로 말했다. 할머니는 87세였다. 그는 일본에 전혀 미련이 없지만 어린 시절 이웃에 살며 자신을 거의 키워주다시피 한 할머니만은 늘 걱정하고 있었고, 건강이 점점 쇠약해지고 있는 할머니가 언젠가 스스로 생활하는 것이 어려워지면 브라질에 이민 가 있는 고모를 대신해 미련 없이 일본으로 돌아갈 생각이라고 했다.

"할머니를 위해 모든 걸 포기하고 돌아가는 건 너무 아깝지 않아?"

유타는 그녀의 질문을 이해할 수 없다는 듯한 표정을 하며 물었다.

"아깝긴, 그렇게라도 할 수 있다는 게 얼마나 다행스러운 일인데. 할머니는 이 세상에 남은 내 유일한 가족이고, 국숫집 하느라 늘 바빴던 엄마 아빠를 대신해 내가 좋아한다고 돼지고기 생강구이를 일부러 해서 도시락에 싸주고, 감기에 걸리면 계란을 풀어 넣은 유부우동을 끓여준 사람인걸."

그녀는 그가 살아가는 태도가 걱정됐고, 마흔이 넘은 나이에 여전히 미래에 대한 준비 없이 자신의 인생을 남의 것처럼 아무렇게나 흘려보내듯 사는 유타가 못마땅했다. 하지만 그렇게 말하는 유타의 표정이 너무 아늑하고 고요해 보여 그녀는 아무 말도 할 수 없었다. 그가 할머니와의 애틋한 추억에 대해서 이야기하는 동안 파리의 석양이 창을 타고 넘어왔고, 오렌지빛 햇살이 집 안의 사물들과 유타의 윤곽을 부드럽게 만들었다. 그날 그들은 조금 취해 처음이자 마지막으로 입을 맞췄다. 그 이상은 아무런 일도 일어나지 않았다. 파리의 초여름 냄새와 밤, 그리고 작별을 앞둔 자들의 희미한 슬픔이 가능하게 한 입맞춤이었다.

*

그녀가 한국에 돌아온 이후엔 매일매일이 빠르게 흘러갔다. 그녀의 오빠가 결혼을 해 아이를 낳았고, 친구들도 차례로 결혼을 했다. 그녀의 마음은 볕을 향해 날마다 푸른 잎을 키우는 여름 나무처럼 성장하고픈 갈망으로 여전히 가득했으

므로 그녀는 짬을 내어 영어 회화를 배웠고, 살사 동호회에
나갔다. 직장에서 맡은 주요 업무가 국내외 예술단체 교류사
업이라 그녀는 어쩌다 한 번씩 업무 때문에 프랑스에 갈 일이
생겼다. 그녀가 프랑스에 처음 다시 갔을 때 유타는 이미 일
본으로 돌아간 뒤였다. 유타와는 가끔 이메일을 주고받다가
머지않아 연락이 끊겼는데, 그녀는 그걸 자연스럽게 받아들
였다. 그즈음 그녀는 운동 삼아 조깅을 시작했고, 한강 둔치
에서 조깅을 하다가 만난 남자와 가까워졌다. 그는 증권사에
다니는 남자로, 마른 근육질 체형을 가지고 있었고 웃을 때
눈꼬리가 내려가는 얼굴이 귀여웠다.

한번은 남자와 조깅한 뒤 집에 돌아오는 길에, 그녀가 나무
둥치에 묶여 있는 하얀 개 한 마리를 본 적이 있었다. 주인이
찾으러 오겠지 생각하고 그녀는 집으로 돌아가 씻고 잠자리
에 들었다. 그런데 어딘가 불안해 보이던 그 개의 모습이 좀
처럼 그녀의 머릿속에서 떠나지 않았다. 결국 그녀는 후드티
를 뒤집어쓰고 다시 집을 나섰다. 그녀가 둔치에 도착했을 때
개는 여전히 그 자리에 그대로 있었다. 개는 그녀가 다가가
자 경계하는 듯 뒤로 물러섰다가 그녀가 다시 뒤로 몇 발자국
움직이면 다급하게 다가왔다. 무릎을 꿇고 앉아 손을 가만히
내미니 개는 경계심을 조금씩 풀고 손의 냄새를 맡기 시작했
다. 그리고 꽤 긴 시간이 흐른 뒤 개가 마침내 그녀의 손가락
끝을 핥았다. 아주 연약하고 따뜻한 혀로. 그러자 두 번 다시
닫을 수 없는 문이 그녀의 마음에 생겨 활짝 열렸다. 어떤 사

랑은 그런 식으로 예측할 수 없이 시작되기도 했다. 발을 담그기만 해도 휩쓸릴 급류인지, 서서히 젖어갈 빗줄기인지 미처 알지 못하는 채로. 그것이 상호적인 감정이었는지 들어 올려도 개는 저항하지 않았고 그녀의 품에 기꺼이 안겼다.

"자, 나랑 같이 가자." 그녀가 개에게 속삭였다.

그녀는 개의 주인을 찾아주기 위해 조깅을 같이하던 남자와 전단지를 붙이고, SNS에 사진을 올렸다. 며칠이 지나도 주인을 찾을 기미는 조금도 보이지 않았다. "어떻게 할 거야?" 그녀의 집에서 개를 쓰다듬으며 이제 애인이 된 조깅하는 남자가 물었다. "이 아이를 버릴 수는 없잖아." 그녀가 개를 버리면 이제 겨우 그녀를 신뢰하게 된 듯 그녀의 곁에서 배를 드러내며 자기 시작했고 그녀가 화장실에라도 들어가면 나오기를 문 앞에서 하염없이 기다리는 그 개는 길거리를 헤맬 것이고, 굶거나 차에 치여 죽을지도 몰랐다. 개는 그렇게 해서 그녀와 같이 살게 됐다. 개는 그녀가 잠자리에 들면 자연스럽게 침대로 와서 그녀의 이불 속으로 파고들었는데, 개와 함께 몸을 맞대고 있으면 더할 나위 없이 따뜻했고, 그건 마치 세상에서 가장 따뜻한 이불이 그녀를 감싸 안는 듯한 느낌이었다.

개는 그녀와 살기 시작할 때 이미 일곱 살이었는데, 호기심이 여전히 매우 많았고 민첩했으며 기분이 좋을 때면 꼬리를 프로펠러처럼 아주 재빨리 흔들었다. 개와 같이 살기 시작한 그해 그녀는 주말이면 애인과 셋이서 여의도공원이나 서울숲

공원에 놀러 가는 일이 많았다. 그다음 그녀가 사귄 애인은 캠핑을 좋아해서 개를 차에 태우고 가평이나 대호방조제에 가기도 했다. 데리고만 있으면 알아서 클 거란 생각으로 쉽게 개를 맡았지만 시간이 갈수록 그녀는 자신이 정말 아무것도 모른다는 걸 알게 됐고, 개에 관한 책들을 사서 읽었다. 개를 너무 긴 시간 동안 혼자 두는 건 좋지 않다는 글을 읽은 후엔 바깥에 나가 있는 시간을 기꺼이 줄여나갔고, 그녀가 출장을 가 있는 동안에는 애인들에게 개를 맡겼다. 하지만 개를 대신 돌봐줄 정도로 자상했던 그들도 결국 그녀에게 "너는 내가 필요 없는 것 같아"라고 말하며 다른 이들처럼 떠났다. 애인과 헤어질 때마다 그녀를 집에서 맞이해준 것은 개였다. 무슨 일 있니? 개는 우는 그녀의 얼굴을 핥아주었고, 언제나처럼 그녀의 옆에 기대앉아 울음을 그치길 하염없이 기다렸다. 그들은 서로 말이 없었다. 하지만 그녀는 개가 자신을 누구보다도 깊게 이해하고 있다는 걸 분명히 느낄 수 있었다.

그녀가 페이스북의 아는 친구 추천 기능을 통해 유타를 발견한 건 몇 년의 시간이 지난 후였다. 그사이 그녀는 몇 번의 실패와 좌절을 더 겪었고, 삶이 동전을 넣기만 하면 무엇인가를—비록 그것이 하찮은 것일지라도—결국 건네주는 뽑기 기계가 아니란 걸 알게 됐다. 유타의 프로필 사진 속에는 눈이 오는 바다의 풍경만 들어 있어서 처음에 그녀는 그가 자신이 아는 그 유타가 맞는지 긴가민가했다. 파리에서 알고 지내던 유타가 맞나요? 그녀는 그에게 메신저로 질문을 던졌다. 며칠 후, 메신저로 답이 왔다. 네, 파리에서 알고 지내던 보라가 맞나요? 그런 식으로 그들은 다시 연락을 주고받게 됐다. 봄의 초입이었고, 아직 일교차가 큰 시기였다.

처음 메신저로 대화를 나누고 며칠 후인 금요일, 그들은 스카이프로 영상통화를 시도했다. 밤 열시, 그녀가 컴퓨터를 켰고, 화면 속에서 그녀의 기억보다 훨씬 나이 들어 보였지만 순한 인상은 그대로인 유타가 나타났다. "오랜만이야." 그녀는 그를 보면서 그제야 자신이 처음 만났을 당시 유타보다 더 나이를 먹었다는 걸 깨달았다. 그녀는 화면 속에 비친 자신의 얼굴을 봤다. 아주 늙진 않았지만, 얼굴엔 어느새 젊음이 비켜서고 있었고, 정수리에는 흰 머리카락이 돋아나 있었다.

유타도 그녀도 프랑스어를 많이 잊어버려 그들이 사용할 수 있는 어휘와 문장구조는 전보다 단순해져 있었다. 유타는 마지막으로 그들이 이메일을 주고받았을 때와 마찬가지로 도쿄 근교의 도시에서 여전히 할머니와 살고 있다고 했다.

"할머니랑 같이 사는구나."

그녀는 정말 깜짝 놀랐다. 그의 할머니는 이제 아흔아홉 살이었다. 더욱 놀라웠던 것은 병원에서 인생을 마무리하고 싶지 않다는 할머니의 바람을 들어주기 위해 그가 할머니를 다시 집으로 모시고 와 간병을 하고 있다는 사실이었다. 그는 국숫집도 정리하고 소소한 아르바이트만 하며 지낸다고 했다. 집에 환자용 침대와 휠체어를 들였으며 매일 할머니의 식사를 준비하고, 할머니를 휠체어 태워 산책을 시켰다.

유타는 메신저를 통해 그녀에게 사진을 몇 장 보냈다. 사진 속에는 휠체어를 탄 채 꽃그늘 아래 있거나, 신사 앞에 있는 아주 마른 노인이 있었다.

그녀는 사진을 들여다보다가 "할머니가 네 덕분에 행복하시겠다" 하고 말했다. 그건 진심이었고, 그 말에 유타의 입꼬리가 부드럽게 위로 올라갔다. "그러시면 좋겠어."

유타는 할머니 간병에 전념하느라 사교 활동을 거의 할 수 없었다고, 하지만 시간이 있었던들 일본에서 알고 지내던 친구들은 모두 회사의 중역이 되어 있어 어차피 교류해봤자 대화가 통할 만한 사람을 찾긴 어려웠을 거라고 말하며 웃었다. 그녀는 유타에게 생활하는 데 아르바이트로 번 돈이 충분한지, 할머니가 돌아가시고 나면 그의 삶은 어떻게 하려고 하는지 묻고 싶은 것이 많았다. 하지만 그녀는 유타와 처음 만났을 즈음과 달리 이제는 그런 것들에 대해서 크게 고민하지 않는 유타의 대책 없음이 한심해 보이지 않았고, 할머니를 돌보는 데 온 마음을 다하는 유타에게 그런 걸 묻는 게 아무 도움도 되지 않으리라는 걸 알았으므로 그저 침묵했다. 그의 이야기가 그녀의 마음을 움직였는데, 그건 어쩌면 그녀가 이제는 나이가 들고 병든 개를 간병하고 있기 때문인지도 몰랐다. 개는 점점 약해졌고, 장기들이 손상되었으며, 식욕을 잃고, 자주 넘어졌다.

그녀는 무릎 위에 올려둔 개를 내려다보았고, 그녀 위에서 안심한 듯 깊이 잠든 사랑스러운 개가 아주 조그맣게 코를 고는 소리에 가만히 귀를 기울였다. 산책은커녕 혼자 화장실까지 가는 동안에도 몇 번씩이나 쓰러져 더 이상 스스로 걷기 힘들어진 개, 방 문턱조차 혼자 넘지 못해 그 앞에서 그녀가 도와주기만을 하염없이 기다려야 하면서도 그녀를 보면 어김없이 활짝 웃는 개의 등을 부드럽게 쓰다듬으면서 그녀가 말했다.

"꼭 오래오래 사시면 좋겠다."

봄이 점점 깊어갔다. 하늘은 새파랗고, 투명하리만큼 새하얀 뭉게구름들이 두둥실 떠다녔다. 햇살이 쏟아졌고, 연분홍색과 크림색의 꽃송이들이 바람이 불 때마다 살랑거리며 빛났다. 그녀는 매일 저녁 더 이상 스스로의 힘으로는 산책할 수 없는 개를 품에 안고 한강 둔치나 공원을 걸었다. 개를 두고 출근하고 나면 온종일 CCTV로 개를 관찰했고, 퇴근해서 집에 돌아오면 개가 다친 곳이 없는지부터 살폈다. 휴직해야 하는 걸까? 2주에 한 번꼴로 식욕을 잃고 며칠씩 굶는 개를 동물병원에 데려가 링거를 맞춰주기 위해 반차를 쓸 때면 그녀는 일을 그만두고 할머니를 돌보는 데 전념하고 있는 유타를 떠올렸다. 개는 이제 다리 한쪽이 완전히 마비됐고, 화장실을 어떻게 해서든 혼자 힘으로 가려고 애쓰다가 넘어져 온몸이 멍투성이였다. 개를 더 이상 집에 혼자만 두는 건 개에게도 그녀에게도 너무 고통스러운 일이었기에 그녀는 휴직을 심각하게 고민하고 있었다. 하지만 그녀는 개를 간호해야 하기 때문에 휴직한다는 사실을 이해해줄 사람은 없으리란 것을 알았다.

어쩌다 이렇게까지 개가 내게 소중한 존재가 되었지? 그녀는 그 사실이 정말 놀라웠다. 어렸을 때부터 친구 집의 개나 고양이들을 보면 예뻐하긴 했지만 그렇다고 이 정도로 좋아한 건 결코 아니었다. 지금 그녀는 개가 없는 세상을 상상할 수조차 없었고, 개를 하루라도 더 살리기 위해서라면 아까운 것이 없었다. 그녀는 날마다 인터넷으로 미끄럼 방지에 좋다는 제품들을 주문했고 온갖 영양제와 간식을 구매했다.

"몇 번의 봄을 우리가 더 볼 수 있을까?"

화창한 봄밤에 개를 품에 안은 채 걸으면서 그녀가 속삭였다.

다음 해 봄까지 같이 있지는 못할지도 모른다는 불안이 가슴속에 피어났지만 푸른 여름은, 빛깔이 찬란한 가을은 한 번씩 더 볼 수 있을 거라고 그녀는 생각했고, 그 사실을 조금도 의심하지 않았다.

개가 숨을 거둔 건, 사흘 뒤였다.

*

개를 떠나보내고 많은 것이 변했다. 개와 함께한 시간이 십년이나 되었기 때문에 개는 그녀의 삶 아주 깊은 곳에 들어와 있었다. 이제 그녀가 현관문을 열고 들어와도 맞이해주는 존재는 없었고, 옷을 갈아입으려 방에 들어갈 때 타다닥 소리를 내며 따라와 머리를 쓰다듬어달라고 보채는 존재도 없었다. 집 안의 적막이 낯설어 그녀는 퇴근해 돌아오면 텔레비전을 틀어야만 했다. 잠자리에 들어서도 그녀는 텔레비전을 끌 수가 없었고 아주 오래 뒤척인 끝에 겨우 잠이 들었다. 이따금씩은 자다가 소스라치게 놀라며 깨어날 때도 있었다. 그럴 때면 그녀는 잠결에 자신이 개를 찼을까 봐 두려워하며 발을 조심스럽게 당겼다. 하지만 얼마 지나지 않아 그녀는 자신에게 누군가의 완전한 신뢰와 사랑을 받는 일의 기쁨과 두려움을 처음으로 알게 해준 개가 더 이상 곁에 없다는 사실을 다시 기억해냈다. 아, 다들 이 부재를 어떻게 견디는 거지? 한 번도 경험하지 못한 상실감과 슬픔이 커다랗고 새카만 아가리를 벌리고 자신을 머리부터 집어삼키는 느낌이었다. "사람들을 좀 만나는 게 어때?" 소식을 들은 친구들이 연락을 주어 그녀는 집 안에 있는 시간을 줄이기 위해 사람들을 만났고, 일부러 야근을 했다. 하지만 결국엔 집에 돌아가야 하는 시간이 돌아왔다. 그러면 그녀는 직면할 부재가 무서워 현관문 앞에 서서 울었다.

*

여름이 오고, 가을이 지나갔다. 그녀는 조금씩 덜 울었고, 조금씩 일상을 되찾았다. 마침내 크리스마스캐럴이 들려오기 시작했고, 약속 잡을 일이 더 늘어났다. 12월 둘째 주 토요일 낮에 그녀는 대학 시절 친구들을 만났다. 모처럼 그 시절 즐겨 가던 식당에 가볼까 했지만 모두 문을 닫아서 그들은 시내에 새로 생긴 올데이 브런치 가게에서 만났다. 이야기를 한 건 대체로 친구들이었다. 친구들은 모두 결혼을 했고 아이를 낳은 터라 대화가 자연스럽게 육아에 대한 이야기 쪽으로 흘러갔다. 발레부터 피아노, 스키, 영어에 중국어까지 아이들이 배워야 할 것들은 얼마나 많은지! 하지만 그녀는 그것들에 대해 아무것도 알지 못했다. 다른 친구들과 만났던 그다음 주 토요일 저녁엔 사정이 조금 나았다. 한 명은 이혼을 했고 다른 친구는 그녀처럼 결혼에 대한 관심이 전혀 없어서 그녀는 대화에 조금 더 자연스럽게 녹아들 수 있었다. 포도주를 한 병 정도 비울 즈음 친구들은 그들이 키우는 고양이에 대한 이야기를 하기 시작했다. 친구들은 모두 각자 고양이를 한 마리씩 키웠는데, 이름은 꽁이와 망고였다. "우리 꽁이가 이젠 귀가 안 들려서 너무 크게 울어 온종일 시끄럽다니까." 친구가 말했다. 하지만 그녀는 그런 불평들이 진짜 불평이 아님을, 그들이 사랑하는 고양이에 대한 애정의 표현임을 알았고 어쩔 수 없이 자신의 개가 사무치게 그리워졌다.

정월 초하루, 오랜만에 지방에 있는 본가에 갔다가 그녀는 어쩌다 단둘이 소파에 앉아 있게 된 올케에게 그날 일에 대해서 이야기를 하며, 울지 않기 위해 대화 중에 딴생각을 해야만 했다고 말했다. 그러자 올케는 테이블 위에 놓여 있던 귤을 집어 까먹으며 물었다.

"어머나, 아직도 그래요?"

그녀는 입을 다물었다.

*

몇 번의 눈이 더 오더니 해가 다시 조금씩 길어졌다. 그녀는 겨울 이불을 세탁소에 맡겼고 사람들은 가벼운 옷들을 꺼내 입기 시작했다. 그녀의 집 맞은편 건물 앞엔 공사 예정 구역이라는 현수막이 오랫동안 붙어 있더니, 어느 날부터인가 인부들이 와서 건물을 허물기 시작했다. 겨우내 집에만 있었더니 살이 찐 게 느껴져 그녀는 다시 조깅을 시작했고, 운동을 마치고 집에 돌아와서는 OTT로 드라마를 보거나 예능을 봤다. 한번은 잃어버린 서류를 찾다가 몇 달 전 사두곤 잊어버렸던 애도에 관한 유명한 책을 책장에서 발견했다. 그녀는 식탁 의자에 앉아서 책을 펼쳐 읽기 시작했다. 그러다 그녀는 반려동물을 잃는 슬픔은 대체가 가능한 슬픔이므로 자신이 반려동물을 잃었기 때문에 남편이나 아내를 잃은 사람의 아픔에 공감할 수 있다고 말하는 사람이 되어선 안 된다고 씌어진 구절을 읽게 됐다. "뭐라고?" 그녀는 책을 덮어버리고 책장 깊숙이 다시 꽂았다. 양치를 하고 잠옷으로 갈아입었다. 침대에 누웠다가 그녀는 다시 일어나 책장 쪽으로 걸어갔다. 그러고는 그 책을 책장에서 꺼내어 쓰레기통에 버렸다.

그러던 어느 날 잠자리에 들려고 준비를 하고 있는데 전화가 왔다. "이 시간에 누구지?" 물에 젖은 손을 잠옷 바지에 쓱쓱 닦으며 휴대전화를 집어 들었는데, 화면에 유타의 이름이 떠 있었다. 그녀가 전화를 받자마자 수화기 너머에서 유타의 목소리가 쏟아졌다.

"안녕, 잘 지내? 할머니가 돌아가셨어." 슬픔을 억누르는 목소리였다.

"아, 어쩌면 좋아, 유타. 어쩌면 좋아."

그녀의 말과 동시에 유타는 길게 울기 시작했다. 그녀는 식탁 의자에 앉았고, 그가 울음을 그치길 기다렸다. "앞으로 나는 어쩌지?" 하고 울면서 되풀이하던 유타는 잠시 후 "미안해"라고 말하더니, 이야기를 시작했다. "할머니는 조금 전에 편안하게 가셨어. 오늘 아침까지만 해도 내가 말을 하면 눈을 깜박이셨는데, 늦은 오후 즈음부터는 그러질 못하시더라고. 걱정이 되긴 했는데 이미 몇 차례 고비를 넘기셨으니까 오늘 떠날 거라고는 조금도 예감하지 못했어. 그래서 평소처럼 저녁을 먹고 인사를 하려고 할머니 방에 들어갔지. 그런데 갑자기 이상한 느낌이 드는 거야. 그건 아주 조용하고 서늘한 바람이 나를 스치고 지나가는 듯한 느낌이었어. 그래서 알았지. 할머니는 평소와 다름없이 침대에 누워 있었는데, 이미 돌아가신 상태라는 걸."

그 후로 그들은 매일 밤 통화를 했다. 그녀는 유타가 걱정이 되었고, 유타에겐 이야기를 들어줄 사람이 필요하다는 걸 알고 있었다. 이튿날 그녀가 유타에게 전화를 걸었을 때 유타는 할머니가 지금 눈앞에 있다고 이야기했다. 그 말을 들었을 때 그녀는 조금 으스스한 기분이었는데, 유타가 너무 슬퍼서 현실을 받아들이지 못하고 있는 건 아닐까 걱정이 되었기 때문이다. 하지만 이야기를 조금 더 나눈 후에 그녀는 유타의 정신이 아주 멀쩡하다는 걸 알게 됐다. 유타의 할머니는 정말로 아직 집에 있었으니까. 유타는 그녀의 시신이 내일 영안실로 간다고 했다. 왕진 의사와 장례업체 사람들이 와서 필요한 조치들을 했고, 그녀의 시신 주위로 부패를 방지하기 위해 드라이아이스를 놓아두었다고.

이틀 후 그는 전화를 걸어와 할머니가 이제 떠났으며 할머니의 침대 역시 사람들이 가져가버렸다고 말했다.

"괜찮아?"

"아니, 괜찮지 않아. 너무 이상해. 하지만 의사 선생님이 할머니가 무척 편안하게 가셨다고 했어."

그녀는 식탁 의자에 앉아 창밖으로 어둠이 몰려오는 걸 바라보며 유타가 마지막으로 할머니 옷을 고운 기모노로 갈아입혔다고 말하는 것을, 할머니를 화장할 때 함께 보내기 위해 할머니가 평소 좋아하시던 지라시스시와 오하기를 만들 거라고 말하는 것을 들었다.

다음 날, 유타는 어린 시절 섣달그믐날 할머니의 집에 가면 맡을 수 있던 달콤한 밤조림 냄새와 여름 축제에서 할머니의 손을 잡고 보았던 아주 커다란 불꽃에 대해서 현재형의 동사를 써서 이야기를 했다. 그런 추억담을 듣고 있노라면 소나기가 내리던 어느 여름, 자신의 개와 살을 맞댄 채 마룻바닥에 누워 낮잠을 잤던 기억이, 보슬비 젖은 낙엽 위를 개와 함께 달리던 해 질 녘의 풍경이 저절로 그녀의 머릿속에 떠올랐다. 씹을 수 없는 할머니를 위해 유타가 매일 먹기 편한 유동식을 만들었다거나 그럼에도 할머니의 몸이 식물처럼 말라갔고 결국엔 통제할 힘을 잃은 육체에서 대변이 저절로 흘러나왔다고 말하는 것을 들을 때는 개와 함께했던 마지막 일 년으로 되돌아갔고, 작별할 마음의 준비가 전혀 되어 있지 않아 개에게 충분히 해주지 못했던 많은 일에 대한 후회와 자책이 일었다. 그럴 때면 그녀는 눈을 감고 유타에게 말했다. "너는 정말 잘한 거야."

유타가 장례를 치르고 온 날에는 그녀가 유타에게 물었다. "많이 울었어?" 그러자 유타가 대답했다. "음, 일본에서는 장례식에서 우는 게 정말 예의가 아니야. 울음을 참아야 그게 진정 훌륭한 애도지." 그녀는 놀라서 다시 물었다. "그래서 정말 울지 않았니?" 그러자 유타가 희미한 소리로 웃으면서 말했다. "설마, 엉엉 울어버렸지."

그런 날들이 지나갔다.

며칠 후, 그녀는 늦은 밤 오랜만에 조깅하러 집을 나섰다. 날씨가 좋았고, 주말에 비가 예보되어 있어 만개한 벚꽃을 볼 마지막 날일 것 같다는 생각이 들었기 때문이다. 정말로 한강 둔치에는 벚꽃이 흐드러지게 피어 있었다. 산들바람이 불었고, 바람이 불 때마다 꽃비가 쏟아져 내렸다. 연인들이 손을 잡고 꽃나무 아래서 사진을 찍었다. 자전거도로 쪽 화단에는 색색의 튤립과 노란 수선화가 바람에 잔물결을 이루며 흔들리고 있었다. 사람들이 저마다 개를 데리고 나와 걷는 게 보였다. 개들이 하니스 줄이 팽팽해지도록 저만큼 빨리 달려가거나, 젖은 풀의 냄새를 맡으며 재빠르게 돌아다녔고, 그녀는 이제 그런 걸 봐도 울지 않을 수 있었다.

그녀가 조깅을 마치고 집으로 돌아가려고 천천히 걷는데 휴대전화의 진동이 왔다. 그녀는 유타일 거라는 걸 알았고, 암밴드에서 전화를 꺼내 받았다.

"오늘은 잘 지냈어? 밥은 좀 먹고?"

"응, 잘 지냈어."

유타는 프랑스어 학원들에 이력서를 넣고 왔다고 말했고, 번역 제안서를 써서 출판사에 돌릴 계획이라고 했다.

"참 좋은 생각이네."

그런데 한참 대화를 주고받던 도중 유타가 말했다.

"서울도 그런지 모르겠는데, 오늘 달이 무척 예쁘다. 밤이면 한번 봐봐."

그 말에 그녀가 하늘을 올려다보니 벚꽃 가지 사이로 반달이 떠 있었다. 하얗고 깨질 것처럼 투명하게 반짝이는 아름다운 반달이었는데, 그걸 보자 이렇게 아름다운 달을 보았던 또 다른 밤의 기억이 갑자기 먼 곳에서부터 밀려와 그녀를 덮쳤다. 그랬다. 그건 그녀가 마지막 산책이 될 거라고는 꿈에도 상상하지 못한 채 개를 안고 걸으면서 달을 보았던 그 밤의 기억이었다. 마지막 산책을 했던 밤의 빛깔과 온도, 대기 중에 섞여 있던 라일락 냄새가 갑자기 생생하게 되살아났다. 겹 벚꽃과 철쭉이 만발해 있던 그 봄밤 그녀의 품에 안겨 있던, 이제 엉덩이뼈가 고스란히 느껴질 정도로 말라버린 천사 같은 개는 모처럼 고개를 빼고 코를 킁킁거렸다.

달빛이 비추고, 벚꽃이 촘촘히 달린 나뭇가지가 실바람에 검은 천 위의 새하얀 레이스 리본처럼 흔들렸다. 잔디밭 위로 떨어져 내린 꽃잎들이 은화처럼 빛났다. 고개를 돌려 유람선이 지나가며 강물 위에 그려놓은 물결과 강 너머의 칠흑 같은 어둠에 가까스로 구멍을 내고 있는 작은 불빛들을 보는데 사라진 줄 알았던 회한과 슬픔, 상실감이 다시 찾아와 그녀의 가슴을 짓눌렀다.

"여보세요? 듣고 있어?"

"응, 듣고 있어."

하지만 누군가가 목을 조르는 것처럼 목소리가 잘 나오지 않아 그녀는 더 이상 말을 할 수 없었다. 사랑하는 존재가 죽어 이 세상에 없는데, 어떻게 달이 여전히 이렇게 아름다울 수 있는지 그녀는 도무지 이해할 수 없었다. 오직 자신만을 전부라고 믿고 의지했던 개가 지금 어딘가에서 홀로 떨거나 아파하고 있지는 않을지 걱정이 됐지만, 아무리 걱정을 한들 자신은 더 이상 그 개를 구해줄 수 없는데, 무언가를 보고 또다시 아름답다고 느끼기 시작했다는 사실이 너무나도 고통스러워 그녀는 숨을 참아야만 했다. 삶이 무한한 줄 알았을 때 그녀는 알려고 하지 않았다. 모든 생(生)에는 끝이 있고, 그 이후에 대해선 인간이 얼마나 무지한지. 얼마나 바보 같은 일인가, 모든 것이 영원할 줄 알았다니. 죽음이 있어 삶에 의미가 생긴다거나, 죽음이 평화를 가져다줄 거라는 말을 살면서 아무 생각 없이 쉽게 내뱉은 적이 한 번이라도 있다면 그건 그녀가 삶에 풋내기이기 때문이었으리라. 그녀는 풍경을 차마 바라볼 수 없어 고개를 숙였다. 바람이 불었고, 그러면 달리느라 뜨거워졌던 그녀의 몸이 식었고, 머리 위로 꽃잎이 툭, 툭 떨어지는 게 느껴졌다. 그러다 그녀는 아주 천천히, 그 밤 보았던 달의 아름다움을 아는 건 그녀와 사랑하는 개뿐이라는 사실을 가까스로 떠올렸다. 둘이서 함께한 그 순간은 오직 둘만의 것이며, 그 무엇도 그들이 공유했던 서로의 온기와 감촉, 그 봄밤의 밀도와 향기만큼은 빼앗아 갈 수 없으리란 사실을. 그것이 그녀에게 아주 조그만 위안이 되었다.

"정말 무슨 일이야. 이야기를 해봐."

수화기 너머에서 유타가 다시 한번 말을 재촉했다. 그녀는 다른 누구도 아닌 지금의 유타에게 자신의 슬픔에 대해서 말해선 안 된다고, 그건 잔인한 일이라고 생각했다. 하지만 그녀는 누군가에게 자신의 마음을 털어놓고 싶은 욕망을 끝까지 억누를 수가 없었다.

"하늘나라에 간 개가 너무 보고 싶어서 그래."

"개를 키우고 있었어? 언제 그렇게 됐는데? 오늘?"

유타가 놀란 투로 말했다.

"아니, 일 년 정도 됐어."

그렇게 답해놓고 그녀는 곧바로 후회했다. 어머니와 아버지를 잃고 유일한 가족인 할머니마저 최근에 잃은 유타에게 이런 말을 하는 건 정말 너무 옳지 않은 일이란 걸 알았고, 크나큰 슬픔에 잠겨 있는 유타가 틀림없이 그녀의 슬픔을 대수롭지 않은 것으로 만들어 자신을 다시 더 깊은 고독 속에 빠뜨려버릴 것 또한 알았기 때문에. 하지만 유타는 그녀의 말을 듣고 잠시 침묵하더니 놀랍게도 이렇게 말했다. "사랑하는 존재를 잃은 슬픔은 극복이 안 되지." 아주 부드러운 목소리로. 그녀는 유타가 그 밤 해준 말을 오래도록, 시간이 또다시 아주 많이 흘러 유타와 더 이상 연락을 할 수 없게 된 이후에도 기억했다. 그 봄밤의 모든 것을.

심아진

신의 한 수

1999년 중편소설 「차 마시는 시간을 위하여」 (『21세기문학』)로 작품 활동 시작. 소설집으로 『숨을 쉬다』『그만, 뛰어내리다』『여우』『무관 심 연습』『신의 한 수』, 장편소설로『어쩌면, 진 심입니다』가 있음. 김용익소설문학상 수상.

내가 보기에 예지는 서투르다. 순남 여사 역시, 거사 전날 들키고 마는 도둑만큼은 아니어도 예지와 크게 다르지 않다. 물론 그들이 서투르다고 해서, 내가 서투르지 않다는 말은 아니다.

예지와 순남 여사가 사는 집은 맞붙어 있다. 아래윗집이니 엄밀히 말해 이쪽에서 보면 바닥 두께요, 저쪽에서 보면 천장 두께만큼 사이가 있을 뿐이다. 심하게 낡았으나 재건축은 요원한 벽식구조 건물이므로, 위층의 예지가 바닥에 앉고 아래층의 순남 여사가 천장에 손을 뻗는다면 사실상 삼십 센티미터 간격만 존재하는 셈이다. 중요한 건 물리적인 거리가 아니다. 삼십 년 나이 차가 나는 예지와 순남 여사 사이에는 대략 일 초에 삼십만 킬로미터를 간다는 빛만큼 빠른 무언가가 만든 거리가 있다. 삼십 년이 얼추 십억 초에 해당하니, 두 사람 사이의 간극은 거의 삼백조 킬로미터에 달한다고 할 수도 있다. 이는 빌라 삼층에 사는 예지와 이층에 사는 순남 여사의 세대 차가 그 무엇으로도 극복되지 않는다는 말과 한 치 다르지 않다. 물론 두 사람 사이에는 세대 차를 넘어서는 다른 문제도 있다.

예지는 이런 격차를 모를 정도로 우둔한 건 아니어서, 이제 꼭 필요한 경우가 아니면 순남 여사와 말을 섞지 않는다. 순남 여사 역시 요즘 젊은것들, 운운하며 예지에게 고깝게 시비를 걸거나 야기죽거리는 대신 가만히 입을 닫았다.

그런 두 사람이 모처럼 함께한 건 이웃집 옥상 개 때문이다. 개는 사십 도를 웃도는 더위에도 땡볕이 내리쬐는 옥상에 묶여 있었고, 영하 이십 도의 추위에도 낡은 나무 집만을 의지해 지냈다. 그 개가 별안간 축 늘어진 채 울어댄 게 사건의 발단이다. '신고하셨어요?' 예지는 아침에 한 번 본 걸로 충분한 순남 여사를 다시 보고 싶지 않아 휴대폰 문자를 택한다. '했다.' 답은 간단하다. 예지는 '구청에서 뭐래요?'라고 썼다가 지운다. 제가 들은 말과 크게 다르지 않을 텐데 굳이 한 줄 더하기가 싫어서다. 뜻을 모으기로 했지만, 마음이 삭은 건 아니다. '언제 나온대요?'라고 보낸다. 답이 바로 오지 않는다.

예지는 행여 순남 여사의 답을 기다렸다는 인상을 주지 않도록, 즉 문자를 보고 즉시 답하는 일이 없도록 화면을 닫아버린다. 시간을 보내기 위해 물기 마른 그릇들을 차분히 정리하기로 한다. 그러나 가라앉히려던 마음은 싱크대 경첩 주위에 쌓인 벌건 가루 때문에 오히려 헝클어지고 만다. 예지가 물티슈로 꼼꼼히 닦아보지만, 쇳가루는 더 넓게 번질 뿐 온전히 사라지지 않는다. 붉은 얼룩은 예지의 일상에 산재한 가난의 그림자처럼 맷집이 좋고 끈기가 있다. 예지는 벌건 물티슈를 신경질적으로 개수대에 던지고는 한숨을 쉰다. 낡은 싱크대는, 세제를 아무리 부어도 쿰쿰한 냄새가 가시지 않는 화장실, 지진이라도 겪은 듯 금이 간 벽지에 더해 예지의 스트레스 요인이다. 예지가 날마다 다방이나 직방 등의 앱을 검색하며 이사할 수 있는 다른 집을 살피는 주요 이유이기도 하다.

예지는 십 개월 전쯤 이곳에 이사 왔다. 언덕 위에 자리한 빌라가 소위 '죽여주는 전망'을 가지고 있으니 그것으로 충분하다고 여겼다. 미세먼지 농도에 따라 색을 바꾸는 남산타워와 그 아래 다소 감상적인 불빛을 뿜는 집들이 만드는 풍경은 사실 멋졌다. 나야 전망이 밥 먹여주는 게 아니라는 걸 알고 있었지만, 예지는 이전에 그런 걸 경험한 적이 없었다. 내 예상대로 예지는 곧 실망했다. 대기오염 따위에나 민감한 '먼' 타워나 다른 이의 희로애락에 연루되었을 뿐인 '남의' 집들은 예지의 삶에 아무런 도움이 되지 않았다. 변기는 수시로 막혔고, 마루는 들떴으며 벽장에는 곰팡이가 슬었다. 예지는 빠르게 지쳐갔다. 무엇보다 베란다에 빨래를 널 때마다 눈에 콕콕

박히는 이웃집 개를 견딜 수가 없었다. 너무 불쌍했다. 개는 제가 얼마나 비참하게 사는지 알지도 못하거니와 알고 싶지도 않다는 듯, 주인이랍시고 노인이 나타나면 꼬리를 흔들며 반기곤 했다. 얼마 지나지 않아 순남 여사에게도 실망하게 되자, 예지는 더는 버틸 수가 없었다. 아래층에 여사가 있다는 사실 자체만으로도 숨이 막혔다. 예지는 날마다 이사를 꿈꾸었다.

나는 그런 예지를 달래거나 말리려고 하지 않았다. 예지가 기가 셀 뿐 아니라 고집도 세다는 걸 알고 있었으니까. 해결할 수 없는 문제에 함부로 나서기보다 방관하는 게 낫다는 것 또한 아주 잘 알고 있었으니까. 그러나 포기를 모르는 예지는 수시로 남편을 채근했다.

알았어. 빚을 내서라도 나가자. 나가면 될 거 아냐.

예지의 닦달에, 연애 시절 극세사 이불처럼 포근했던 남편의 목소리가 질 나쁜 멍석처럼 거칠게 변했다. 예지는 남편보다 더 까슬한 목소리로 맞받아쳤다.

몸 풀면, 나도 곧 일할 거야.

예지도 이사가 불가능하다는 걸 알고서 한 말이었다. 노동 강도가 높은 물류센터이긴 해도 버젓한 직장이란 게 있던 얼마 전과는 사정이 달랐다. 예지는 아이가 생긴 데 이어 임신성 고혈압 진단을 받아 직장을 그만둘 수밖에 없었다. 어쨌거나 예지가 남편의 '돈'이나 '능력'을 들먹이지 않은 건 남편을 아끼는 마음이 아직은 상당하기 때문이었다. 게다가 나태하거나 의존적인 여성이 아니기 때문이었다. 그런 점이 내게는 고무적이었다. 기꺼이 본받을 만하니까. 그러나 예지의 남편도 그럴지는 미지수였다.

집에 있으면서 측은한 개를 더 자주 보게 된 후, 예지는 당장 이사할 수 없더라도 할 건 해야겠다고 생각했다. 물아일체나 범신론 같은 거창한 영역까지는 아니더라도 사회적 도의 정도는 들먹일 수 있었을 것이다. 예지는 당분간 매일 볼 수밖에 없어 필시 태교에도 나쁜 영향을 미칠, 개를 학대하는 노인을 구청에 고발했다.

예지가 그릇들을 모두 정리한 후 순남 여사의 문자를 확인한다. '빠르면 오후에 나올 수도 있대.' 예지는 습관처럼 배를 문지르며 소파에 길게 몸을 누인다. 이제 배는, 서나 누우나 묵직하게 아래로 처지면서 제대로 존재감을 과시한다.

사실 구청에서 나오는 게 이번이 처음은 아닌데, 예지는 그게 더 쾌씸하다. 이전에 구청 담당자는 동네에 신고자가 예지한 사람이라는 이유로 마지못한 듯 딱 한 번 나왔을 뿐이다. 이번에는 달랐다. 순남 여사까지 가세하니 일이 금방 진행되었다. 순남 여사 탓이라기보다 덕이라고 해야 했건만 예지는 그마저도 배알이 뒤틀렸다. 이사 오고서 한 달 남짓 개를 지켜본 예지는 120 다산콜센터를 거쳐 구청에 신고했다. 위급 상황이 아니므로 119가 출동할 수 없고, 주인이 없거나 야생이 아니므로 동물구조대에도 도움을 청할 수 없다는 설명을 들은 후였다. 119 구조대를 어벤저스 영웅처럼 여기던 예지는 다소 실망한 채 구청 직원에게 말했다.

이웃집 개가 학대를 받고 있어요.

구청 동물복지과 담당은 그런 신고가 어디 한둘이겠냐는 듯 눅늘어진 목소리로 답했다.

주인이 개를 때렸나요?

예지는 더러 그런 것 같다고 했다. 거의 소리를 내는 법 없는 개가 밤에 울부짖은 적이 있었다. 배가 고프거나 추워서 낑낑거리는 소리와는 달랐다. 베란다 너머로 등이 구붓한 노인과 몸을 웅크린 개가 보였다. 워낙 웅웅거리는 소리라, 예지는 노인이 무어라 하는지 명확히 들을 수 없었다. 하지만 음조를 보았을 때 욕이 아닌 다른 말일 리 없었고, 개가 시종 깨갱거리고 있었으므로 노인이 개를 때리는 게 분명했다. 그 장면을 본 나 역시 '정황상' 그럴 수 있다고 생각했다.

때렸습니다.

증거 사진이나 동영상이 있으신가요?

구청 담당자의 목소리는 높지도 낮지도 않은 채 시종 담담했다. 노인이 어떤 사람이든, 그가 개를 몽둥이로 때리든 발로 차든 다 상관없다는 듯한 무심한 어조였다. 예지는 결혼 전에는 서슴없이 내뱉곤 한 거친 욕을 삼키며 꼭 다시 연락하겠다고 하고는 전화를 끊었다. 어쨌거나 구청 직원이 사진이나 동영상을 언급한 건 적절했다. 나는 곧 정황만으로 그럴 수 있다고 생각한 걸 반성했다. 어지간해서는 내 잘못을 인정하지 않는 나지만, 잠시나마 예지에게 동조한 게 부끄러웠다. 예지는 아무런 증거도 갖고 있지 않았다. 게다가 노인이 개를 학대하는 듯한 상황은 대개 캄캄한 밤중에만 일어났으므로 촬영은 그 후로도 순탄치 않았다. 그래도 예지는 물러서지 않았다. 의심 가는 모든 장면을 찍었고 수시로 구청에 전화를 넣었다.

아침에 베란다로 나간 예지는 평소와 달리 축 늘어진 채 다리를 떨며 우는 개를 발견했다. 개는 자세를 바꾸지도 못한 채 자지러지게 울었다. 관절 어디를 심하게 다친 게 틀림없었다. 예지는 당장 구청에 전화했다. 개가 맞는 장면을 보지는 못했으나 노인이 아픈 개를 방치한 건 분명하다고 말했다. 예지의 목소리를 아주 잘 아는 담당자는 이전처럼 시들한 반응을 보였다. 그러나 예지가 베란다로 나가 개 우는 소리를 들려주자 살짝 달라진 태도를 보였다.

오후에 가도록 최선을 다해볼게요. 늦어도 내일 오전까지는 가겠습니다.

안 돼요. 지금 당장 와주셔야 해요. 개가 얼마나 고통스러워하는지 몰라요.

담당자는 사정은 알겠으나 수의사까지 같이 움직여야 하므로 확답을 드릴 수 없다고 했다. 예지는 "사람들이 정말 인정머리가 없군요!"라고 소리치며 전화를 끊었다. 하지만 개 우는 소리가 다시 들리자 화낼 때가 아니라는 생각이 들었다.

신고자가 많으면 사태의 심각성을 알리는 데 도움이 될 것 같았다. 먼저 남편에게 연락했다. 회사에 막 출근한 남편이 못마땅한 기색을 감추지 않으며 전화를 받았다.

괜히 남의 일에 나서지 말지? 이웃 간에 얼굴 붉힐 일 만들 필요 없잖아.

남의 일? 개가 겪는 일에 분노하기보다 이웃 간 안면을 더 중시하는 남편과 순남 여사가 겹쳐 떠올랐다. 순남 여사도 이웃 간 안면을 무지막지하게 중히 여기는 사람이었다. 하지만 여사는, 적어도 죽어가는 개를 못 본 척하지는 않을 터였다. 애처로운 개의 신음이, 인간 종족의 잔혹함을 만천하에 드러내려는 듯 울려 퍼지고 있었다. 예지는 순남 여사에게 도움을 청하지 않을 수 없었다. 예상대로 여사는 순순히 구청에 전화를 넣었다.

이전에, 예지의 거듭된 신고로 딱 한 번 개 주인을 방문한 구청 공무원은 사무적인 태도로 말했다. "선생님의 요청으로 어렵사리 주인을 만났으나 학대 정황을 찾을 수 없었습니다." 당시 직장에 있던 예지는 전화기를 던져버리고 싶은 기분을 가까스로 눌러야 했다. 옥상에 사는 개 주인은 태연했다고 한다. "그 집에는 여러 세대가 사는데 개가 사나워서 잠시라도 풀어놓을 수 없다고 하셨습니다." 신경질적이거나 과민한 고객을 상대하는 데 이골이 났을 담당자는 제 의견을 말하지 않도록 신중을 기했다. 노인이 한 말을 또 이렇게 전했다.

"제가 사냥할 때 데리고 나갑니다. 운동은 충분히 해요. 그리고 요즘 밥 굶는 개가 어디 있습니까?" 담당자는 노인이 보여준 큰 사료 포대를 직접 확인했다고도 했다. 예지가 그게 모두 거짓일 거라 해도 담당자는 더 해줄 말이 없다며 버텼다. 예지가 아는 한 개는 순하디순한 녀석이었다. 예지가 건너편에서 불러도 멍 소리 한 번 내지 않은 채 불러줘서 고맙다는 듯 꼬리를 흔드는 순둥이였다. 그 집에 사는 다른 사람들이 옥상에 올라오는 걸 본 적도 없거니와 누군가 올라갔다 해도 개가 짖거나 덤빌 리 없었다. 무엇보다 노인이 사냥에 데리고 간다는 걸 믿을 수 없었는데, 폐지나 주우러 다니는 듯 보이는 노인의 입성 때문이기도 했거니와 개가 사라지는 걸 본 적이 없어서였다. 개를 굶기지 않는다는 것도 반은 거짓이었다. 개는 오전 열한시쯤, 하루 한 번만 사료를 먹었다. 꼼바리 같은 주인이 문을 여는 소리가 들리면, 개는 뛰어오르고 싶은 걸 간신히 억누르며 얌전히 앉아 있곤 했다. 억누른다는 걸 예지가 아는 까닭은, 개가 엉덩이를 바닥에 붙인 채 빠르게 꼬리만 흔들기 때문이었다. 평범한 개라면 결단코 그런 절제된 움직임을 보일 수 없을 거였다. 개가 얼마나 혹독하게 훈련을 받았으면, 아니 매를 맞았으면 저리 잘 참을까! 예지는 그런 장면을 보는 것만으로도 괴로웠다. 개는 순식간에 사료를 먹어치웠다. 늘 빈 그릇을 핥는 걸로 보아 양이 충분치 못한 게 분명했다. 예지는 물이 꽁꽁 언 겨울날 물로나마 허기를 채우고 싶었을 개가 얼음 핥는 것도 여러 차례 보았다. 가끔 발톱으로 얼음을 긁기도 했다. 하지만 예지는 그때만 해도 촬영할 생각은 하지 못했다. 해가 바뀌어 다시 겨울 문턱에 들어서긴 했어도 아직 물이 얼 정도는 아니라 그 모습을 찍을 수는 없었다.

담당자가 아무런 조치 없이 그냥 돌아간 이후, 예지는 구청에 제시할 자료를 모으기 위해 악착같이 사진을 찍어댔다. 가끔 건너편 노인과 눈이 마주치기도 했지만 괘념치 않았다. 누가 보는 걸 알면 그 때문에라도 조심하겠지. 그렇게 생각하고는 오히려 당당하게 시선을 맞받았다. 나로서는 놀라울 따름이었다. 노인이 초상권 같은 걸 들먹이며 예지를 고소라도 하면 어쩌려고…… 더군다나 노인이 정말 사냥을 한다면 총이 있을지도 모르는데 섬쩍지근하지 않은가! 나는 예지의 태도를 이해하려고 애썼다. 인간이라고 해서 다 가지는 것도 아닌, 그러니까 어떤 인간에게만 유독 발현되는 측은지심 때문인가? 혹은 특별한 어느 조상으로부터 이어진 용맹스러운 기상 때문인가? 적어도 그건 불순한 다른 울분, 가령 당장 이사할 수 없는 데서 기인한 짜증 같은 지극히 이기적인 감정의 분출은 아닌 듯 보였다. 당찬 예지는 노인이 사냥총 아니라 다른 뭔가를 가졌다 해도 물러서지 않을 생각인 게 분명했다. 말이 나왔으니 말인데, 등이 굽고 마른 노인은 사실 그다지 위협적으로 보이지는 않았다.

예지는 수상해 보이는 모든 장면을 카메라에 담았다. 개가 여름 땡볕에 혀를 빼물고 엎드렸거나 비가 오는 날 그대로 비를 맞고 있는 처연한 모습을 찍었다. 밤에 주인이 우는 개를 나무라며 필시 때리고 있을 것 같은 장면도 촬영했다. 하지만 예지가 이메일로 사진과 동영상을 모두 보내고 받은 답장은 여전히 우호적이지 않았다. 담당자는 실외에서 키우는 어느 개나 더운 날에는 혀를 빼물고 있으며, 개가 더위든 비든 피하도록 주인이 억지로 집에 밀어 넣어야 할 의무는 없다는 점을 명확히 했다. 내 생각에도 담당자 말이 맞았다. 뜨거운 날 발가벗은 채 선탠을 하거나 우산이 있는데도 일부러 비를 맞는 인간들이 있는 마당이니 말이다. 한밤중에 찍은 동영상도 증거가 되지 않았다. 이쪽으로 등을 보인 채 구부정하게 선 주인이 낑낑거리는 개를 쓰다듬으며 달래는 중이라고 해도 이의를 제기할 수 없을 것 같은 장면이었다. 담당자는 제발 생떼를 쓰지 말라는 듯 간곡한 어조로 덧붙였다.

게다가 주인이 개를 학대한다는 신고가, 다른 데서는 들어오지 않습니다. 학대가 분명하다면 다른 사람도 신고를 했겠죠.

예지는 이 동네에서 그 집 옥상을 볼 수 있는 데가 많지 않다고, 개를 때리는 게 주로 밤에만 이뤄지니 어쩔 수가 없다고 거듭 설명했다. 사실 아래층 순남 여사네 집에서만 해도 일부러 베란다에 의자를 놓고 일어서야 건너편이 보였다. 예전에 예지는 순남 여사네 집에 갔을 때 그렇게 한 적이 있었다. 그러나 동물복지과 직원은 예지를 깍듯이 '선생님'이라 부르면서도 예지가 원하는 답을 주지 않았다. 예지는 한바탕 세게 대거리를 하고 싶은 심정을 간신히 누른 후, 선생도 아닌 자신에게 왜 자꾸 선생이라 하냐며 불뚝성을 내고는 전화를 끊었다.

예지는 이번에는 기필코 여러 사람이 신고해야 한다고 생각했다. 그래서 아침에 굴욕감을 느끼면서도 순남 여사에게 부탁했고 고맙습니다, 하며 고개를 숙이기도 했다. 예지가 순남 여사를 싫어하니만큼 순남 여사도 예지를 서름서름하게 대하던 차였다.

관계가 허물어지기 전에는 그렇지 않았다. 이사 온 직후 순남 여사가, 들고 올라오기도 무거웠을 김치통을 내밀었을 때라거나 팥죽을 끓였다며 가져다주었을 때만 해도 예지는 진심으로 고마워했다. 예지가 순남 여사를 멀리하게 된 건, 아마도 남편과 예지와 순남 여사가 함께 짜장면을 시켜 먹었을 때부터였을 것이다. 여사는 남은 음식을 따로 버린 후 그릇을 세제로 깨끗이 닦아 일층 현관 앞에 두었다. 예지는 편하려고 시킨 배달 음식인데 어째서 그렇게까지 하는지 이해할 수 없었다. 집에서 쓰는 그릇처럼 닦은 건 물론이고 굳이 아래층까지 걸어 내려가 빈 그릇을 두는 태도는 불합리해 보였다. 그뿐만이 아니었다. 며칠 후 퇴근길에, 예지는 빌라 앞에 놓인 재활용 쓰레기를 뒤적이고 있는 순남 여사를 보았다. 무얼 하는지 물었으나 과묵한 순남 여사는 "그냥……"이라고만 답했다. 예지는 쓰레기를 정리하는 거라고는 생각지도 못한 채 실수로 내다 버린 무언가를 찾고 있는 줄 알았다. 몇 번 더 같은 일을 겪고서야 알았다. 순남 여사는 예지와 남편이 아무렇게나 버린 쓰레기를 모두 다시 정리하고 있었다. 어느 날은 스프링노트에서 용수철을 돌려가며 빼냈고, 어느 날은 참기름병에서 플라스틱 개구부를 떼내느라 용을 썼다. 순남 여사가 그토록 소중히 여기는 분리배출은 곧 허물어질 듯한 외관의 빌라와 전혀 어울리지 않았다. 처음에 예지는, 나는 종일 집에 있는 사람이 아니잖아, 생각하며 대충 버리려다가도 순남 여사를 떠올리며 마음을 다잡았다. 비닐과 종이에서 라벨이며 테이프 등을 일일이 뜯어내고 플라스틱 뚜껑 속에 숨은 알루미늄 고리마저 끙끙대며 빼냈다. 그러나 예지가 아무리 신경을 써도 순남 여사가 빌라 앞에 쪼그려 앉는 일은 계속되었다. 빛만큼 빠른 무언가가 만든 거리감의 실체가 빛만큼 빠르게 드러나기 시작했다. 예지는 순남 여사가 딱히 대단한 시민의식에서 그러기보다 그냥 보란 듯 시위를 하는 거라 여겼다. 물론 나 역시 그게 순남 여사의 죽여주는 한 수라는 데에 이의를 제기하지 않을 생각이다. 비록 순남 여사 본인이 의식하지 못했을지라도 말이다.

예지는 불쌍한 개를 보지 않기 위해서, 그리고 순남 여사를 피하기 위해서도 이사가 간절했다. 하지만 남편의 말마따나 서울에 사는 걸 포기하지 않는 한, 이사는 얼토당토않았다. 예지네 형편으로는 다른 동네의 '집'이 아니라 '방' 한 칸을 겨우 얻을 수 있을 뿐이었다. 체념이 빠른 나라면 그러지 않았을 테지만, 집요한 예지는 하루에도 몇 번씩 계산기를 두드려보았다. 그러다가 이내 귓구멍, 콧구멍, 똥구멍까지 모두 막힐 지경에 이르고야 말았는데, 면적이 작을수록 월세를 더 많이 내야 한다는 걸, 그러니까 평당 가격으로는 고시촌 쪽방 월세가 강남 타워펠리스 월세보다 높다는 걸 알게 되어서였다. 가난은 나라도 구제할 수 없다지만, 이쯤 되면 나라가 구하지 않고서는 방법이 없어 보였다.

이사할 수 없다는 걸 받아들이면서, 예지는 태교를 위해서라도 가급적 시선을 베란다로 돌리지 않으려 했다. 그러나 개를 보지 않으려면 그 빌라의 유일한 장점인 '죽여주는 전망'도 포기해야 했는데 그러기란 사실상 불가능했다. 개는 가끔 참새나 비둘기가 코끝까지 다가와도 무기력하게 그냥 있었다. 줄에 매여 있으니 새를 쫓아도 소용없다는 걸 아는지, 혹은 새들이라도 있어 덜 외로워서인지는 몰라도 눈알만 굴리며 가만히 엎드려 있었다. 예지는 짧은 줄에 묶여 있는 개가 빌라를 벗어나지 못하는 자신 같아 찔끔, 눈물을 흘리기도 했다.

의외로 구청에서 빨리 움직인 모양이다. 베란다를 수시로 흘끔거리던 예지의 눈에 옥상으로 들어서는 공무원들과 수의사로 보이는 하얀 가운을 입은 사람, 그리고 노인이 비친다. 예지가 후닥닥 베란다로 나간다. 그들이 무슨 이야기를 나누는지는 들리지 않는다. 틀림없이 노인은 제가 그런 게 아니라며 변명하고 있겠지. 예지는 바짝 긴장한 채 건너편 옥상을 주시한다. 노인의 번뜩이는 눈이 잠시 예지 쪽으로 향하지만, 예지는 시선을 돌리지 않는다. 수의사가 여전히 앓는 소리를 내는 개를 이리저리 살펴보더니 노인과 한참 이야기를 주고받는다. 이윽고 그들 모두가 자리를 뜬다. 예지가 재빨리 계단을 내려가 이웃집에서 나오는 사람들 앞에 선다.

개 주인이 뭐래요? 제가 신고한 사람이에요.

얼굴에 기미가 잔뜩 긴 중년 여자가 예지를 알은체한다.

아, 홍예지 씨죠? 제가 전화 받은 담당자입니다. 수의사님이 살펴봤는데, 개가 아픈 게 틀림없다네요.

그 할아버지가 개를 때린 게 틀림없어요. 어디가 부러진 거죠?

수의사가 나선다.

아닙니다. 외상은 없었습니다. 가끔 뇌의 이상으로 다리에 마비가 오기도 합니다만 자세한 건 병원에 데리고 가서 검사해봐야 압니다.

뇌의 이상이라니, 예지는 수의사가 잘못 보았다고 생각한다. 그러나 토를 달지는 않는다. 일단 개를 치료하는 게 우선이다.

왜 개를 지금 데리고 가지 않나요?

어르신께서 병원에 데리고 간다고 하셨어요. 저희가 할 수 있는 일은 다 했습니다.

예지가 이런 무책임한 사람들을 봤나, 하는 표정으로 일행을 노려본다. 예지의 전화를 수도 없이 받은 여자 공무원이

다소 난감하다는 듯 입술을 달싹이더니 말한다.

그런데 어르신께서 개가 독극물 같은 걸 먹었을 가능성이 있다고 하셨어요.

네? 독극물이요?

수의사가 거든다.

가령 초콜릿 같은 건 강아지의 중추신경을 자극해서 신경계와 심혈관계에 심각한 증상을 일으키거든요. 포도 같은 것도 원인 불명의 신독성을 일으켜 급성신부전이나 세뇨관 폐사 등을 유발합니다.

그런 건 개를 키우지 않는 예지뿐만 아니라 개에게 별 관심이 없는 나도 알고 있는 사실이다. 자일리톨은 소량만 섭취해도 개의 간을 순식간에 파괴해버린다지. 의사가 도대체 무슨 말을 하려는 건지, 나도 예지도 짐작조차 하지 못한다.

동료로부터 예지가 보통 까다로운 민원인이 아니라는 걸 누차 들었을 남자 공무원이 나선다.

실은 어르신께서, 홍예지 씨께서 개에게 이상한 것들을 먹였다고 주장하십니다. 그중에 뭔가 잘못된 게 있을 거라고……

예지는 순간 피가 죄다 얼굴로 쏠리는 듯한 느낌을 받는다. 아기도 놀랐는지 세게 발길질을 한다.

말도 안 돼요. 무슨 그런 말을!

예지가 목소리를 높인다. 나는 그들이 공무원으로서 소임을 다할 뿐이니 너무 신경 쓰지 말라고 예지를 타이르려다 관둔다. 어차피 예지는 내 말 따위에 귀 기울이지 않을 것이다.

뜻밖에 예지는, 내가 미처 생각지도 못한 기막힌 한 수를 둔다. 아아, 예지가 신음하며 허리를 구부린다. 창백한 두 손이, 너무 빵빵해서 얼핏 보기에도 위태로워 보이는 배를 감싸 안고 있다. 다들 깜짝 놀란다. 아이를 낳아본 적 있는 여자 공무원이, 월급 받는 데 차질 없는 일을 할 뿐이라는 듯한 냉랭한 태도를 단번에 버리고는 예지를 부축한다.

괜찮으세요?

예지는 옥상의 아픈 개와 유사하게 앓는 소리를 낸다. 끄응, 끙……

진정하세요. 개가 갑자기 아프니 어르신이 그냥 해보신 말씀일 겁니다.

담당자의 목소리가 그리 호들갑스레 변할 수도 있다는 사실을 나는 알고 있었으나 예지는 처음 알았을 것이다. 예지는 한 손으로 벽을 짚고 허리를 굽힌 채 그간의 응어리진 마음에 박차를 가해 여자의 팔을 밀친다. 그러고는 죄책감을 조금이라도 더 끌어내리려는 듯 다 죽어가는 소리로 말한다.

어쨌거나 주인이 오늘 내로 개를 병원에 데려가지 않으면, 혹시라도 개가 죽으면, 반드시 책임져야 할 거예요.

잠시 후 '공무 수행'이란 글씨가 붙은 작은 차가 골목 어귀로 사라진다. 예지는 천천히 빌라로 발걸음을 옮긴다.

예지가 개에게 무언가를 먹인 건 사실이었다. 입덧이 가시고 어느 정도 입맛이 돌아왔을 때였다. 소파에 비스듬히 누워 고구마를 먹던 예지는 다른 건 몰라도 고구마라면 개에게 줄수 있겠다는 생각이 퍼뜩 들었다. 이전에, 먹다 남긴 치킨을개에게 주려 한 적이 있었다. 인터넷 검색으로 닭 뼈가 개에게 위험하다는 걸 알고 살만 발라냈으나 멀리까지 날아갈 것같지 않아 그만두었다. 하지만 고구마라면 예지 힘으로 던져도 충분히 개가 있는 곳까지 갈 것 같았다. 예지는 이름도 알지 못하는 개를 애, 애 부르며 고구마를 던졌다. 첫번째 고구마는 예지의 예상과 달리 엉뚱한 곳에 떨어졌다. 겁을 집어먹고서 꼬리를 사린 개를 개집으로 숨게 했을 뿐이었다. 예지는한 번 더 시도했다. 이번에도 고구마는 개줄이 미치지 못하는곳에 떨어졌다. 하지만 세번째에는 드디어 개가 원하기만 하면 언제든 먹을 수 있는 위치로 굴러갔다. 예지는 내심 기뻐하며 고구마를 상자째 주문했다. 그게 다였다. 예지가 배가고파 우는 개에게 가끔 던져준 건 고구마가 전부였다.

빌라에 들어서서 잠시 숨을 고른 예지가 수의사며 공무원들이 한 말을 곱씹어본다. 개에게 닿지 못한 고구마를 노인이보았을 가능성은 얼마든지 있다. 야비한 노인이, 예지가 고구마를 주었는데 다른 건 안 줬겠냐고 하면 어쩌지? 스멀스멀,불안감이 번진다. 예지는 천천히 계단을 오르며 누구라도 붙잡고 이야기를 나누면 좋겠다고 생각한다. 하지만 남편은 한나절은 기다려야 퇴근할 테고, 더욱이 적당한 상대도 아니다.남편은 고구마를 주는 예지를 여러 번 말렸다. 독극물 운운하는 소리를 들었다고 하면, 남편은 그러기에 자기 말을 듣지 그랬냐며 한바탕 지청구를 늘어놓을 게 뻔하다. 오늘 하루 이 일에 관여한 순남 여사와 대화를 하는 게 가장 합당하겠지만, 예지는 그대로 이층을 지나친다. 당장 답답하다고 해서 순남 여사와 다시 가까워지고 싶지는 않아서다.

삐걱대던 관계가 완전히 틀어진 건, 순남 여사가 예지가 맡긴 세탁물을 찾아 들고 오면서부터였다. 순남 여사가 남편의 정장 재킷을 내밀며 말했다.

내 거 맡기러 세탁소에 들렀는데 글쎄, 아저씨가 어찌나 곤란해하던지…… 이 얼룩이 뭔지 모르겠지만 아무리 해도 빠지지 않더래. 내가 괜찮다고 하고 그냥 받아왔어.

재킷 어깨 부위에 희붐한 자국이 있었다. 예지는 순남 여사를 이해할 수 없었다. 오지랖을 떨어 대신 옷을 찾아준 것도 싫었지만, 손상이 난 옷을 그냥 받아오다니…… 예지는 옷을 들고 당장 세탁소로 달려갔다. 재킷을 맡길 때 아무 말이 없었는데 옷을 이렇게 만들어놨으니 변상해야 한다고 따졌다.

거참, 저도 그 얼룩 빼느라 애먹었어요. 아까 아주머니께서 괜찮다고 하고 가져가셨고요.

옷을 맡긴 사람은 저예요. 저는 이거 그냥 못 받아요.

예지는 사회적 약자끼리, 없는 사람끼리 더 간이고 쓸개고 빼가려는 행태를 용인할 수 없다고 생각했다. 언성을 높이지는 않았으나 또박또박 따져서 결국 보상금 오만 원을 받고서야 세탁소를 나왔다. 예지가 오기를 기다리던 순남 여사가 돈 받아냈다는 소리를 듣더니 눈을 휘둥그렇게 뜨며 말했다.

종일 뜨거운 김 쐬며 일하는 고단한 사람한테 어찌 그리……

예지는 대꾸하고 싶지 않아 등을 곧추세운 채 삼층으로 올라갔다. 세상 선한 척 위선을 떨거나 제 꼴 모르고 남을 도우려 덤비는 사람들이 있기 마련이지만, 그 사람이 하필 아래층에 사는 순남 여사라니 기가 막혔다. 그 일 이후로 예지는 순남 여사를 단순히 동정심이 좀 많은 선량한 사람일 뿐이라 생각하지 않았다.

사실 순남 여사가 '평범한' 선량한 사람이 아닌 건 분명했다. 내 식견으로도 이해 불가능한 무수한 사건들이 있었다. 순남 여사는 일 년에 한 번도 먼저 안부를 묻지 않는 동생에게 수시로 선물을 보냈다. 그 동생이, 쥐꼬리만 할지라도 순남 여사 몫의 유산을 몽땅 가로챘다는 걸 알고서도 그랬다. 치매로 포달을 부려대는 팔순 노모에게도 마찬가지로 헌신적이었는데, 어머니가 정신이 온전할 때조차 순남 여사를 딸로 대한 적이 없었음에도 그랬다. 그 어머니란 사람은 순남 여사가 어릴 때는 하녀처럼 부려먹었고 한창 꽃필 나이가 되자 본처가 시앗 질투하듯 딸을 질투했다. 순남 여사가 옷 쪼가리라도 하나 사거나 화장을 하면 화냥년이 따로 없다며 욕을 퍼부어댔다. 젊은 날 순남 여사가 한복을 지어 번 돈 전부를 꼬박꼬박 주었는데도 어쩐 일인지 그 어머니의 적개심은 가실 기미를 보이지 않았다. 가족만이 아니었다. 친구들, 특히 순남 여사의 본성을 안 순간 승냥이처럼 덤벼들어 친구 흉내를 낸 가짜 친구들, 이웃들, 심지어 한복집에 드나드는 손님들까지 순남 여사에게서 뜯어갈 수 있는 걸 뜯어갔다. 순남 여사는 불평 한마디 하지 않았다. 그런 사람들이 있었다. 밭도 갈고 짐도 나르고 뼈 빠지게 일하다가 고기며 가죽도 내줄 지경이 되어서야 겨우 움머, 과묵한 울음 한 번 토할 뿐인 소 같은 사람들. 인정을 헤프게 쓰다가 한동네에 시아비만 아홉이 되는 사람들. 내가 봐온 그런 부류의 사람 중에서도 순남 여사는 단연 으뜸이었다.

예지는 몇 개월도 지나지 않아 순남 여사의 실체를 파악했다. 너무 착해서 그럴 수 있다고 동정하거나 그저 딱하다고만 여길 수 없었다. 예지는 여사의 그런 성격을, 비난받아 마땅한 허영이라 여겼다. 물에 비친 달을 잡으려는 원숭이 못잖다고 생각했다. 가까이하고 싶지 않았다. 하지만 삼십 센티미터에도 못 미치는 바닥 아래에 있는 순남 여사를 피하기란 쉽지 않았다. 하루가 멀다고 동치미니 장아찌니 식혜를 들고 오는 여사를 밀어낼 방법이 없었다. 순남 여사는 입춘이라며 미나리, 다래, 냉이 등을 무치고 우수라며 오곡밥을 해 내밀었다. 언제나 지나치게 많은 양의 식품을 사서 나눠주는 건, 단골 채소 가게 아줌마나 정육점 아저씨 처지가 딱해서였다. 동네 떡집에서 일 년을 먹어도 다 못 먹을 양의 계피떡을 주문한 이유는, 떡집 장사가 안 돼도 너무 안 됐기 때문이었다.

음식만이 아니었다. 순남 여사는 예지가 입지도 않을 옷을 잔뜩 사서 안기기도 했다. 문을 닫는 의상실에서 원가도 안 되는 가격으로 건졌다며 혼자 흐뭇해했는데, 예지는 옷을 받아든 채 말문을 닫아야 했다. 예지는 순남 여사가 점점 싫어졌다. 들고나는 소리를 내지 않으려 발소리를 죽였으며 집에 있을 때는 문 두드리는 소리를 못 들은 척하기도 했다. 회사를 그만둔 후 그마저도 여의치 않자 예지는 딱 부러지게 한마디를 했다.

수시로 방문하는 거 자제해주세요. 급한 일은 전화하시고요, 급하지 않은 건 문자 남겨주세요.

남편은 예지가 너무 매몰차다며 비난하려는 기색을 비쳤으나 예지가 히스테리컬하게 이사 얘기를 꺼내자, 방심할 형편이 못 되는 조개처럼 입을 꾹 다물고 말았다.

구청에서 다녀간 지 두 시간이 지났건만 건너편 옥상에는 아무런 변화가 없다. 예지는 축 늘어져서 우어어어엉, 구슬프게 우는 개 때문에 종일 아무 일도 하지 못한다. 해가 질 무렵, 드디어 노인이 나타난다. 그러나 노인은 자지러지게 우는 개를 조심성도 없이 들어 마대자루에 넣는다. 마대자루라니! 예지는 경악한다. 도저히 그대로 있을 수가 없다. 푸만한 배를 손으로 감싸지도 않고 헐레벌떡 계단을 내려가 순남 여사네 문을 두드린다.

노인이 개를 데리고 갔어요. 근데 자루에 담아 갔어요. 짐

짝처럼!

순남 여사는, 한때 예지가 참 선량해 보인다고 여긴 그 크고 맑은 눈을 껌뻑거릴 뿐 말이 없다.

노인이 혹시 개를 죽이려는 건 아닐까요? 병원비 들여 치료하느니 그편이 낫겠다고 생각할지 몰라요.

예지가 다급하게 말해도 순남 여사는 여전히 조용하다. 느긋하게 백설기를 내놓을 뿐이다. 예지가 종일 제대로 먹지 못한 걸 안다는 듯이…… 그러나 예지는 배가 고파도, 제아무리 좋아하는 백설기라 해도 그걸 먹을 기분이 아니다.

지금 떡 먹을 때가 아니란 말이에요. 아, 심통 맞은 노인네!

순남 여사가 마지못한 듯 입을 연다.

잘 돌볼 거다. 그리 몰인정한 사람은 아니야.

예지는 순남 여사가 무슨 말이라도 해주기를 바랐건만, 막상 듣고 보니 안 듣느니만 못했다 싶다. 세상에 나쁜 사람 하나 없고, 모두 저마다 사정이 있다고 믿는 대책 없는 호구! 예지는 순남 여사가 그런 사람인 걸 깜빡 잊은 자신이 원망스럽다. 예지는 다시 딸기를 권하는 순남 여사를 본체만체하고 몸을 돌린다. 거칠게 문을 열고는 순남 여사 들으라는 듯 쾅 닫으려 한다. 그러나 유압 댐퍼가 달린 문은 지루하리만치 천천히 닫히며 작은 소리를 냈을 뿐이다.

예지는 저녁 먹을 생각도 않고 건너편만 바라본다. 어느새 별도 뜨고 달도 떴는데, 노인과 개는 돌아올 기미가 없다. 엉성한 활기나마 돋워주곤 한 새들도 자취를 감추었다. '오늘 좀 늦어. 회식.' 예지는 남편이 보낸 메시지를 보며 한숨만 쏟아낸다. 고구마를 준 게 잘못한 일일까? 설마, 그럴 리가 없잖아. 웹서핑을 다시 해봐도 특별히 고구마가 개에게 해롭다는 말은 없다.

깜빡 잠이 들었다가 깨어난 예지가 허겁지겁 베란다로 나간다. 개에게도 인간에게도 자비 같은 걸 베풀어본 적 없었을 깃기바람이 예지의 잠옷 사이를 함부로 쑤신다. 그 바람이, 사라진 개의 잔영을 짙게 품은 텅 빈 개집도 훑고 지나간다. 끝내 나쁜 일이 일어나고야 말 것 같아 예지는 솟구치는 눈물을 주체할 수 없다.

아침이 되자마자 예지가 다시 구청에 전화를 건다.

노인이 개를 어디론가 데려갔는데 여태 오지 않고 있어요.

선생님, 개가 병원에 며칠 있어야 할 수도 있습니다.

확인해봐주시면 안 돼요?

담당자는 이제 예지가 정말 지긋지긋한 고객이라는 느낌을 숨기려 들지 않는다.

어제 어르신께서 병원에 꼭 데리고 간다고 하셨어요. 며칠 기다려보시죠.

예지는 담당자가 안전한 전화선 뒤에 숨어 저 자신에게 털 끝만큼도 해 되지 않을 말만 요령껏 하고 있다고 생각한다. 더는 가만히 있을 수 없다. 예지는 전화를 끊고 집을 나선다.

순남 여사가 사는 이층을 지나면서 잠시 갈등하지만 끝내 꼿 꼿이 혼자 간다. 개와 노인이 사는 빌라 앞에서 옥탑 초인종 을 누른다. 고장이 났는지 스피커에서 아무 소리도 들리지 않 는다. 이층 벨을 눌러본다. 딩동, 딩동! 벨을 여러 차례 눌러 보아도 묵묵부답이다. 예지는 물러서지 않고 다시 일층 벨을 누른 후 구청, 병원, 개 등을 언급하며 누구에게랄 것도 없이 혼자 떠든다. 갑자기 빌라 현관 오른쪽에서 창문이 열리더니 낙담이나 절망의 편에 서기로 작정한 듯한 얼굴의 남자가 말 한다.

그 할아버지 지금 없어요. 조금 전에도 어떤 분이 옥상을 확인하고 싶다고 해서 올라갔는데 아무도 없었대요.

조금 전에요? 누가 왔다고요?

예지가 다급히 묻지만 남자는 그새 낙담이나 절망마저 내 다 버린 무기력한 표정으로 창문을 닫아버린다. 예지는 누군 가가 왔다니 구청에서 움직인 걸까, 생각하다가 퍼뜩 그럴 리 가 없다는 걸 깨닫는다. 전화 통화에서 담당자는 분명 '더는 해드릴 게 없다'는 사실만 강조했다. 하지만 갑자기 심경의 변화를 일으켰을 수도 있지 않은가! 예지는 나선 김에 곧장 구청으로 향한다.

예지가 까다로운 절차를 거쳐 동물복지과로 들어선다. '홍 예지'란 이름은 물론 얼굴도 대번에 알아본 담당자가 엉거주 춤 일어선다. 부른 배를 안고 다급하게 온 예지가 새근발딱거리며 묻는다.

혹시 조금 전에 그 집에 다녀갔나요?

네?

아래층 사는 사람이 그러는데, 누가 그 집 옥상에 다녀갔대요.

아니요. 저희는 가지 않았습니다.

어쨌거나 개가 지금 어찌 되고 있는지 알아봐주세요. 그 할아버지 전화번호 정도는 알 거 아니에요.

안 그래도 아까 선생님 전화를 받고 어르신께 연락드렸는데 안 받으십니다.

담당자는, 어제 예지를 부축하며 약간의 모성을 공유한 순간을 완전히 잊은 듯하다. 건조하고 기계적인 목소리로, 규정대로 모두 했고 더 취할 조치가 없다는 말만 반복한다. 하지만 이제 전례 없이 '인간적'이 될 예정인 예지는 물러서지 않는다.

지금 한 번 더 해보세요.

선생님, 조금만 기다려보시지요.

그 선생님 소리 좀 집어치우고요!

그렇다. 지금 이 순간 예지는 정말 인간적이다. 그래서 낡은 빌라에 대한 불만, 결혼 생활에 대한 실망, 순남 여사에 대한 짜증 등을 지극히 인간적으로 개 사건과 뒤섞기도 한다.

모질고 독해도 정도가 있지, 21세기 대한민국에서 정말 이래도 되는 거예요?

예지는 '선생님'이란 말만큼이나 21세기 혹은 대한민국이란 말이 데시근한 말치레에 불과하다는 걸 정말 모르는 걸까? 나도 모르게 킥, 웃음이 터진다. 어쨌거나 예지의 인간성이 폭발하는 모습을 보는 건 꽤 흥미롭다. 그러나 담당자는 나처럼 흥미롭지도, 21세기나 대한민국에 자극받지도 않은 모양이다. 시종 차분하다.

선생님, 진정하세요.

예지의 온몸에서 불꽃이 튀어 오른다.

아, 씨발. 제발 그 선생님 소리 좀 집어치우고 개가 어떤지나 알아봐요.

규정으로 무장한 이 작은 사무실에 규정 따위 개나 줘버릴 듯한 말이 튀어나오자, 다들 경악한다. 예지는 아랑곳하지 않고 계속해서 '인간적'인 모든 감정을 쏟아낸다. 인간적인 한 인간을 오랜만에 마주한 공무원 모두가 들끓는 자신들의 인간성을 누르기 위해 안간힘을 쓴다. 후끈한 열기 때문이었을까? 때마침 예지의 배 속에서 인간의 꼴을 제법 갖춘 태아가 사람들을, 그러니까 어미인 예지를 포함해 거기 있는 모두를 가뿐히 제칠 출중한 한 수를 둔다.

아아, 아야아…… 적잖은 양의 피가 예지의 원피스 아래로 흐른다. 예지가 신음하며 바닥에 주저앉자, 청경이며 다른 부서의 사람들까지 우르르 뛰어온다. 예지가 개를 위해 그렇게나 애타게 찾은 119가 마침내 출동한다.

도대체 왜 그렇게까지 한 거야?

예지와 아기에 대한 걱정으로 얼굴이 하얗게 질린 남편이 침대 옆에 앉아 있다. 순남 여사도 와 있다. 예지는 순남 여사를 보고 싶지 않지만, 아마도 볼 면목이 없어서일 텐데, 그걸 내색하지는 않는다.

병원까지 따라온 구청 담당자가 저간의 사정을 알려주었다.

그 개가 유기견이었대요. 옥상 어르신께서 어찌 돌보게 되었다는데…… 그간 선생님 시어머니께서 형편 어려운 어르신도 돌보시고 어르신을 대신해 사료도 사드렸답니다. 가끔 산책을 시키려고도 하셨다는데, 어르신께서 개가 커서 위험하다며 그것만은 한사코 허락하지 않았다네요.

그러니까 예지와 순남 여사 사이에 세대 차 외에 심각하게 존재한 다른 문제는 시어머니와 며느리라는 관계 자체였다. 짚고 넘어가자면, 예지와 남편이 돈 한 푼 없이 옥탑방에서나마 살 수 있었던 것도 바로 그 때문이었다. 그러나 고부간이라는 게 때로 삼백조 킬로미터가 아니라 삼백조의 삼백조 제곱킬로미터만큼 벌어지기도 하지 않는가! 두 여인의 사이가 틀어진 건 예지가 특별히 막돼먹어서도, 순남 여사가 비상식적으로 고루해서도 아니었다. 그런 갈등은 내가 아는 한, 거의 자연의 순리에 가까웠다.

어쨌거나 바로 그 관계 때문에, 예지는 담당자의 말을 듣자마자 일순 더 분노했다. 순남 여사가, 즉 시어머니가 제게 어찌 한마디도 하지 않았을까 싶었다. 단 몇 마디면 될 것을…… 그러나 예지는 곧 분노를 가라앉힐 수밖에 없었다. 저간의 소원함을 생각하면 이해가 가지 않는 건 아니어서였다. 게다가 순남 여사가 자신과 전혀 다른 방식으로 개를 위했다는 사실에 얼마간 경외감을 느끼지 않을 수 없었다. 어쩔 수 없이 인정하기는 해도 정말이지 마뜩잖은 경외감이긴 했지만 말이다.

예지는 순남 여사의 눈길을 피하며 비뚤어진 마음으로 생각한다. 노인을 구슬리고 달래고 비위를 맞췄겠지, 아들이나 내게 그랬듯이. 강요가 아닌 듯하지만 겪고 보면 강요가 분명한 기이한 방식으로! 예지는 감동하지 않기 위해 기를 쓴다. 무엇보다 외아들에게 낡은 빌라 옥탑방 외에 달리 더 내어줄 게 없다면서도 헤픈 씀씀이를 줄이지 않는 순남 여사를 두둔하고 싶지 않아서다. 제 가랑이 찢어지는 줄도 모르고 무수한 사람들에게 동정심을 품는 시어머니를 결코 이해하고 싶지 않아서다. 그럼에도 불구하고 예지는 순남 여사가 제 시어머니만 아니라면, 남편의 어머니만 아니라면 꽤 괜찮은 사람이라는 걸 인정하지 않을 수 없다.

개는 무사히 돌아왔더라. 다리를 좀 절기는 해도 괜찮은 거 같아.

순남 여사가 말한다. 예지는 순남 여사가 쪄온 찹쌀 고두밥의 구수한 냄새를 애써 외면하며 돌아눕는다.

앞서 나는 이 두 사람이 정도의 차이는 있지만 모두 서투르다고 말한 바 있다. 그렇다. 확실히 이들은 너무나 인간적으로, 아마도 인간이기에 삶에 서투르다.

그러니까 그 후로 이런 일이 생긴다.

예지는 임신성 고혈압이 얼마나 위험한지 의사로부터 장황한 연설을 들은 후 집으로 돌아간다. 다리를 약간 절뚝거리긴 해도 건강해 보이는 옥상 개를 보고 미소를 짓기도 한다. 무엇보다 개의 목줄이 풀려 있어서 기쁘다. 노인이 공무원이나 수의사의 권고를 받아들여서인지, 개가 다리를 저니만큼 위협적이지 않다고 여겨서인지는 알 수 없다. 혹 순남 여사가 간곡히 부탁이라도 한 걸까? 아무튼 묶이지 않은 개는, 지상에 떨어져 받을 벌을 다 받고 드디어 날개를 단 천사 같다. 예지는 자유롭게 돌아다니는 개를 보면서 이사에 대한 열망을 서서히 접는다.

순남 여사는 여전히 분주하다. 짬짬이 노모를 찾아가 돌보고 동생에게 과일을 보내고 구청 무료 급식 봉사에도 참여한다. 또 태어날 손주를 위해 이런저런 용품을 한가득 사고 미역이며 사골을 비축하기도 한다. 개 사료는 며느리, 즉 예지에게 부탁해 인터넷으로 배송시킨다. 가끔, 양을 가늠하지 못해 음식을 너무 많이 했다는 판에 박힌 핑계를 대며 옥상 노인을 챙기기도 한다. 예지는 평생 그렇게 살아왔고 앞으로도 바뀌지 않을 시어머니를 좋아하진 않으나 이해하려고 노력한다. 그러니까 삼백조 킬로미터 반경 안에서 밥도 먹고 이야기도 나눈다.

자, 이제 내 차례다. 나도 내 일을 해야 하니까. 인간들이 내게 본받을 게 더는 없다는 걸 잘 알고 있으므로 내가 그들을 본받을 작정이다. 나는 저돌적이나 기본적으로 정의로운 예지와 미련하리만치 선량한 순남 여사를 흉내 내기로 한다. 사실 인간은 내가 어떻게 생겼는지를 가장 잘 보여주는 거울이다. 언제나 그래왔다.

간만에 순남 여사로부터 푸짐한 족발을 얻은 노인은 소주를 반주 삼아 마시며 기분 좋게 취한다. 다른 이에게 건네야 할 법한 은비한 말을 개에게 하기도 한다. 그날 노인이 소주 한 병에 그치지 않고 두 병을 깨끗이 비운 건, 쫄깃쫄깃한 족발만 먹은 게 아니라 야들야들한 추억도 몇 점이나 베어 물었기 때문이다. 노인은 살이 제법 붙은 뼈를 선심 써서 개에게 던져주기도 한다.

날씨에 관한 한 많은 걸 포기한 하늘이 졸린 눈을 깜빡이고 있다. 그사이 줄에 매여 있지도 않고 주인의 눈치를 볼 일도 없는 개는 허발하여 돼지 뼈를 뜯는다. 새로운 맛, 새로운 세계가 열리자 개는 유순하게 꼬리를 흔들며 주인의 거처로 다시 가기를 주저하지 않는다. 거나하게 취한 노인은 개에게 뼈다귀 몇 개를 더 던져주고는 문을 닫고 불을 끈다. 백 년 묵은 여우가 고개를 넘듯 순식간에 잠에 빠져들었으므로, 노인은 작은 족발 하나가 문틈에 걸린 걸 알지 못한다. 잠시 후 언제나처럼 주인을 사랑하고 충성하는 마음 또한 영원한 개가 코를 킁킁대며 앞발로 문을 연다. 유압 댐퍼가 없는 문은 조금 더 열리고, 개는 천국과 같은 맛을 또 누린다.

그날 밤새도록 개는 잠든 주인의 옆에 아직도 많이 남은 족발을 물어내오며 이전의 모든 굶주림을 보상받는다. 누구도 울지 않고 누구도 성내지 않는 천상의 시간이 그렇게 흐른다.

다음 날 평년 대비 십 도나 기온이 뚝 떨어져 상수도관이 터지는 등 각종 사고가 잇달았다는 뉴스가 나올 무렵, 문이 활짝 열린 노인의 옥탑방도 공평한 아침을 맞이한다. 기지개를 켜며 습관처럼 베란다로 나가는 예지와 의자를 놓고 올라가는 수고를 마다하지 않는 순남 여사의 눈에 건너편의 열린 문은 그다지 이상해 보이지 않는다. 노인이 가끔 문을 모두 열고 환기나 청소를 하기도 하니까.

예지는 이제 거의 절뚝이지도 않고 목줄도 매지 않은 채 즐겁게 뛰어다니는 개를 흐뭇하게 바라본다. 오늘내일 나올 조짐인 아가에게 순정한 말을 건네기도 한다. 순남 여사는 소설(小雪)에 담그는 김치가 최고로 맛나다며 아침부터 김장 준비에 여념이 없다. 전날 절인 배추를 씻어 물기를 빼고 파를 다듬고 무를 채 썬다.

내가 둔, 신의 한 수는 그렇게 아직 아무에게도 알려지지 않는다. 뭐가 그리 아쉽고 원통한지 쉽게 떠나지 못하는 손돌바람만이 오래 열려 있는 옥상 문을 쿵, 한번 소리 나게 친다.

이기호

어두운 골목길을 배회하는 자, 누구인가?

1999년 『현대문학』 신인추천 공모로 작품 활동 시작. 소설집으로 『최순덕 성령충만기』 『갈팡질팡하다가 내 이럴 줄 알았지』 『김 박사는 누구인가?』 『웬만해선 아무렇지 않다』 『누구에게나 친절한 교회 오빠 강민호』, 장편소설 『사과는 잘해요』 『차남들의 세계사』 『목양면 방화사건 전말기』 등이 있음. 이효석문학상, 김승옥문학상, 한국일보문학상, 황순원문학상, 동인문학상 등을 수상.

1

지지난달 초순 서울 서대문구에 위치한 연희문학창작촌에 입주해 있을 때의 일이다.

전라도 광주에 사는 내가 왜 하필 연희문학창작촌에 갔는가? 사실 그것도 따지고 보면 다 망할 팬데믹의 영향 때문이었다. 원래의 내 계획은 이랬다. 그때 막 시작한 장편의 배경이 아일랜드 골웨이 주(州)여서, 골웨이라 골웨이라, 이걸 어쩌지? 몇 달 동안 고민만 하다가 큰맘 먹고 근무하고 있는 학교에 십이 년 만에 안식년을 신청했다. 학교 강의를 쉬고 우선 딱 한 달만 아일랜드에 갔다가 돌아오자. 다른 곳 돌아다니지 않을 테니까 아무 문제없을 거야. 돌아와서 단번에 소설을 끝내버리자. 그 생각으로 3월부터 하나하나 준비에 들어 갔다.

"아니 소설 배경이 아일랜드라고 해서 꼭 아일랜드를 갈 필요가 있냐고? 그러면 뭐 SF작가들은 화성에도 가고 안드로 메다에도 가야겠네? 야, 평양 사람 이야기 쓰면 아주 열사 나 겠구나, 열사 나겠어."

아내는 내 계획을 탐탁지 않게 여겼다. 나도 최선을 다해 설득했다. 그러지 않아도 내가 그냥 여기서 써보려고 노력 안 한 게 아니다. 두 달 동안 밤마다 구글 맵에 들어가서 골웨이 위성사진만 보고 또 봤다. 이젠 골웨이 터미널이 어디 있고, 해변 산책길이 어디로 연결되고, 국립대학교가 어디 있는지 눈 감고도 다 안다. 한데 그래도 안 되는 걸 어떡하냐? 구글 맵만 보니까 오히려 더 가야겠다는 생각이 들더라. 왜 그런 거 있지 않으냐? 고흐 그림을 사진으로만 오랫동안 보다 보 니까 실물을 보고 싶은 마음이 더 간절해지는 거.

"아니, 그러니까 왜 갑자기 아일랜드 사람 이야기를 쓰고 그러냐고? 아일랜드 사람 만나본 적도 없으면서! 그냥 여기 광주 이야기 쓰면 되잖아?"

아내는 정색하면서 목소리를 높이기도 했다. 글쎄? 내가 왜 아일랜드 사람 이야기를 쓰려고 했지?

코로나 정국이 일 년 넘게 지속되고 있었다. 살고 있는 아 파트 단지 내 상가에서 독서토론 교습소를 운영하고 있는 아 내는 그 기간 동안 세 번이나 자가격리를 당해야만 했다. 한

번은 상담을 온 학부모가 확진 판정을 받아서, 또 한번은 우리 집에 놀러 온, 발바닥에 무슨 스프링이 달린 능력자처럼 이 방 저 방 방방 뛰어다니던 막내딸의 절친이 코로나에 걸리는 바람에, 마지막엔 우리 동네 유일한 편의점 알바생이 입원하는 바람에 교습소 문을 닫고 집안에만 틀어박혀 있어야 했다. 그 나날 동안 우리 가족을 구원해준 것은 넷플릭스였어요. 나는 어느 잡지에 그런 글을 쓰기도 했고 또 실제로도 그렇게 생각했지만, 아내의 입장은 그렇지 않았다. 교습소를 이 주 동안이나 문 닫다 보니 당연히 원비도 제대로 받을 수 없었고, 퇴원하는 학생 수도 꾸준히 늘어갔다. 괜찮아, 괜찮아. 월세 밀리면 또 대출받으면 되지, 뭐. 나는 위로랍시고 그렇게 말했지만 아내의 얼굴은 자주 화면보호기가 작동된 모니터처럼 어두워졌다. 자존심에 상처를 받았나? 아내는 몇몇 아이들에겐 원비도 받지 않았다. 원비를 받지 않을 뿐만 아니라 내 카드를 빼내 정기적으로 그 친구들에게 책을 사주고 있었다. 아니, 그래도 이렇게 카드를 많이 긁어버리면…… 내가 그렇게 항변하면 아내는 늘 이렇게 말했다.

"조지 오웰 선생님을 배워, 조지 오웰 선생님을. 작가가 어디 쪼잔하게 그런 걸 따지나, 이 사람아!"

그런 아이들이 하나둘 교습소에 나오지 않고 있었다. 아내는 자가격리 기간에도 줌 수업을 했는데 그 아이들은 끝내 접속하지 않은 모양이었다. 걔들은 노트북이 따로 없으니까…… 그래도 그렇지 이렇게 말도 없이…… 아내는 교습소는 갈수록 더 휑뎅그렁해지는 모습이었다. 그건 교습소가 들어서 있는 단지 내 상가 전체가 마찬가지였다. 헤어샵이 문 닫고, 유기농야채가게가 '점포 임대' 종이를 내붙였고, 부동산 중개소 사장은 한 달 넘게 모습을 보이지 않고 있었다. 그런 와중에 내가 아일랜드에 가겠다고 나선 것이다. 온 가족이 광주 남구 보건소 옆에 있는 선별진료소에 가서 PCR검사를 받고 돌아온 게 한 달 전이었는데, 둘째 아이는 PCR검사 공포증이 있어서 선별진료소 주차장에 세워져 있던 트럭 아래로 숨기까지 했는데(하마터면 아동 실종 신고를 할 뻔했다. 다행히 둘째 오빠의 행동 패턴을 정확하게 예측한 막내딸이 발견했다. '아빠! 여기 오빠가 깔려 있어!'), 남편이라는 작자가 학교에 출근 안 하면 조신하게 집안에서 살림이나 할 것이지 뜬금없이 외국에 나간다고 하니 아내 입장에선 용납이 되지 않았던 것이다.

나는 나대로 뜻을 굽히지 않았다. 이게 오래전부터, 팬데믹 이전부터, 팬데믹과는 무관하게 고민해온 이야기인데…… 나한텐 지금 이게 가장 중요한 이야기인데…… 나는 약해질까 봐 미리 항공권부터 구매했다. 인천공항에서 아일랜드까지 가는 직항 노선이 없어서 파리를 경유하는 일정을 짰다. 비행시간만 열네 시간이 넘는 거리였다. 더블린에 도착해서 일박한 뒤, 다시 그곳에서 버스를 타고 골웨이로 넘어간다, 그런 다음 고등학교 후배가 구해준 시티센터 근처 셰어하우스에 들어간다, 밥은 직접 해먹을 테니까 다른 사람과의 접촉을 최소화할 수 있다, 그냥 이곳저곳 혼자 걸어 다니기만 하면 된다, 나한테 지금 필요한 것은 그곳의 바람과 냄새니까, 그건 구글 맵으론 도저히 알 수 없는 것이니까……

하지만 그런 내 모든 계획이 수포로 돌아간 것은 지난 5월 초순의 일이었다. 그러니까 출국 예정일을 보름 정도 앞두고 이메일이 한 통 도착한 것이다.

'선배님, 아무래도 지금 들어오시면 안 될 거 같아요. 여기 인구가 오백만인데 하루 확진자가 이천 명씩 나오고 있어요. 백신 안 맞은 사람이 너무 많은데 다들 그냥 아무렇지도 않게 돌아다니는 바람에…… 이곳 정부에서 다음 주부터 락다운에 들어간다고 발표했어요. 그리고 그것보다 더 중요한 게 카운티 간의 이동 금지 조치도 내려진대요. 선배님 이곳에 들어오신다고 해도 더블린에만 머무르셔야 할 거 같아요…… 그리고 선배님, 이건 제 개인적인 부탁인데요…… 제가 이쪽에서 몹시 어려운 상황에 처해졌거든요. 급하게 이천 유로 정도가 필요한데 염치 불고하고 선배님께……'

후배는 아일랜드에서 어학원 매니지먼트로 일했던 친구였다. 한때는 한국과 아일랜드, 아일랜드와 브라질을 부지런히 오가면서 학생 모집을 담당했는데, 지금은 벌써 일 년 넘게 출근하지 못하고 있는 처지라고 했다. 아내와 이제 겨우 여섯 살이 된 딸도 함께 아일랜드에 있었으나 그들 먼저 한국에 보내려 한다고, 그 비용을 빌려달라고 했다.

나는 그럼에도 처음에는 돌파하려고 마음먹었다. 정 안 되면 더블린에만 있다가 돌아오자, 상황을 보다가 골웨이까지 가는 방법을 찾을 수도 있을 것이다. 락다운이야 뭐 나랑 상관있는 일도 아니고…… 나는 그런 말도 안 되는 자기 합리화 속에서 계속 준비를 해나갔다. 그러니까 그때 내 마음속엔 이미 어떤 스위치가 딸깍, 소리와 함께 켜져 있었던 것이다. 그건 욕망하고도 거리가 먼 충동 같은 것이었고, 이유나 목적도 상관없는 것이었다. 나는 후배에게 이메일을 받고 난 뒤에도 타이레놀을 여러 개 구입하고, 손 소독제도 따로 챙기고, 군인들이 먹는 전투식량도 주문했다. 조지 오웰 선생은 버마도 가고, 스페인 내전도 달려갔는데, 아일랜드쯤이야…… 나는 그야말로 전투에 임하는 마음이었다.

그나마 그런 내 마음을 다시 온전하게 잡아준 것은 후배가 부탁한 이천 유로, 바로 그 돈 덕분이었다. 아내 모르게 여행 경비를 모은다고 모았는데 그중에서 갑자기 이천 유로를 빼니, 도무지 수습이 안 되었다. 그냥 신용카드를 쓰면 되지, 내가 언제 뒷일을 걱정한다고 생각했는데 그건 쓸 때마다 아내 휴대폰으로 사용명세가 문자로 전송되었다. 골웨이를 간다고 호기롭게 이 땅을 떠났는데 신용카드는 죄다 더블린에서만 찍혀 있다면, 그러곤 한국으로 돌아와서 아이 참, 이거 미안한데 한 번 더 다녀와야겠는 걸, 이 말을 아내에게 건넨다면, 그땐 소설이 아니라 가정생활에 더 큰 문제가 생기겠지…… 그렇다고 후배의 부탁을 모른 척하고 그냥 아일랜드로 입국하기도 어려운 일이고…… 나는 그런 지난한 마음의 다툼과 다툼 끝에 결국 항공권 예약 취소 버튼을 누르고 말았다. 후배에겐 이천 유로를 송금한 뒤 '이거 셰어하우스 비용 미리 부치는 셈 칠게. 안 되면 너 사는 곳에서 며칠 자고 오지 뭐' 하고 카톡을 남겼다.

6월과 7월엔 계속 집안일만 했다. 마트에서 부대찌개나 마라탕 밀키트를 사 와서 잽싸게 포장 용기를 버리고 마치 내가 한 것처럼 가족 앞에 내놓기도 했고, 옥수수를 삶아 전분과 버무려 전을 만들기도 했다. 건조기로 아이들 옷과 수건을 하루 두 번씩 돌렸고, 욕실 바닥 청소와 베란다 청소도 게을리하지 않았다. 한번은 거실에 커다란 돗자리를 펼치고 앉아서 농협에서 대량으로 구입한 표고버섯을 다듬고 있었는데, 아내가 지나가는 말로 "거, 버섯밥 좀 그만 먹자"라고 해서 말없이 그녀의 등을 오랫동안 노려보기도 했다. 둘째와 막내딸만 데리고 줄포 앞바닥 쪽으로 드라이브를 다녀오기도 했고, 아파트 경비원들을 대거 정리한다는 아파트 입주민대표회의의 입장에 맞서 첫째 아이와 함께 각 동 엘리베이터마다 항의 문을 붙이고 돌아다니기도 했다. 그 기간 소설은 한 글자도 쓰지 못했다. 매번 아이들이 잠들고 나면 그제야 부엌 식탁에 노트북을 펼치고 앉았는데, 삼십 분도 채 버티지 못하고 까무룩 까무룩 졸기 일쑤였다. 잠깐 쉴 마음으로 소파에 누웠다가 그대로 아침을 맞이한 경우도 여러 번이었다.

"여기라도 한번 갔다 와."

모처럼 아이들 없이 아내와 단둘이서만 점심을 먹을 때였다. 아내가 불쑥 자신의 스마트폰 화면을 내밀었다. 거기에 연희문학창작촌에서 단기 입주작가를 모집한다는 공지가 올라와 있었다. 알고 보니 아내는 서울문화재단에서 정기적으로 발행하는 웹진의 구독자였는데, 거기에서 그 소식을 본 모양이었다.

"집안일 잊고 딱 한 달만 글 쓰다가 와."

나는 아내의 말에 관심 없는 척, 무언가 고민하는 척 깨지락깨지락 멸치조림만 뒤적거렸지만, 마음속으론 이미 캐리어를 싸고 있었다. 노트북 말고 아예 데스크톱을 가져가는 게 낫겠지? 신발도 두 켤레 갖고 가야 하나?

"우리도 그동안 밀키트에서 해방 좀 되게."

아내는 차분한 목소리로 그렇게 말했다.

2

연희문학창작촌은 지난 2009년 서울시가 설립한 최초의 문학 전문 창작공간이다. 모두 열아홉 개의 작가 집필실과 야외무대, 문학 미디어랩 등으로 이루어져 있으며, 운영사무실과 공용 주방을 갖추고 있다. 작가에게 제공되는 집필실은 원룸과 투룸 형식으로 욕실 겸 화장실이 하나 딸려 있고, 책상과 침대, 소형 냉장고가 구비되어 있다. 식사는 따로 제공되지 않으며 입주작가는 소정의 관리비를 지불해야 한다. 나는 한 달 단기 입주작가였기 때문에 1동 114호실을 배정받았다. 1동이 단기 입주작가 전용 공간이었다.

연희문학창작촌에 입주한 첫날, 나는 좀 설레기까지 했는데, 끼니때마다 아이들 밥 안 차려도 된다는 것도 좋았고, 말 거는 사람 없이 조용한 내 공간이 따로 생긴 것도 물론 좋았지만, 아아, 무엇보다 서울이지 않은가. 여기서 걸어서 이십 분만 나가면 홍대입구이지 않은가. 경의선 숲길은 한 번도 가본 적 없는데, 그 연트럴파크가 지척이라니, 그게 더 좋았다. 서울에 사는 사람들은 이런 마음을 모르겠지? 그러니까 이건 흡사 「무진기행」에 나오는 '하인숙'이 갑자기 연희동에 살게 된 것과 비슷한 이치였다. 누구를 먼저 불러내야 하나? 박형서를 불러야 하나? 그냥 대학교 후배들을 다 불러내서 동창회를 열어야 하나? 데스크톱을 올려놓은 책상에 따로 탁상 달력을 세워두고 혼자 부지런히 일정을 체크하고 마음속으로 약속을 잡았다. 밤 아홉시쯤엔 아내에게 전화를 걸어 "내가 여기 뭐 놀러 왔나? 아무 데도 안 나가고 글이나 써야지" 짐짓 낮은 목소리로 말하기도 했다. 옆방에 다른 작가들도 있으니까 통화하는 것도 조심스러워. 나는 그렇게 덧붙이고 서둘러 전화를 끊었다. 실제로 집필실 창밖을 바라보니 옆 동 다른 작가들의 집필실에선 희미한 스탠드 불빛만 새어 나올 뿐, 아무런 목소리도 들리지 않았다. 다들 무언가를 쓰고 있는가

보네. 나는 괜스레 조금 미안한 생각도 들었다. 아, 여긴 작가들 한데 모아놓고, 일찍 자면 미안한 마음 들게 만드는 곳인가 보다. 나는 한참 동안 창밖을 바라보다가 내 방 스탠드를 그대로 켜놓은 채 침대에 누웠다. 그래도 여기 왔으니까 뭘 써야 하지 않을까? 나는 잠깐 그 생각을 하다가 그대로 잠들어버리고 말았다. 낯선 곳이었지만 오랜만에 푹 꿈 없는 잠을 잤다.

3

박형서는 서울에 없다고 했다. 인천공항 근처 영종도에 작은 방을 얻어 그곳에 머물고 있다고 했다.

"그래서 못 만난다고?"

"나 장편 써야 해."

나는 그때부터 기분이 좀 상했다. 뭐지, 이 고양이 같은 도도함은? 누군 소설 안 쓰나?

"야, 그리고 요즘 시국에 누가 술을 마시냐? 술집도 다 일찍 문 닫잖아."

"누가 술 마시재? 그냥 얼굴이나 볼까 했지."

"다음에 봐, 다음에. 상황 좀 풀리면."

박형서는 뭐가 바쁜지 전화도 일찍 끊으려고 했다. 그래, 얼마나 대단한 소설 쓰는지 내가 똑똑히, 밑줄 그으며 읽어주

마. 읽어보고 인터넷서점 사이트마다 들어가서 별점 하나씩 남겨주마.

"그래, 고생하고, 마무리 잘하고."

나는 끝까지 의연한 척 노력했다.

대학 동기와 후배들은 통화 자체가 안 되는 경우가 많았다. 어쩌다 연결이 된 친구들도 약속을 피하긴 마찬가지였다. '어휴, 나 요즘 회사 분위기가 너무 안 좋다' '선배님, 어쩌죠? 제가 이번에 파주로 이사를 와서…… 아직 짐 정리도 다 못 했거든요' '형, 저 지난달에 이혼했어요……' 이유도 제각각이었다. 그렇게 몇 번 더 전화를 돌리다가 나는 이게 뭐 하는 짓인가 싶어 더 이상 아무에게도 연락하지 않았다. 내가 그동안 뭘 잘못 했나 반성이 들다가도, 아니 그래도 그렇지 자기들이 광주에 내려올 때마다 내가 만사 다 제쳐놓고 달려 나갔는데 배신감도 들었다가도, 이제 정말 모여서 술 마실 나이는 지났나 씁쓸한 마음도 들다가도, 그러다가 결국은 그래 이게 다 코로나 때문이지, 하면서 마음을 정리했다. 코로나 때문에 모두 힘드니까, 이 모든 문제는 시국 때문이라는 것. 그러니 마음이 좀 나아졌다.

그렇게 마음이 정리된 것까지는 좋았는데, 그러고 나니까 정말 연희문학창작촌에 갇힌 느낌이 들었다. 어디 갈 곳도 없고, 만날 사람도 없고, 할 수 있는 건 집필실 책상에 앉아 있는 것뿐. 그게 맞긴 맞는데 도무지 뭐가 써질 기미가 안 보이니…… 나는 자주 집필실에서 나와 어슬렁어슬렁 야외무대

근처와 뒷담 주위를 돌아다녔다. 그래도 여기 내가 아는 작가가 들어와 있을 텐데…… 하지만 작가는 한 명도 보이지 않고 '달림'이라는, 연희문학창작촌에 살고 있는 개만 계속 마주쳤다. '달림'은 나와 몇 번 마주치더니 더 이상 꼬리도 흔들지 않았다. 너, 지금 어떤 상태인지 내가 다 알아, 하는 표정으로 딴 곳을 바라보았다.

나흘째 되는 날인가, 공용 주방에 내려갔다가 우연히 P 시인과 마주쳤다. 그는 내가 연희문학창작촌에 들어와 처음 만나는 문인이었다.

"어, 여기서 뵙네요."

내가 먼저 말을 건넸다. 그는 나보다 열 살쯤 아래인 남성 시인이었다. 예전 어느 문학상 뒤풀이 자리에서 얼굴을 보고 통성명을 한 적이 있지만, 그 뒤로 따로 인연이 있지는 않았다. 첫 시집 제목이 뭐였더라? 분명 읽은 기억이 있었지만 도통 제목이 떠오르지 않았다.

P 시인은 막 식사를 하려던 참이었는지 식탁 위엔 서너 개의 밀폐 용기가 놓여 있었다. 그는 한 손으로 입을 가린 채 내게 인사했다. 막 샤워를 하고 나왔는지 귀밑머리가 젖은 모습이었다.

"밥 챙겨 먹는 것도 일이죠?"

나는 그 앞에 컵밥을 내려놓고 앉았다. 고사리와 콩자반, 김과 무말랭이가 그의 반찬이었다.

P 시인은 두번째 시집 원고를 정리하기 위해서 이곳에 들

어왔다고 했다. 원래 집도 안양이고 원룸에서 혼자 살고 있지만, 좀 더 집중할 마음으로 입주작가 신청서를 냈다고 했다.

"언제 감나무골식당이라도 같이 갈까요? 내가 이쪽 지리를 잘 몰라서……"

내가 그렇게 말하자, 그에게선 이런 대답이 돌아왔다.

"선배님, 죄송한데 제가 비건이라서요."

"아, 네……"

나는 왠지 서둘러 밥을 먹어야 할 것 같았다. 시인들은 원래 말이 없지. 예전에 어떤 라디오 프로그램에 한 시인과 함께 출연한 적이 있었다. 내가 그 시인의 시집에 대해서 질문하면 그가 답변하는 형식이었는데, 그때 그 시인도 말이 별로 없었다. 내가 질문을 하면 고개를 끄덕끄덕하기만 했다. 아니, 라디오에서 고개를 끄덕거리기만 하면 날 보고 뭘 어쩌란 말인가? 그때의 그 곤혹스러운 마음이 P 시인 앞에서도 고스란히 느껴졌다. 나는 내가 먹던 '춘천닭갈비' 컵밥을 깨끗이 물로 닦아 재활용 통에 넣은 다음 공용 주방을 빠져나왔다. 그때까지도 P 시인은 느릿느릿 밥을 먹고 있었다. 정말이지 고사리처럼 뻣뻣한 모습이었다.

닷새가 지나고, 일주일이 지나고 열흘 가까이 지나는 동안, 나에겐 아무런 약속도, 만남도 생기지 않았다. 하는 일이라곤 침대에 누워 있다가 잠깐 책상에 앉아 구글 맵으로 골웨이 시내를 내려다보다가 다시 바닥에 누워 천장을 쳐다보다가, 주섬주섬 추리닝을 챙겨 입고 '사러가쇼핑센터'까지 걸어가서 이런저런 장을 봐 돌아오는 것, 그것이 전부였다. 몇 번 혼자 밥을 사 먹을 생각으로 연남동까지 걸어갔지만 국밥과 분식 외엔 별다른 선택지가 없었다. 밤 열시가 되기 이전부터 거리 엔 사람들의 모습이 뜸해졌고, 도로 위를 달리는 차들도 눈에 띄게 줄어들었다. 뭐야, 광주나 서울이나 다를 바가 없네. 전 염병이 지역 균형을 이뤄내는구나, 재난이 소외를 잊게 만드 는구나. 나는 쓸데없이 그런 생각을 하기도 했다.

집에는 하루 평균 열두 통 넘게 전화를 했다. 아이들한테 대여섯 통, 아내에게 예닐곱 통. 지금 뭐 해? 저녁엔 뭐 해 먹 을 건데? 안방 베란다 화분에 물 줘야 하는데. 우리 예전에 남해 갔던 거 기억나? 아이들한테도 비슷한 걸 물었다. 걔 생 일 땐 무슨 선물할 건데? 아빠가 가면 또 브리또 해줄게. 아 빠 보고 싶지 않니? 나중엔 아내와 아이들에게 똑같은 말을 들었다.

'아빠, 제발 글 좀 써.'

연희문학창작촌에 입주한 지 이 주일째 되는 주말엔 혼자 편의점 파라솔에 앉아 맥주를 마셨다. 새벽 네시가 넘은 시간 이었는데 잠도 오지 않고 마음도 울적해 무작정 밖으로 나갔 다가, 또 갈 곳도 마땅치 않아 라거 한 캔을 앞에 두고 청승 을 떤 것이다. 문단의 대표적인 '알코올 쓰레기'인 나는 맥주 한 캔만 마셔도 얼굴이 불콰해지고 알딸딸해지곤 했는데, 그런데도 사람들과의 술자리는 좋아했는데, 그날은 그냥 더 우울해지기만 했다. 결국엔 골웨이도 못 가고, 서울에 올라와서 친구들도 못 만나고, 소설은 아예 써질 기미도 안 보이고, 나는 이렇게 그냥 한심하고 불편한 존재가 되어버렸구나……혼자 그런 생각을 하다가 또 그 와중에도 편의점 알바생 눈치를 보다가, 다시 연희문학창작촌을 향해 천천히 걸어가기 시작했다. 연희동엔 좋은 집들도 참 많구나. 감나무도 많고 소나무도 많구나. 복이 퍼지는 동네라서 '연희(延禧)'라고 하던데, 나는 그냥 입주작가라서 복이 안 오는 걸까? 나는 곧장 연희문학창작촌으로 가지 않고 이곳저곳 다른 골목길로 접어들었다. 아직 가로등도 꺼지지 않았고, 주위는 놀랄 만큼 조용했다. 이따금 길고양이가 지나갔고, 골목길은 방금 누가 비질을 한 것처럼 깨끗하기만 했다.

골목길에서 좌측 코너로 막 돌았을 땐, 이른 산책을 나온 듯한 한 어르신과 마주치기도 했다. 마스크를 쓰고 가벼운 하늘색 재킷을 걸친 어르신은, 뒷짐을 지고 느릿느릿 걸어오다가 나를 마주치곤 흠칫 놀란 표정을 지었다. 미간을 웅크린 채 나를 잠깐 노려보기도 했다. 나는 그 시선이 부담스러워 고개를 푹 숙이고 가급적 빠르게 그 옆을 지나갔다. 걸음걸이도 똑바르게 하려고 노력했다. 그리고 어르신을 지나쳐 몇 걸음 더 걸어가다가 화들짝 놀라서 다시 뒤돌아보았다.

그였다!

그가 분명했다!

전두환이었다!

방금 내 옆을 스쳐 지나간 소녀의 이름, 아니 노인의 이름은!

나는 막 코너를 돌아 사라지는 그의 뒷모습을, 그리고 이내
아무도 남아 있지 않은 골목길을 멍하니 바라보고 서 있었다.

그래, 이곳은 바로 연희동이었다.

4

그 무렵 전두환은 고(故) 조비오 신부의 사자명예훼손 혐의
로 광주지방법원 형사 1부에서 재판을 받고 있었다. 2017년
출간된 『전두환 회고록』에서 그는, 80년 5·18 광주민주화운
동 당시 헬기 사격을 목격했다고 증언한 조비오 신부에 대해
'신부라는 말이 무색한 파렴치한 거짓말쟁이'라고 썼다. 이에
조비오 신부의 유족이 그를 고소하면서 재판이 시작되었고, 1
심 재판부에서는 명예훼손의 고의성이 있었다고 판단하여 징
역 8개월에 집행유예 2년을 선고했다. 그는 그에 불복해 항소

했다. 그리고 다시 2심 재판이 진행 중에 있었다.

　다음 날 오후, 나는 다시 그 골목길로 걸어가 보았다. 중앙
공인중개사와 연희중앙교회 사이로 난 골목길로 삼십 미터
쯤 들어가 다시 왼쪽 코너로 돌면 나오는 길. 그곳이 그날 새
벽 그를 마주친 곳이었다. 나는 마치 길을 잃은 사람처럼 골
목의 끝과 끝을 번갈아 가며 바라보았다. 골목은 새벽과 다를
바 없이 조용했고, 사람들의 모습은 보이지 않았다. 개 짖는
소리도 들리지 않았지만, 이따금 까치 소리는 들렸다. 집들은
모두 높다란 담장으로 둘러싸여 지붕만 살짝 모습을 드러내
고 있었는데, 대문엔 그 어떤 집도 명패가 달려 있지 않았다.
어디선가 제초 작업을 했는지 풀 비린내가 진하게 났다. 그렇
게 몇 집을 기웃거리다가 나는 어느 한 집 앞에 우뚝 멈춰 서
고 말았는데, 회색 벽돌로 되어 있는 육중한 담장과 거대한
나무 대문이 있는 집이었다. 대문엔 두 대의 CCTV가 서로
마주 보게 설치되어 있었고, 그 대문 맞은편엔 새시로 만든
방범초소가 하나 세워져 있었다. 대문에서 또 몇 걸음 걸어가
면 하늘색 철문으로 막혀 있는 차고가 있는 집. 그 집이었다.
내가 신문과 방송에서 종종 보던 집. 이미 익숙한 집. 토지 4
필지와 건물 두 채로 이루어진 거대한 전두환의 집이었다.

　나는 다시 연희문학창작촌으로 돌아와 곧장 구글 맵에 접
속했다. 골웨이에서 연희동으로, 아일랜드에서 다시 서울로.

나는 검색지를 고쳐 입력했다. 그러면서 나는 왜인지 알 수 없는 열기 같은 것도 느꼈는데, 그건 내가 연희문학창작촌에 들어온 이후 처음 경험하는 감각이기도 했다. 내 예상대로 위성사진에 따르면 그의 집은 연희문학창작촌 뒷담 너머 작은 숲과 연결되어 있었다. 말하자면 연희문학창작촌 뒷담을 넘어, 그 숲만 통과하면 바로 그의 집 앞마당이었던 것이다(지적도상 그 숲도 그의 집의 일부인 거 같았다). 뭐야 이거? 내가 바로 그의 옆집에 머물고 있었던 거잖아! 나는 좀 놀라기도 했다. 전두환 바로 옆에서 글을 쓰고 있었다는 게(물론 난 아무것도 못 썼지만), 그러기 위해서 광주에서 올라왔다는 게, 그게 좀 이상하게 여겨지기도 했다.

나는 그 사실을 저녁에 다시 공용 주방에서 만난 P 시인에게도 말해주었다.

"그거 알아요? 전두환 집이 바로 요 뒷집이더라구요."

P 시인은 여전히 같은 반찬으로 식사를 하고 있었는데, 내 말에 그다지 관심을 두지 않는 것 같았다.

"그리고 이건 진짜 비밀인데…… 내가 어제 그 사람을 직접 만났어요."

나는 P 시인 앞으로 허리를 조금 숙이고, 목소리도 낮춰 말했다.

내 말을 곰곰이 듣던 P 시인은 고개를 잠깐 끄덕이기만 했다.

"그랬군요."

뭐지, 이 산세베리아 같은 무덤덤함은? 이 친군 비건이 아닌, 그냥 식물 그 자체인데?

그러나 나는 거기에서 물러나지 않았다.

"이게 왜 중요하냐면요……"

전두환은 알츠하이머 투병을 이유로 계속 재판에 불출석하고 있었다. 2019년 1심 재판 때도 그랬고, 2심 재판에서도 같은 일은 반복되고 있었다. '법정에 왜 나가는지를 설명해도 상황 파악을 못하고 정상적인 진술을 할 수 없다' '알아들어도 이삼 분이 지나면 까먹어서 기억을 못하는 상태'라는 것이 변호인의 설명이었다. 하지만 그러는 한편, 그는 지인들과 자주 골프 회동을 갖기도 했고, 군사 반란 사십 주년 기념 만찬에 참석해서 와인을 마시기도 했다. '치매 노인이라니, 말도 안 된다. 그는 남들이 다 틀릴 뻔한 스코어도 암산으로 정정해주었다.' 골프장 직원은 그렇게 진술하기도 했다.

"그게 중요한 이유는 그러니까……"

나는 그 뒤에 말을 제대로 잇지 못했다.

뭐가 중요한 거지? 그를 직접 만난 거? 그가 실제론 알츠하이머를 앓고 있지 않을 수도 있다는 거? 꼿꼿한 자세로 동네를 산책한다는 거? 그게 왜 중요하다는 거지? 나는 내가 왜 흥분하고 열을 냈는지, 그 정확한 이유를 스스로 설명할 수 없었다. 뭐지? P 시인과 함께 연희문학창작촌 뒷담을 넘어 그의 집에 잠입하자는 건가? 잠입해서 뭐? 그의 안방으로 쳐들어가 '당신 치매 아닌 거 내가 다 알고 있어!' 소리친 후 '어서 역사 앞에 사죄해!' 하며 한국 작가의 기개를 보여주자

는 건가? 내가? 기껏 박형서가 안 만나준다고 삐져버리는 내
가? 나는…… 좀처럼 이유를 댈 수 없었다.

P 시인은 나를 가만히 바라보다가 먼저 입을 열었다.

"선배님, 저 먼저 올라가봐도 될까요?"

나는 "아, 네……" 하면서 자리에서 일어났다.

P 시인은 밀폐 용기를 다시 공용 냉장고에 넣은 후, 정수기
에서 물을 한 잔 내려 마셨다. 그러곤 공용 주방을 나서려다
말고 그때까지도 계속 식탁 앞에 서 있던 나를 보며 말했다.

"선배님, 나중에라도 생각나시면 말씀해주세요."

내가 무슨 뜻인지 몰라 멀거니 바라보기만 하자, 그가 덧붙
였다.

"그게 중요한 이유요."

5

나는 매일 밤 산책을 나갔다.

그의 집이 위치한 골목은 매일 갔고, 그곳 말고 다른 골목
도 계속 걸어 다녔다. 새벽 네시부터 여섯시 사이엔 어김없
이 연희중앙교회 골목 주위를 어슬렁거렸는데, 그날 이후 그
의 모습은 좀처럼 볼 수 없었다. 신문 배달 오토바이는 오전
다섯시 이십오분쯤 왔고, 택배 트럭은 오전 다섯시 사십분쯤
골목길에 들어섰다. 그의 집에선 그 어떤 불빛도 새어 나오

지 않았다. 그래서 더 어둡고 무거워 보였다. 마치 거대한 암벽 그 자체가 되어버린 집 같았다. 저 큰 집은 누가 쓸고 닦을까? 저 큰 집에서도 된장찌개를 끓이고, 발톱을 깎고, 때마다 변기 청소를 할까? 나는 그게 잘 상상되지 않았다. 나는 늦어도 오전 여섯시 삼십분엔 다시 연희문학창작촌으로 돌아와 샤워를 하고 침대에 누웠다. 많이 걸어서 그랬는지 누우면 늘 종아리가 욱신거렸다. 그 종아리를 주먹으로 툭툭 쳐대다가 나도 모르게 잠이 들곤 했다.

입주 삼 주차엔 연희문학창작촌 운영진에게서 메일 한 통을 받았다. 시설 점검 안내 메일이었는데, 집필실 물품 체크리스트와 만족도 조사 파일이 따로 첨부되어 있었다. 귀하가 연희문학창작촌에 입주한 이유는 무엇입니까? 귀하가 집필실에서 활동하면서 가장 불편한 점이 있었다면? 효율적인 연희문학창작촌 운영을 위해 필요하다고 생각하시는 것은 무엇입니까? 나는 그 만족도 조사 파일을 사흘 내내 모니터에 띄워놓은 채 인터넷에 들어갔다가 나올 때마다 힐끔힐끔 바라보았다. 내가 여기에 입주한 이유는 무엇 때문이었지? 아일랜드를 가지 못했기 때문이지. 아니, 그것은 정확한 답변은 아니었다. 그것은 그냥 '원인'이었을 뿐, '이유'는 아니었다. 우리는 종종 '원인'과 '이유'를 뒤섞는다. '원인'이 결과와 연결된 입장이라면, '이유'는 그 시작에 방점이 찍혀 있다. 그래서 '원인'은 보통 '—어서'와 연결되고, '이유'는 '—니까'와

이어진다. '아일랜드를 가지 못해서 연희문학창작촌에 입주했다'와 '아일랜드를 가지 못했으니까 연희문학창작촌에 입주했다'는 엄연히 다른 의미였다. 문제는 내가 '이유'를 잘 찾지 못해서 자꾸 손쉽게 '원인'을 바라보고, 그것을 '이유'라고 스스로 생각한다는 데 있었다. '이유'는 다른 '이유'와 또 다른 '이유'와 더 많은 '이유'를 부르는 법이니까. 어쩌면 나는 그것이 귀찮아서 손쉽게 '원인'을 바라보는 것인지도 모른다. 아니면 아예 '이유'를 잃어버리고 사는 것인지도 모르고…… 나는 그냥 '아내의 권유 때문'이라고 적었다가 바로 지워버렸다. 그리고…… 그렇게 대답도 제대로 하지 못한 채 다시 넷플릭스만 훑어보고 있을 때 메일 도착 알림음이 울렸다. 내고등학교 후배, 아일랜드에 혼자 남아 있던 후배, 그의 아내가 보낸 메일이었다.

　동혁 씨 선배님, 보세요.
　저는 동혁 씨 아내 되는 김정희라는 사람입니다.
　선배님뿐만 아니라 다른 분들께도 연락을 드려야 한다고 동혁 씨가 부탁해서, 이렇게 동혁 씨 메일 계정으로 연락을 드립니다.
　저는 지금 제 딸과 함께 한국에 들어와 친정인 안산에 머물고 있는데요,
　동혁 씨가 지난 14일 더블린 외곽 슬레이드밸리 골프클럽 근처에서 교통사고를 당하고 말았습니다. 아는 지인의

우버 차량으로 그쪽 골프장에 손님들을 내려주고 다시 돌아오는 길에 도로 옆 2미터 아래 하천으로 추락하고 말았습니다. 그 사고로 동혁 씨는 왼쪽 어깨와 두 다리에 다발성 골절상을 입어 현재 세인트 룩스 병원에 입원 중에 있습니다. 다행히 의식은 있고요, 대화에도 어려움은 없습니다. 하지만 손을 제대로 쓸 수가 없어서 통화를 하거나 메일을 쓰는 덴 무리가 있습니다. 병원 측에서는 3개월 정도 입원 후 약 일 년 정도 재활치료를 받아야 한다고 하는데요, 후유증도 있을 수 있다고 하네요.

혹시 동혁 씨에게 말을 들으셨는지 모르겠지만, 사실 저희는 지난 일 년 동안 몹시 어려운 시간을 보내야 했습니다. 동혁 씨가 다니던 유학원이 잠정 휴업 상태에 들어가면서 소득이 모두 끊겼기 때문이었죠. 혹시 외국에서 소득이 없는 상태로 지내본 적이 있으신지 모르겠지만, 저희 가족은 좀 그랬습니다. 비참하다, 라는 생각이 매일, 하루에도 몇 번씩 들 정도였습니다. 마스크가 부족해서 동혁 씨가 쓴 마스크를 제가 다시 쓰고 나갈 때도 있었고, 난방을 제대로 할 수 없어서 딸 아이가 덮고 자는 이불 안으로 자주 헤어드라이어를 켜주곤 했습니다. 그때 우리 부부가 할 수 있는 일이라곤 한국에 있는 친척이나 지인들이 보내주는 돈을 기다리는 일, 그것이 전부였어요. 식당이나 다른 일자리도 구할 수 없어서 매일 가족이 우두커니 한방에 그러고 앉아 있었습니다. 그러다 보니 저희가 지금 여기 왜 있는지,

이곳이 어디인지, 지금 무엇을 하고 있는지, 그런 걸 다 잊어버리게 되더라구요. 계속 하나만 생각하게 되고, 하나만 기다리게 되고……

뜻하지 않게 이야기가 길어지게 되었습니다. 죄송합니다.

사실은 동혁 씨의 말을 간단하게 전할 생각이었습니다. 아일랜드를 방문할 계획을 갖고 계시다고 들었습니다. 죄송하지만 그 일정을 뒤로 조금만 더 늦춰주시면 고맙겠습니다. 동혁 씨에게 빌려주신 돈은 제가 이쪽에서 어떻게든 갚아나가도록 하겠습니다. 사정이 조금 더 나아지면 동혁 씨도 한국으로 옮겨오고 직접 얼굴 뵙고 인사도 드리겠습니다. 도와주셨는데 이런 소식 전해드리게 되어서 죄송합니다. 언짢으시지 않았나, 걱정도 됩니다. 하실 말씀 있으면 이쪽 메일로 연락주시기 바랍니다.

나는 답 메일을 보낼 마음으로 가만히 모니터를 바라보다가 그마저도 그만두고 말았다. 지금은 내 모든 말이 아무 쓸모없는 것처럼 느껴졌기 때문이다.

6

연희문학창작촌 퇴실 사흘 전, 나는 P 시인과 함께 외식을 했다. 저녁 무렵 누군가 내 집필실 문을 노크하길래 나가보니

P 시인이었다. 그는 얇은 베이지색 코트를 걸친 모습이었는데, 함께 감나무골식당에 가자고 했다.

"어, 거기는 돼지불백이 유명한 곳인데……"

내가 걱정하자 P 시인은 무표정한 얼굴로 이렇게 말했다.

"알고 보니 두부찌개도 잘한다고 하더라구요."

우리는 천천히 연희동을 지나 연남동 쪽으로 걸어갔다. 가을은 길가의 냄새가 더 짙어지는 계절. 열매가 되지 못한 것들이 떨어지고 짓이겨지고 썩어가면서 또 다른 열매들을 보게 만드는 계절. 시인과 함께 걷다 보니 나는 자꾸 운율을 생각하게 되었다. 어우, 웬일이니. 나 그냥 시 쓸까? 혼자 그런 마음을 슬쩍 품었다가 절레절레 고개를 흔들기도 했다.

"시집 원고 정리는 잘됐어요?"

내가 묻자 P 시인은 콧잔등을 잠깐 구겼다 폈다. 그러곤 말했다.

"정리가 아니고 다시 시작이 된 거 같아요."

감나무골식당엔 그래도 손님이 꽤 있었다. P 시인과 나는 구석 테이블에 앉아 식사를 했다. 두부찌개를 먹는 사람 앞에서 돼지불백을 먹는다는 게 어쩐지 좀 멋쩍어서 그냥 고등어구이 백반을 시켰다. 벽면에 설치된 TV는 YTN 채널에 고정되어 있었다.

"선배님, 지난번에 말씀하신 그 이유 말이에요."

P 시인은 밥을 오물오물 씹으면서 말했다.

"제가 오랫동안 생각해봤는데요……"

아이 참, 오래 생각하지 말지. 사람 미안하게…… 나는 말 없이 고등어살만 발라냈다. P 시인은 잠깐 뜸을 들인 후 말을 이었다.

"송아지고기로 키워지는 송아지들 축사는 언제나 따뜻하게 온도를 유지해야 한대요."

감나무골식당의 백반 가격은 대부분 9천 원이었는데, 가격에 비해 양이 푸짐했다. 백반이 나오기 전에 작은 그릇에 담긴 국수가 나왔고, 야채 쌈도 셀프로 얼마든 더 가져다 먹을 수 있었다. 주위엔 '혼밥'을 하는 사람이 많았다. 택시 기사가 많았고, 다른 가게의 유니폼을 입은 손님도 있었고, 정장을 말쑥하게 차려입은 사람도 있었다. '혼밥' 하는 사람의 등은 저렇구나. 등이 저렇게 굽는구나.

"송아지들이 추위를 느끼면 체온 유지를 위해서 칼로리를 써야 하고, 그러면 고기 생산량이 줄어드니까요. 딱 자기 몸 크기만 한 나무 우리에 갇혀 움직이지도 못한 상태로 있다가 고기가 되는 거죠. 근육도 없는 연한 분홍색 고기로……"

P 시인은 잠깐 말을 멈추고 젓가락으로 두부를 자르더니 내 앞 접시에 덜어주었다. 그러곤 이런 말을 했다.

"집필실에 있으니까 자꾸 그런 생각이 들더라구요."

나는 그의 얼굴을 보고 말없이 고개만 끄덕거렸다. 그의 생각과 내 생각이 똑같은 것은 아니었지만, 그것 또한 '이유'라면 '이유'였다. 우리는 어쨌든 안전하게 글을 쓰고 있고, 안전하니까 글을 쓰고 있는 사람들이 맞으니까.

그리고 하나 더.

P 시인은 원래 말이 없는 사람이 아니었다. 그는 한번 말이 터지자 감나무골식당에서 나온 후로도, 커피를 테이크아웃하기 위해 기다릴 때도, 다시 연희문학창작촌으로 걸어 돌아올 때도 쉬지 않고 계속 말을 했다. 주로 자신이 비건으로 살아가면서 겪어야 했던 여러 어려움에 대한 이야기였다. 나는 말을 하는 그의 프로필을 바라보면서 '뭐지, 이 졸졸졸 시냇물 같은 수다스러움은' 하고 생각했다. 그러면서도 비로소 연희문학창작촌에 입주한 실감이 나기도 했다.

7

나는 연희문학창작촌에서 예정된 퇴실 날짜보다 하루 먼저 짐을 뺐다. 다음날은 월요일이니까 아무래도 번잡할 것 같아서 관리실에 열쇠를 맡기고 오후 무렵 그곳을 빠져나왔다. P 시인에게 인사를 할까 하다가 그냥 그의 집필실 문고리에 오렌지주스와 도넛이 담긴 비닐봉지를 걸어두고 돌아섰다. '달림'에게도 쪼그리고 앉아 인사했는데, 그 개는 끝까지 심드렁한 표정으로 내 인사를 받았다.

연희문학창작촌을 나오는 그날까지도 전두환과 다시 마주치는 일은 벌어지지 않았다. 퇴실 전날 새벽까지도 그 골목길에 걸어가보고, 또 낮에 '연희김밥'에 갔다가 되돌아오는 길에도 가봤지만, 그의 모습은 보이지 않았다. 그의 집이 위치한 골목길은 늘 사람의 모습이 보이지 않았고, 그래서 마치이제 쓸모가 다한 영화 세트장처럼 보이기도 했다. 내가 그날 만난 그 노인이 그가 아니었을지도 모른다. 나는 자꾸 그생각을 할 수밖에 없었다. 그냥 같은 동네에 사는 어르신일수도 있고, 그저 나처럼 길을 잃고 골목길을 헤매고 있던 다른 동네 어르신일 수도 있다. 그는 변호인의 말처럼 알츠하이머를 앓고 있고, 거동도 제대로 하지 못하는 처지인지도모른다.

근데, 그래서 뭐?
그게 정말 중요할까?

그게 정말 중요한 이유가 아니라고 생각한 이유는, 내가연희문학창작촌을 떠나기 전전날 새벽, 그 골목길에서 본 이상한 풍경 때문이다.

그날도 나는 새벽 네시 무렵 집필실에서 나와 연희동 골목을 돌아다니고 있었다. 전날 저녁부터 부슬비가 내리다 말고흩날리다가 그치길 반복하더니 어느 순간부터는 밤하늘에별이 하나둘 보이기 시작했다. 서울에서의 한 달도 이제 다끝이 났구나, 광주에 가면 또 생활이 기다리고 있겠구나, 다시 식탁에 앉아 글을 써야 하고, 아이들 밥을 짓고 빨래를 하고 욕실 청소를 해야 하는구나. 당장 다음 주에 깍두기를 담아야 할 텐데…… 그런 생각을 하면서 다시 그의 집이 있는 골목에 막 접어들었을 때였다. 등 뒤에서 신문 배달 오토바이가 그 골목 안으로 들어섰다. 신문 배달부는 헬멧을 쓰고 토시를 한 차림이었는데, 솜씨 좋게 한 손으로 핸들을 잡고 다른 한 손으론 휙휙 대문 안으로 정확하게 신문을 집어 던지고 있었다. 나는 걸음을 멈추고 신문 배달부가 그 골목을 다 지나치길 기다리고 있었다. 그리고 거기에서…… 그 이상한 광경을 보게 된 것이다. 그의 집 앞에 도착한 신문 배달부는, 다른 집처럼 신문을 집어 던지지 않았다. 그는 아예 오토바이를 세우고 내려 양손으로 조심스럽게 전두환의 집 대문 아래로 신문을 밀어 넣었다. 그러곤 허리를 숙여 인사까지 했다! 그 모든 동작은 마치 어떤 요가의 연결 동작처럼 자연스러워 보였고, 하나로 이어져 있었으며 또 숙련되어 있었다. 신문 배달부는 다시 오토바이에 올라타 한 손만으로 핸들을 잡고 골목 끝으로 사라졌다. 나는 멍하니 그 모습을 보다가 잰걸음으로 그의 집 대문 쪽으로 다가갔다. 그가 나와 있었던 것일까? 하지만 그의 집 대문 아래엔 방금 전 신문 배달부가 밀어 놓고 간 신문이, 반으로 얌전하게 접힌 신문이, 거기에 그대로 남아 있었다. 나는 그 남아 있는 신문을 한참 동안 가만히 내려다보며 서 있었다. 골목은 다시 적막하기만 했다.

8

조지 오웰은 어느 에세이에서 자신이 쓴 모든 작품은 '실패작'이라고 고백했다. 그리고 난 후 그 뒤 이런 문장을 덧붙였다.

'그렇지만 나는 내가 어떤 작품을 쓰고 싶어 하는지를 매우 잘 알고 있다.'

광주에 돌아와서 그 책을 다시 읽다가 나는 그 문장 옆에 작은 글씨로 이런 메모를 적어놓았다.

'작가들은 매번 자신들이 매우 잘 안다고 착각한다.'

전두환은 2021년 11월 23일 오전 여덟시 사십오분, 90세의 나이로 사망했다. 집 화장실에 의식을 잃고 쓰러져 있는 것을 그의 아내가 발견했고, 오전 아홉시 십이분 신고를 받고 출동한 경찰에 의해 사망 판정을 받았다. 그의 빈소는 연세대 세브란스병원 장례식장에 마련되었으며 유해는 갈 곳을 찾지 못해, 다시 연희동 그의 집으로 돌아왔다. 장례 기간 내내 장례식장 앞 도로에는 '전두환 대통령님, 영면하십시오!'라는 플래카드가 나붙어 있었다.

장혜령

당신의 히로시마

2017년 『문학동네』를 통해 글을 발표하기 시작. 산문집 『사랑의 잔상들』, 소설 『진주』, 시집 『발이 없는 나의 여인은 노래한다』가 있음.

하라 다미키 씨에게

2021년 8월 7일 새벽 1시, 히로시마

쇼와 26년, 그러니까 1951년, 당신이 동경의 기치조지에서
세상을 떠난 그날로부터 칠십 년의 세월이 흘렀습니다. 그때
당신은 불혹을 훌쩍 넘긴 중년이었고, 스무 살의 나는 서른이
나 마흔 너머의 삶에 대해선 깊이 생각해본 적 없는 소녀였지
요. 나는 내가 누구보다 일찍 죽을 거라 생각했습니다.

서서히 몰락한다는 것. 그건 내가 상상했던 나는 아니었죠.
그런 내가 당신이 살았던 시간의 배를 살았습니다.

혼자 살아남았음을 수치라 여겼기에 그만큼 치열하게 살았

던 당신과 달리 나는 그리 치열하게 살지 못했습니다. 애써 살고자 하지 않았어요. 그러나 이제 기나긴 삶의 끝이 멀지 않다는 것을 알기에, 남은 생의 의미를 묻게 됩니다.

잠들기 전 수면제를 한두 알 삼켜도 새벽에 꼭 한 번은 잠에서 깨고 말아요. 지금처럼 호텔에서 잠을 이루기란 더 어려운 일이지요. 자리에서 일어나 뒤척이다가 불을 끈 채로 물끄러미 창밖을 내다보기도, 이렇게 묻게 되기도 합니다. 지금, 나를 살고 있는 것은 누구인지.

보이시나요. 나는 지금 히로시마에 와 있습니다.

8월, 히로시마의 밤에는 원폭으로 죽은 이들의 명복과 평화를 빌며 강으로 연등을 띄워 보내는 사람들이 있습니다. 나도 오늘 그들 속에 섞여 등을 띄웠답니다. 당신을 향해서. 잔잔하게 출렁이는 물 위로 수십 개의 불꽃이 반짝였습니다.

여행에 동행해준 손녀 희진이 무슨 소원을 빌었느냐고 물었어요.

가족들 모두 건강하고 잘 살게 해달라고.

거짓을 말했습니다. 살면서 많은 거짓을 말했지요. 남편에게, 딸들에게, 손주들에게 상처를 주고 싶진 않았으니까.

그때 희진이 아, 하고 낮은 탄성을 지르며 먼 곳을 쳐다보았습니다. 나도 따라서 그쪽을 쳐다보았지요. 검은 강 저편, 어느새 점점이 퍼져 있는 불꽃들이 있었습니다. 내게는 그로부터 저만치 떨어져 홀로 떠가는 불꽃이 보였습니다.

당신처럼 히로시마의 과거를 아는 사람에게는 지나간 시간
의 상이 이 풍경에 겹쳐져 상념을 불러일으키기도 하겠지만,
그 아이처럼 젊은 여행자에겐 반짝이는 불빛들이 꽃처럼 아
름답게만 보일 수도 있나 봅니다. 나는 혼자인 불꽃이 꺼지지
않기를 바라며, 그저 속으로 당신의 명복과 나를 이곳까지 오
게 했던 화자(花子) 씨의 건강을 빌었습니다.

같은 날 아침 8시

내가 자식들의 반대를 무릅쓰고서까지 히로시마로 온 것
은, 한때 여기 살았던 조선인 박화자 씨의 부탁 때문입니다.
화자 씨는 당신처럼 히로시마에 살다가, 1945년 8월 6일 피
폭되었지요. 그해 가을, 남편과 함께 고국으로 돌아왔고 지금
은 히로시마에서 원폭병을 얻고 귀환했던 다른 여자들과 함
께 합천의 요양소에서 살고 있어요. (화자 씨를 알게 된 경위
를 말하자면 길어지니 그 이야긴 나중에 쓰도록 할게요.)

얼마 전, 화자 씨의 병증이 많이 나빠져 위중하다는 연락을
받았습니다.

그 사람은 전부터 히로시마를 한번은 다시 보고 싶다고 했
어요. 하지만 몸이 아프니 직접 갈 수는 없고, 내게 대신 가
달라고 부탁했지요.

이제 더 늦어서는 안 된다는 생각으로 여기 왔어요. 화자
씨 대신 히로시마를 보고 합천에 가서 그 이야길 전하려 합니

다. 나의 히로시마 이야기 속에는 당신이 있겠지요.

무사히 내가 여행을 마치고 화자 씨를 만날 수 있도록 신께서 우리를 가호해주시리라 믿습니다.

같은 날 저녁 8시

믿기시나요.
지금은 2021년이고, 나는 아흔입니다.
올해는 당신의 70주기입니다.

2021년 8월 8일 새벽 4시, 히로시마

편지를 씁니다. 당신이 태어나고 자라난 이 도시에서, 내 남은 힘을 다해.
어디서부터 말해야 할까요.
두렵습니다. 어떻게든 말로 꺼내고 나면 그 오랜 침묵이 아무것도 아닌 게 될 것 같아서.

같은 날 저녁 7시

지금 머물고 있는 히로시마 퍼시픽 호텔은 1945년에 지어졌다고 합니다. 믿기지 않지만 정말 그 말이 사실이라면, 그해 여름 모든 것이 파괴되었던 이 도시에서 가장 오래된 건축

물 중 하나일 겁니다.

그러니까, 당신보다 늦게 태어나 더 오래 살아남은 거지요.

호텔에서 나와 왼편으로 얼마간 걷다 보면 당신이 나고 자란 노보리초가, 거기서 조금 더 걸으면 교바시 강변이 나옵니다. 그리고 강변을 따라 북쪽으로 걸어 올라가면 유서 깊은 슈케이엔 정원이 있지요.

당신은 1946년 히로시마를 떠났으나, 이 년 뒤인 1948년과 죽기 전해인 1950년에 이곳을 다시 방문했으니 퍼시픽 호텔은 그때 이 자리에서 당신이 거리를 헤매던 모습을 묵묵히 바라보고 있었을 겁니다.

여기 오기 전, 희진은 여행 책자를 하나 사서 지도 부분만을 확대해 내게 건넸습니다. 그 지도를 들여다보며 나는 당신이 몹시 애정하였던 당신의 누이, 스물하나에 세상을 떠난 그녀에게 이끌려 당신이 정원 호숫가를 산책하는 모습을 그려보기도, 두 사람 뒤를 따라 거닐어보기도 했습니다.

우리를 안내해준 가이드와 함께 호숫가를 돌아보고는 견딜 수 없는 심정이 되고 말았습니다. 가이드가 말했습니다. "이 정원은 1620년 건립되었으나 원자폭탄이 투하되었을 때 모든 것이 완전히 파괴되었습니다. 그 시기 많은 생존자가 이 정원으로 피난했습니다. 그러나 대부분 치료를 받지 못해 죽었습니다. 그들의 유해가 이 정원 아래 묻혀 있습니다."

가이드는 원폭 직후 방사선영향연구소의 조사에서 히로시마 인구를 34만으로 잡았을 때, 세 명 중 한 명이 원폭으로 죽었다고 했습니다. 당시 추정한 사망자 수는 어림잡아 9만에서 16만 6천 명이라고 했지요. 이 통계에는 원폭 직후 가족을 찾으러 도시로 들어갔다가 검은 비를 맞은 사람들이 포함되어 있지 않다고도 했습니다.

9만 명과 16만 6천 명은 너무 차이가 크지 않나요.

내 물음에 그가 이렇게 답하더군요.

당시엔 누가 살았고, 누가 죽었는지 누구도 정확히 알 수 없었습니다. 가족이 전부 몰살되기도 했으니까요. 가족 중에 산 사람이 있는 집만 누가 죽었는지를 증언할 수 있었습니다. 모든 수치는 추정치입니다. 히로시마의 모든 기록 또한 이 도시와 함께 불타버렸으니까요.

90,000과 166,000. 두 숫자 사이엔 7만 6천 명의 사람들이 존재했는데, 그들을 숫자로 옮겨낸 자리엔 0이 하나 더 늘어 있을 뿐이었습니다. 그 0이라는 구멍 속에 화자 씨를 비롯해 내가 합천에서 만났던 조선인 원폭 피해자들의 죽은 가족과 친구들이 있었겠지요.

신원불명의 수많은 주검들이 여기 한데 묻혔습니다. 슈케이엔 정원뿐 아니라 도시 곳곳이 구덩이를 파내고 흙을 덮은 무덤이었지요. 표식도 위패도 없었습니다. 히로시마의 정원과 공원들은 그때 사라진 무수한 이름들의 무덤이었습니다. 그러나 그보다 더 많은 이름들은 불에 태워져 강으로 흘러갔지요.

밤마다 강가에서는 사람의 혼이 불타고 있다는 소문이 돌왔다고 합니다. 칠십오 년간 이 땅에서 무엇도 자라지 못할 거라는 소문이 돌기도 했다지요. 하지만 가을이 오자 놀랍게도 도시 곳곳에서 질경이가 무성하게 자라났습니다.

퍼시픽 호텔이 1945년에 지어졌다면 이 도시가 절멸한 뒤 고작 몇 개월 후에 누군가가 건물을 올렸다는 의미겠군요. 아무래도 잘 믿기지 않지만, 히로시마에서 살아남은 사람들은 고통을 망각하기 위해 재빨리 도시를 재건해야 했을 겁니다. 죽은 남편과 아내를 잊고 새로운 이를 만나 가정을 꾸려 아이를 낳아야 했을 겁니다. 젊은 나이에 남편을 잃은 당신의 여동생처럼 말입니다. 그러나 당신에겐, 절멸로부터 일 년도 채 지나지 않아 살아남은 자들 사이에 혼담이 오가는 이 도시가 허구처럼 느껴졌을지도 모릅니다.

호숫가를 에워싼 이 무성한 나무들이 칠십여 년 전, 한 번은 완전히 죽었지요.

그 모든 죽음을 딛고 자신이 여기 서 있다는 것.

당신은 그걸 견딜 수 없었던 겁니까.

2021년 8월 10일 새벽 3시, 히로시마

고통에 관해서라면 이제 나도 압니다.

이른 새벽 홀로 잠에서 깨어나면, 이 세상에서 나만 살아남았다는 생각에 잠길 때가 있습니다. 그럴 때면 당신의 고독이 사무치게 다가오기도 합니다.

원폭을 겪었던 당신은 한국전쟁을 누구보다 고통스러워했지요. 당신은 일본인이었지만 그것은 남의 일이 아니었으니까요. 당신이 세상을 떠나고 이 년 뒤 전쟁이 끝났습니다. 그로부터 몇 년 후, 나는 가족과 함께 아버지의 고향, 부산으로 돌아갔지요. 당신이 그렇게 세상을 떠난 동경을 견딜 수 없었어요. 간다의 영화관, 책방, 카페, 거리 어디에서건 당신의 흔적을 마주하면서도 그걸 누구에게도 말할 수 없었지요. 그때 사랑을 잃은 그 소녀는 생각했습니다. 하룻밤 새 내 청춘도 삶도 끝났다고.

소녀는 오래지 않아 한 남자를 만났습니다. 한국인이었고 부산 대청동 시장에서 도기를 만들어 파는 사람이었습니다. 글을 쓰거나 읽지 않는 사람과 함께 살 수 있을 거라곤 생각지 않았지만 결혼을 했고 세 딸과 아들을 낳았죠. 하루가 다르게 성장하는 아이들의 눈 속에서 붙잡을 수 없이 흘러가고 있는 세월을 보았어요. 이십오 년 전 어느 날, 남편은 당신처럼 훌쩍 떠나갔지요.

그렇게 나는 다시 혼자가 되었습니다. 물론 아이들이 있었지만 나는 혼자였지요.

부산으로 와 결혼을 하고 몇 해가 지나는 동안에도 당신을 잊지 못했습니다. 마흔여섯의 당신이 한밤 혼자서 선로 위를 걸어가는 모습이 나를 떠나지 않았습니다.

신혼집은 부산항 근처의 초량동이었어요. 천천히 걷는다

해도 집에서 부산역까지는 삼십 분쯤, 부산역에서 대청동 시장까지도 그쯤이면 걸을 수 있었습니다. 시장에서 장을 보고 집으로 돌아갈 때면 아이의 손을 잡고 어느새 부산항을 향하고 있었죠.

부산항에는 시모노세키를 왕복하는 관부연락선이 있었지요. 이제 항구는 예전 모습을 알아볼 수 없을 정도로 바뀌었지만 국제여객선의 목적지는 여전히 시모노세키입니다. 지금도 차를 타고 부산항을 지날 때면, 내가 정착하던 무렵의 부산을 떠올려요.

표 파는 사람, 줄 세우는 사람, 도시락 꺼내어 먹는 사람, 온갖 보따리를 늘어놓은 사람들 틈에서 아이와 함께 배를 기다리는 일은 그 시절 작은 즐거움이었어요. 처음엔 우리가 어딜 가는 건지 묻던 아이도, 엄마가 저 배를 타고 일본에서 왔다는 것과 이게 우리의 놀이라는 걸 알게 됐죠. 나는 발아래쪽에 장바구니를 부려놓고 일본으로의 긴 여정을 떠나는 사람들과 배웅하러 나온 사람들의 들떠 있는, 그러면서도 어딘가 애달픈 얼굴을 보았어요.

한번은 일본에서 온 배가 항구에 도착하던 날, 당신 모습을 본 것 같아 배에서 내리는 사람들 사이를 헤집고 다닌 적이 있지요. 엄마, 엄마 하고 아이가 애타게 나를 부르는 목소리를 듣고서야 정신이 들었어요. 엄마가 잘못했어, 은희 혼자두고 간 거 아니야, 아이를 안고 한참을 달래보아도 울음이 멎지 않았죠. 그때, 눈물로 말갛게 씻긴 아이의 얼굴을 들여다보다가 당신을 떠올렸던 건 왜였을까요. *당신은 죽었는데. 오래전 이미 죽었는데.* 몸속 깊은 곳에서 눈물이 차오르고 있었어요. 믿을 수 없었죠. 내게 눈물이 남아 있었다니.

같은 날 저녁 8시

어쩌면 그때의 나는 어떻게든 젊음을 소진하려 했는지도 모르겠어요.

시간. 시간을 견딜 수 없었죠.

어느샌가 나는 기치조지에서 니시오키쿠보로 향하는 선로 위를 걷고 있던 당신의 뒷모습을 내게서 떠나보내고 말았습니다.

몇 해가 지나고서야 알았습니다. 내가 바라던 만큼 당신이 나를 사랑하지 않았다 한들 오래전 나는 당신을 사랑했으며, 이제야 사랑을 깨닫기엔 너무 늦었다는 것을. 아마 그때부터인 듯합니다. 자신을 살고 있는 것이 누구인가를 묻게 된 것은.

화장실 불을 켜고 거울을 들여다보면 성성한 백발에, 눈두덩과 광대뼈 아래가 움푹 꺼져 얼굴 윤곽이 완전히 무너져버린 낯선 여자가 서 있습니다. 거칠고 주름진 얼굴, 어깨와 등이 굽어 자기 키보다 훨씬 작아 보이는 늙은 여자. 언젠가부터 그 여자는 점점 더 낯설어져 나는 자꾸만 나로부터 멀어져갑니다. 내 자신에게 이렇게 물은 적이 있지요. 너였던 그 소녀는 이제 어디로 갔지.

어떤 때 나는 백 살 먹은 유령 같고, 어떤 때 나는 스물둘의 소녀 같고, 또 어떤 때 나는 길을 잃고 헤매는 마흔여섯의 여자 같기도 합니다. 혹여 이런 나를 마주친다면, 당신만은 알아봐주실는지요.

2021년 8월 11일 오후 4시, 히로시마

아침엔 손녀와 함께 히로시마역 근처의 준쿠도 서점에 다녀왔습니다. 지금 머물고 있는 히로시마 퍼시픽 호텔에서는 다리를 하나만 건너면 됩니다. 교바시강 지류를 사이에 두고 바로 건너편에 있지요. 당신도 아마 놀랄 거예요. 히로시마에 이렇게 큰 서점이 있다는 사실에.

나는 그곳에서 당신의 책을 찾아보고 싶었어요. 여기까지 와서 아침에 서점을 가자는 내가 유별나다고 느낄 만도 한데, 불평 없이 부탁을 들어주는 희진에게 고마움을 느낍니다.

그 애는 내가 키운 아이예요. 막내딸이 결혼을 하고서도 직장에 나가야 해서 대신 아이를 맡아야 했거든요. 육십대에 접어들어 1990년대생 어린 손녀를 돌본다는 건 힘에 부치는 일이었습니다. 하지만 뜻밖에 처음 큰딸을 낳고 키우던 때의 기쁨을 느꼈죠. 그래서 내겐 다른 아이들보다 더 애틋합니다.

희진은 막내를 닮아 말수가 적지만, 제 엄마보다 당찬 면이 있습니다. 딸들과 아들이 여행을 만류할 때에도 내 편을 들어줬던 건 그 애였어요. 그 애만은 이번 여행이 내 생에 치러야 할 무엇임을 알았던 거겠지요.

내가 문학 서가의 직원에게 히로시마 문학이 어디에 있는지 물을 때, 이제는 히로시마 출신의 대표적인 작가로 일컬어지는 당신의 소설을 펼쳐볼 때, 희진은 아마 궁금했겠지만 이렇게만 물었어요.

아는 사람이야?

그래, 아는 사람이지.

당신은 내게 그런 사람이었어요.

2021년 8월 11일 저녁 7시, 히로시마

1949년, 3월의 그날. 기억하시나요. 당신과 내가 이별한 날 말이에요.

간다에 있는 작은 서점에서 만나기로 약속했잖아요. 나는 약속 시간보다 일찍 도착해 당신이 오기를 기다렸죠.

처음은 달랐어요. 그땐 겨울이었고, 당신이 먼저 와 나를 기다리고 있었죠. 기억하시죠. 당신이 몸담았던 『미타문학』 편집부 건물의 문학 소모임 자리. 우리는 만난 적 없지만 몇 차례 편지를 주고받은 사이였지요. 그날 당신은 단번에 나를 알아보았고 내게 불쑥 인사를 건넸어요.

당신은 나보다 스무 살은 많은 소설가이자 점잖은 편집자였으며 원폭 이후 히로시마에서 동경으로 건너온 가난한 생환자였습니다. 또한 당신에겐 오랜 시간 결핵과 당뇨로 투병하다가 세상을 떠난 아내가 있었죠.

그러나 당신에겐 이와 다른 내력도 있었습니다. 나는 당신이 대학 시절 유곽의 유녀와 사랑에 빠져 거금을 주고 그녀를 빼내어 같이 살고자 했다는 이야기도, 그러다 배신을 당해 자살 시도까지 했다는 이야기도 들어서 알고 있었죠. 누군가는 당신이 젊은 날 마르크스주의에 경도되었던 과격한 남자라고 했습니다. 나는 그 소문 속의 남자와 내 눈앞의 남자가 같은 사람임을 믿기 어려웠습니다. 내가 만났던 당신은 양복에 셔츠, 타이를 맨 점잖은 차림의 신사였으니까요.

나는 나와 편지를 주고받던 작가가 정말 당신이 맞는지 몰라서 옆자리의 소설가 K씨에게 슬쩍 물었지요.

저 사람이 정말 그 사람인가요?

두번째 만남도 그곳에서였어요. 모임이 끝나고 우리는 역까지 함께 걸었죠. 당신이 말이 없었기에 내가 먼저 말을 꺼냈어요.

저와 사귀어보세요.

내가 어떻게 그런 당돌한 말을 할 수 있었을까요. 당황하는 당신의 얼굴을 기억합니다. 나는 덧붙여 이렇게 말하곤 서둘러 돌아섰죠.

언제 다시 만나요.

당신은 이 일을 「불의 입술」이란 단편에 썼지요. 당신은 그때 자신이 '싸늘하게' 고개를 끄덕였다고 썼지만, 나는 당신이 '희미하게' 고개를 끄덕였다고 기억합니다.

그래요. 당신은 몸을 의탁할 방 한 칸 갖지 못한 채 남의 방을 전전하고 있었지요. 게이오기주쿠 상업학교에서의 영어 교사 일을 완전히 그만두고서 창작에만 전념하던 중이었고요. 『미타문학』의 편집을 맡고 있었지만 수중엔 돈이 없었지요.

당신은 히로시마에서 살아남았다는 사실 때문에 누군가와 술을 마신 뒤엔 이런 말을 듣기도 했습니다. "당신은 이제 죽어도 되잖아요. 뭘 더 머뭇거리는 거죠." 그건 당신이 자기 자신에게 내뱉던 냉소의 말이기도 했지요.

당신은 고독했지만 그 무수한 타인의 방 한 칸에서 발표를 기약하지 않은 소설을 써나가고 있었습니다. 그 소설들은 원폭의 체험과, 원폭 이후 당신의 분열된 삶에 대해, 혹은 아내의 죽음에 대해 말하고 있었어요. 당신의 독자였던 나는 소설을 통해 매혹적인 불안에 다가서고 싶었습니다.

세번째 모임이 끝나고 우리는 영화를 보고 함께 차를 마셨어요.

내가 이상하게 보이시겠죠.

나는 편지를 주고받던 바로 그 사람이 눈앞에 있다는 것이 여전히 믿기지 않아, 열렬하고 들뜬 목소리로 말했지요. 하지만 당신은 항상 진지해 보였죠. 당신은 세상이 당신의 굴복을 바라는 것만 같다고 했어요. 왜 그렇게 생각하는지 물었을 때, 당신은 말했어요.

원폭에 관한 소설은 이미 쓸 만큼 썼지. 앞으로 내가 무얼 더 쓸 수 있을지 잘 모르겠어.

불안과 두려움을 이기기 위해 우리는 많은 말을 했지만, 때로 말이란 진심을 숨기기 위해 존재하는 거였어요.

2021년 8월 12일 아침 6시, 히로시마

이별의 날, 나는 서가에 놓인 책을 보며 당신을 기다리고 있었어요. 당신은 어느새 말없이 곁에 다가와 서 있었죠. 나는 당신이 나를 바라보고 있는 그 순간을 간직하고 싶어서, 먼저 당신을 돌아보지 않았어요. 당신은 나를 알지 못한 채 편지를 주고받던 그때, 나를 가장 사랑했지요. 잠깐이었지만 당신의 시선 속에 머물러 있던 순간, 나는 낯모르던 나에게 밤마다 장문의 답장을 쓰던 그 사람의 존재를 느낄 수 있었어요.

우리가 만난 뒤로 당신은 더 이상 내게 편지를 쓰지 않게 되었죠. 이상하게도 당신과 가까워질수록 나는 처음의 당신으로부터 멀어지고 있다고 느꼈어요. *만나지 않아도 좋으니 다시 편지를 받고 싶다.* 나는 처음의 당신이 그리웠어요. 하지만 당신을 향해 돌아설 때면 그저 웃어 보일 뿐이었죠. 왔군요.

당신은 무언가 떠오를 때면 어디서든 메모하는 습관이 있었죠. 그날도 서점 입구의 복도 한편에서 당신은 잠깐 시간을 달라고 했어요. 시시각각 기억을 잃어가는 사람처럼 당신은 언제나 절박해 보였죠. 언젠가부터 당신은 밤에 내게 편지를 쓰는 대신, 가끔의 모임에서 나를 만나 이런저런 이야기를 하고 말미엔 이렇게 덧붙였어요.

당신은 이런 나를 이해하지 못할 거야.

당신은 원폭에서 살아남은 당신의 어머니가 동경으로 가버린 당신 때문에 눈물을 흘린다고 말했죠. 어쩌면 그건 문학에 투신한 당신이, 점점 붙잡을 수 없는 곳으로 멀어지고 있다는 불안 때문이었을 거예요. 당신은 어머니의 눈물을 견딜 수 없다며, 어머니에게 더는 그러지 말아달라고 부탁했지만 그 일로 자주 가슴이 아프다고 했죠.

서점 바깥은 해가 완전히 저물고 가랑비가 내리고 있었어요. 어색한 간격으로 걷던 우리는, 어느새 손등이 스칠 만큼 가까운 거리에서 목적지도 없이 걷기 시작했죠. 작은 비는 소나기에서 폭우가 되고 낯선 건물의 입구 아래 한참을 머물러 있어야만 했어요.

당신은 내게서 무얼 원하는 거지?

당신이 물었어요. 언제나 그랬죠, 내게 단 하나도 원하는 게 없어 보였어요.

나에겐 아버지가 정해둔 조선인 정혼자가 있었어요. 나는 그 말을 하는 대신 이렇게 말했습니다.

먼 곳에서 애인이 돌아왔어요.

당신에게 애인이 있었나. 그리고 침묵. 그럼 어째서 나를 만났던 거지.

당신이 외로워 보였기 때문에. 견딜 수 없을 만큼 외로워 보였기 때문이에요.

당신은 아무것도 더 묻지 않았죠. 우리는 말없이 동경의 밤거리를 맴돌았지요. 얼마 남지 않은 이별의 시간을 그렇게 허비하면서.

오늘 밤은 당신이 무척 작아 보여요.

그날 나는 당신에게 팔을 뻗으며 말했고, 하지만 이 비가 그치면 이제 헤어져야 할 때라는 걸 우린 알고 있었죠.

2021년 8월 14일 새벽 4시, 히로시마

동경은 전차가 자취를 감춘 지 오래지만, 히로시마는 아직도 전차가 다닙니다. 전차에 앉아 있으니 옛 시절로 돌아간 듯한 감회에 사로잡히게 되더군요. 어제는 핫초보리 전차역 근처의 살롱시네마라는 예술영화관에 다녀왔습니다.

이 극장은 우리가 함께 가봤던 간다의 영화관을 떠올리게 해요. 그때 봤던 영화는 이제 제목도 기억나지 않지만요.

하지만 새를 키우는 소년이 나왔던 어느 영화만큼은 기억하고 있어요.

소년은 전후에 부모를 잃고 홀로 지냈던 것 같아요. 시설에 들어간 건 아니었는데 형제나 친척이 있었던 건지, 아니라면 어떻게 혼자 지낼 수 있었는지는 잘 모르겠어요. 소년을 아끼는 선생이 하나 있었죠. 소년은 선생이 선물해준 조류 도감을 읽고 하늘을 나는 삶을 꿈꾸었어요. 어린 새에게 말 거는 법을 배웠고, 그렇게 야생 매 한 마리와 친구가 되었습니다. 소년은 새에게 유키(雪)라는 이름을 붙여주었어요. 세월이 흐르고 유키― 하고 부르면 새는 어디서든 소년의 손등 위로 날아왔어요. 소년의 손등 위에서 먼 하늘을 향해, 어른이 된 새가 날아가던 모습을 우리는 보았죠.

나는 옆 좌석에 앉은 당신의 옆얼굴을 넌지시 건너다보았습니다. 빛의 잔영이 얼굴에 어른거리고 있었지요. 그 순간을 평생 잊을 수 없을 거라고 생각했어요. 소년이었던 당신을 보고 있는 거라고 느꼈거든요.

2021년 8월 15일 저녁 7시 반, 히로시마

1951년 3월 15일. 소설가 K씨가 우리 집을 찾아왔습니다.

K씨는 이 년 전까지 나와 당신이 참여했던 문학 모임의 일원이었습니다. 그의 방문이 뜻밖이었기에 반가움과 놀라움이 함께 일었습니다. 잠시 당신의 존재가 머릿속을 스쳐 갔지요. K씨가 함께 걷지 않겠느냐고 물었습니다. 나는 외투를 걸치고 그를 따라나섰어요. 가는 비가 오고 있었습니다. 길가의 사람들이 손차양을 하고서 비를 피해 하나둘 어디론가 뛰어갔습니다. 오후의 거리가 텅 비어 있었죠.

우리는 천천히 걷다가 어느 나무 아래 멈춰 섰습니다. 해가 구름에 가려져 잎사귀의 그늘이 그의 얼굴에 반쯤 드리웠지요. 그늘 속에서 그는 내게 당신의 소식을 전해주었습니다. 바람이 차가웠던 13일 밤 11시 31분, 기치조지에서 니시오키

쿠보로 향하는 철로 위에서 당신은 죽었다는 것을.

사망 전날 밤, 당신은 친구인 스즈키 시게오 씨 집에서 10시경까지 술을 마셨습니다. 그 후 곧장 집에 가지 않고 키치조지역의 선로 쪽으로 들어가 철로를 걸었습니다. 사고 현장에 입회한 검시관은 당신의 사체에서 술 냄새가 나는 것으로 보아, 당시 술에 취해 있었던 것으로 보인다는 소견을 냈습니다. 하지만 경찰은 당신의 죽음이 사고로 보이지는 않는다고 했습니다. 당신의 신변이 지나치게 깨끗이 정리되어 있었기 때문입니다. 당신은 매제였던 문학평론가 사사키 씨 앞으로 유서를 남겼습니다. "지금까지 발표한 작품들을 한데 모아 가방 안에 넣어두었고, 만약 선집을 만든다면 야마모토 씨와 둘이서 출판해주십시오." 또 다른 유서에는 이런 말이 적혀 있었지요. "아내와 사별한 이후부터 나의 작품은 그 대부분이 하나하나의 유서 같다는 느낌이 듭니다."

그렇게 많은 편지를 하루 만에 쓸 수는 없었을 겁니다. K 씨가 말했습니다.

내게 남긴 유서는 없는 거지요. 나는 물었습니다.

그는 말이 없었습니다. 나는 먼 곳을 바라보았습니다. 아직 꽃이 없는 3월의 봄이었습니다. 그의 등 뒤로 철도 건널목이 보였습니다. 우산 쓴 사람들이 열차가 지나가길 기다리며 차단기 앞에 서 있었습니다. 나는 그 속에서 자꾸만 당신을 찾으려 하였습니다.

열차를 예고하는 신호음이 울리고, 건널목 쪽으로 거센 바람이 불어오고 있었습니다. 사람들이 옷깃을 여몄습니다. 「심원의 나라」에서 당신은 이렇게 썼지요. "전속력으로 이 인생을 지나쳐 갈 수 있는 사람을 나는 부러워하는지도 모른다."

K씨가 내 손을 붙잡았습니다. 나는 그걸 뿌리쳤습니다. 당신이 있는 쪽으로 온 힘을 다해 달렸습니다. 내 입에서 한 번도 들어본 적 없는 무서운 여자의 비명 소리가 터져 나왔습니다. 하라 씨. 당신의 이름을 사람들이 있는 곳에서 소리 내 부른 것이 처음이었습니다. 어느새 나는 구두도 없이 맨발로 당신을 쫓고 있었습니다. 당신은 뒷모습이었습니다. 끝까지 뒤돌아보지 않는 뒷모습이었습니다.

2021년 8월 16일 새벽 5시, 히로시마

반세기에 걸쳐 나는 당신과 참으로 무관한 삶을 살았습니다.

잊고 있었던 당신과 히로시마를 다시 만나게 된 것은 약 이십 년 전의 일입니다. 비를 피해 들어간 보수동의 헌책방에서 책을 한 권 발견하면서였죠. 제목은 『ヒロシマを持ちかえった人々―「韓国の広島」はなぜ生まれたのか(히로시마를 품고 온 사람들―'한국의 히로시마'는 왜 생겨났나)』. 글쓴이는 이치바 준코라는 일본인 여성이었습니다. 이치바 준코, 재일조선인일까. 조심스레 책을 펼쳐보았습니다.

작가 소개는 길지 않았습니다. "1956년 히로시마현 출생. 현재 오사카외국어대학의 강사." 1956년이라면 원폭 십일 년째 되는 해 태어난 사람입니다. 히로시마 출생이라면 아마 자신의 기원을 이해하려 했던 거구나, 싶었습니다.

그런데 이런 말이 있었습니다. "1979년 한국의 피폭자를 방문한 이래로 지금까지 '한국의 원폭 피해자를 구원하는 시민의 모임'에 관여하고 있다."

지금까지. 지금까지라는 말이 내 안의 무언가를 두드리는 듯했습니다.

훑어보고 말 책이 아니란 생각이 들어 책을 샀습니다. 돌아와 읽기 시작했죠. 한번에 읽을 수 없어 몇 번이나 책장을 덮었습니다.

식민지 시기, 조선은 가난이 극심했습니다. 일본 종자를 받아다 키우면서 땅이 황폐해졌고 쌀이란 쌀은 죄다 일본에 바쳐져 먹을 것이 없었습니다. 더구나 산세 깊은 합천에서 벼농사란 어려운 일이었습니다. 소작농과 가족들은 소나무 껍질을 벗겨 먹으며 긴 겨울을 나야 했다지요. 내 아버지처럼, 많은 이들이 살길을 찾아 일본으로 갔습니다. 그들은 자리를 잡는 대로 가족을 불러들였습니다. 조선소와 공장이 많았던 히로시마에 특히 합천 사람이 늘어난 이유입니다. 히로시마에 원폭이 떨어졌을 때 피해자 넷 중 한 사람은 조선인이었고, 그중 상당수가 합천 사람이었지요. 나도 이치바 준코의 책을 읽고 알았습니다.

나는 그들 가운데 살아남아 조선으로 돌아간 귀환자가 있었음을 알게 되었고, 과거가 아닌 그들의 지금을 떠올렸습니다.

얼핏 알고는 있었지만 진정으로 알기를 미뤄두었던 거겠죠.

며칠이 지나자 그 앎이 괴로워졌습니다. 앎 자체는 무엇을 바꿀 수 있을까요. 무엇도 바꿀 수 없다면 안다는 것이 무슨 소용일까요. 나는 잊고 싶었습니다. 할 수 있다면 앎 이전으로 시간을 돌이키고 싶었어요.

같은 날 오후 5시

한국으로 돌아갈 날이 머지않았어요.

나는 이제 말해야 해요, 더 늦기 전에. 내가 왜 여기까지 와야 했는지.

그리고 당신은 내 말을 들어야만 해.

같은 날 밤 9시

우리 아버지는 조선인이었습니다.

아버지는 평생 일본을 미워했습니다. 언제부턴가 나에게 일본이란 바로 당신이었고 나는 일본과 불화하는 아버지를 미워했습니다. 하지만 우린 말로 하지 않아도 알고 있었습니다. 일본이 조선에 큰 죄를 지었다 해도 우리를 도와줬던 건 일본인들이었다는 걸요. 후쿠오카의 탄광으로 끌려간 아버지가 거길 벗어날 수 있었던 건, 쉬는 시간에 몰래 지도를 보여주었던 일본인 반장 덕분입니다. 배식 시간마다 몰래 먹을 것을 챙겨준 그의 딸 덕분입니다.

높은 벽으로 에워싸인 감옥 같은 합숙소에서 아버지는 정신을 잃지 않으려 매일 흙에 열십자를 그었습니다. 열십자는 동서남북의 상징, 지도 없는 자의 마음속 지도입니다. 아버지의 고향은 부산. 아버지는 항상 지금 있는 곳에서 부산이 어느 쪽인지를 생각했습니다.

오직 가야 할 방향만을 마음에 새기며, 겨울옷 한 벌 없이 봄에 입던 하얀 면 양복에 검은 레이온 운동화 차림으로 눈길을 걷는 가난한 사내의 마음을 나는 헤아리지 못합니다. 헌병의 눈을 피해 버스를 타고선 의심을 살까 고개를 들지도 못하고 숨죽여 앉아 있던 남자. 승객들 한 사람 한 사람 차에서 내릴 때마다 그들에게 돌아갈 집이 있음을 부러워하던 남자. 그 남자를 나는 결코 헤아리지 못합니다.

아버지가 탄광에서 도망쳐 나온 뒤, 우리 가족은 가까스로 재회했습니다. 우리는 조선에서 온 아버지의 형제와 친척을 찾아 동경의 이곳저곳을 옮겨 다니며 살았습니다. 한번은 개집 옆에 딸린 작은 방을 얻어 지내기도 했지요. 전후엔 일본인들도 배가 고파 개를 잡아먹었습니다. 밤마다 낑낑거리는 개 울음소리가 들렸습니다. 나는 내일이면 사라질지 모르는 개를 꼭 끌어안았습니다.

일층에 일본인 가족이 사는 목조주택 이층으로 이사를 하고 몇 해, 우리가 어려울 때 도와준 것은 아버지의 친척이 아닌 일본인 이웃이었습니다. 그분들은 우리 삶의 은인이었죠.

1945년 8월 동경에서, 히로시마의 원폭 소식을 뒤늦게 알았을 때 아버지는 말씀하셨죠. 몹쓸 인간들이 천벌을 받은 게야. 그 몹쓸 인간들 속에 우리와 같은 조선인들이 있었음을 우리는 생각지 못했습니다. 훗날 일본인 여성 이치바 씨가 조선을 향해 홀로 응답하려 애쓰던 동안에도 말입니다.

2021년 8월 17일 오후 3시, 히로시마

『히로시마를 품고 온 사람들』을 읽고 얼마 뒤, 나는 어디론가 편지를 쓰기 시작했습니다.

처음엔 내가 이치바 준코 씨를 향해 편지를 쓰고 있다고 생각했어요. 하지만 쓰다가 알았어요. 그녀를 향해 쓰기 시작했지만 그녀를 향한 것만은 아니라는 걸요. 다 쓰고 나니 누가 받아도 상관없는 편지란 생각이 들었습니다. 한동안 가방 안에 그걸 넣고 다녔지요.

그러던 어느 날이었습니다. 초량동의 찻집에 혼자 앉아 있던 내게 무언가가 말했습니다.

그것을 전해.

나는 주위를 둘러보았습니다. 아무도 없었어요. 한참 뒤 목소리는 다시 말했습니다. 편지를 전해.

나는 그것이 당신 목소리였다고 생각해요.

그걸 깨닫는 데 얼마간 시간이 걸렸습니다. 오십 년이 다되도록 당신의 목소리를 들은 적이 없었지요. 심장이 마구 뛰었습니다. 감정이란 걸 오래전에 잃었다고 생각했는데요. 나는 죽은 것이나 마찬가지였는데요.

어느새 나는 초량우체국을 향해 걷고 있었습니다.

어디로 전해야 하죠?

1951년, K씨에게서 당신의 사망 소식을 전해 듣던 그날처럼 손이 부들부들 떨렸습니다. 받는 사람 주소란에 펜을 가져다 대었을 때 알았지요. 죽기 전까지 당신이 살았던 기치조지의 집. 그 주소를 내가 아직 기억하고 있다는 걸요.

당신, 이제 더는 거기 살지 않잖아요.

우체국 직원들이 걱정스러운 눈빛으로 나를 쳐다봤습니다. "도움이 필요하신가요." 누군가 다가와 물었어요.

말해주세요.

당신은 말이 없었습니다.

제발 뭐라도 말해주세요.

나는 두 눈을 감았습니다. 당신을 붙잡으려면 무엇이라도 기억해내야 했습니다. 머릿속이 꿈결처럼 아득해졌습니다.

합천. 그때 그 이름을 들은 것 같습니다.

당신 목소리였는지, 혹은 다른 누구의 목소리였는지 알지 못하겠어요. 나는 편지 봉투의 받는 사람 쪽에 '합천원폭피해자복지회관'이라고 썼습니다. 주소는 우체국 직원이 알아봐 대신 적어주었지요. 나 혼자라면 할 수 없는 일이었는데 이상하게도 당신을 생각하니 할 수 있었어요. 하지만 우체통에 편지를 밀어 넣고는 후회했어요. 지금처럼 답장 받지 못할 편지를 쓰고 말았으니까요.

같은 날 저녁 8시

그로부터 반년. 내가 편지를 보냈단 사실을 까맣게 잊어갈 무렵이었습니다. 우편함의 고지서들 속에서 편지를 한 통 발견했습니다. 보낸 사람 주소지는 합천. 나는 놀라서 편지를 품에 안고 집으로 들어왔습니다.

막상 그것을 바로 펼쳐보지 못했습니다. 두려웠기 때문입니다. 집에서 혼자 편지를 읽다가는 견딜 수 없을 것 같았어요. 남편과 사별하고서 어렵게 이룬 생활의 작은 평화가 이토록 깨지기 쉬운 것이었다니요. 어디로 가야 할지 모르는 채 집 밖으로 나왔어요. 용두산공원 주위를 한참 배회했습니다. 익명의 사람들 속에서라면 다 흘려보낼 수 있으리라 생각했으니까요.

오후의 빛 속에서, 벤치에 앉아 기도하듯 두 눈을 감았습니다. 눈물이 흐르면 몸을 숙여 신발 끈을 고쳐 맸지요. 그러다 깨달았어요. 오래전 그 어느 날처럼. 내 안이 텅 비어 있다고만 생각했는데, 내게 아직 눈물이 남아 있었다는 걸.

어렵게 편지를 펼쳤습니다. 서툰 일본어와 조선어로 씌어진 문장. 사이사이 말을 지운 흔적이 있었습니다. 그것이 내게는 핏자국을 물로 씻어낸 것처럼 느껴졌습니다. 아직도 몇 문장은 선명히 떠오릅니다.

눈 감으면 여전히 들립니다
어머니의 자장가 소리, 빨랫방망이 소리, 비질하는 소리
이 세상에 와서 나는 무슨 소리를 남겼는가
생각합니다

창밖에 눈이 옵니다
어머니가 오신 것 같아
나는 밖으로 나가봅니다

그 사람이 바로 나를 히로시마로 오게 했던 박화자 씨입니다. 화자 씨는 모두를 대신해 내 편지에 응답해주었습니다.

2021년 8월 18일, 새벽 3시, 히로시마

당신은 아실 겁니다.

히로시마 사람 모두에게 각자의 히로시마가 있다는 것을.

마찬가지로 합천 사람 모두에게 각자의 합천이 있다는 것을 나는 그곳에서 알게 되었습니다. 어떤 이에게 합천은 오래된 불교 경전의 인쇄용 목판 8만여 개가 보존된 해인사의 땅이고, 어떤 이에게 합천은 낙동강과 가야산, 매화산, 비봉산, 두무산, 오도산, 황매산 줄기가 얽혀 있는 깊은 땅이며 또 어떤 이에게 합천은 번듯한 식당이나 주점, 가라오케, 호텔 하

나 없는 쇠락한 땅이지만 또 다른 이에게 합천은 대통령의 출생지였습니다. 합천을 차로 지나다 보면 거리 어디에선가 이런 현수막을 볼 수 있지요. '이곳은 전두환 대통령님께서 나신 고장입니다.'

내가 만난 합천은 이러한 합천들과는 또 다른 합천입니다. 히로시마에서 살아 돌아온 조선인 원폭 피해자 박화자가 살고 있는 합천. 나는 종전 후 반세기가 지나고서야 합천을 알았습니다.

같은 날 오후 2시

화자 씨가 살고 있는 요양소의 이름은 합천원폭피해자복지회관입니다. 사람들은 원폭회관이나 회관이라고만 줄여서 부릅니다. 그곳에는 화자 씨처럼 해방 후 일본에서 귀신처럼 살아 돌아온 여자들이 모여 살고 있습니다.

내가 합천에 갔던 해는 2002년이었습니다. 전국이 월드컵으로 떠들썩했던 그해, 합천에서도 사람들은 티브이로 축구 경기를 보고 있었지요. 식당이나 슈퍼에서는 몇몇 사람들이 모여 반주를 곁들여 밥을 먹으며 응원을 하기도 했어요. 티브이가 중계하는 축제와 회관의 적막 사이에서 나는 무척 혼란스러웠습니다.

화자 씨는 회관 이층의 생활실에서 다른 원폭 피해자 여성들과 한방을 쓰고 있었습니다. 회관에서 한 사람 앞에 주어

진 가구는 단출합니다. 병원용 침대, 작은 옷장. 그리고 서랍
장 하나. 그곳에 사는 여성들은 침대 머리맡에 있는 서랍장에
자신에게 가장 소중한 것을 모아둡니다. 가족 없이 홀로 생의
마지막을 보내는 그들에게 가장 소중한 것이란 과거의 사진
입니다. 화자 씨 또한 그랬죠. 내가 합천에 갔던 첫날, 그녀는
내게 서랍장 속에 고이 보관해둔 사진 두 장을 보여주었어요.

부모님, 오빠, 언니, 화자 씨, 그리고 어린 남동생과 여동생
까지 함께 있는 사진.

화자 씨와 남편, 두 사람의 아들, 그의 친구 부부와 그들의
어린 딸이 함께 있는 사진.

이 사진들은 히로시마에 살았던 원폭 피해자가 자신이 거
기서 살았고 피해를 입었음을 증명하는 증거이기도 합니다.
다른 조선인 피폭자 가운데는 사진 한 장 없는 이도 많다고
합니다. 훗날 이들은 자신이 피폭자임을 증명하기 위해 히로
시마에서 자신의 증인을 찾아다녔습니다. 화자 씨는 원폭 피
해자 등록을 못해 회관에 입소하지 못한 채 살다가 세상을 떠
난 친구 영순 씨 이야기를 해주었습니다.

영순 씨는 히로시마에 있던 자신을 기억하는 사람을 찾지
못했습니다. 그녀는 자신의 증인이 없다 해도 어머니의 혼만
은 진실을 말해주리라 믿었습니다. 그녀는 어머니의 마지막
장소로 향했습니다. 피폭된 다른 이들과 어머니가 묻힌 땅은
아름다운 정원이 되어 있었지요. 가을 단풍의 붉은 빛이 고와
서 가슴이 저려 왔습니다. 그녀는 단풍 몇 잎을 수첩에 끼워

넣고 유리병에 흙을 담았습니다. *이것은 엄마의 말.* 하지만 영순 씨의 말을 누구도 더는 알아듣지 못했습니다.

화자 씨는 내게 두 장의 사진을 건네며 더듬거리는 일본어로 말했습니다. "나는 가고 싶어도 갈 수 없어요. 나 대신 가주세요."

그녀는 대신하다라는 단어가 잘 떠오르지 않는지 종이 위에 연필로 代身이라 힘겹게 적었습니다. 나는 그녀 대신 代身이란 단어의 앞뒤로 글자를 적어 문장을 만들었습니다. "나 代身 가주세요." 그녀가 희미하게 고개를 끄덕였습니다. '나 대신 가주세요'라는 말이 '나 대신 살아가주세요'라는 말처럼 들렸습니다.

나는 그때 이미 칠순이었습니다. 순간의 동요로 고개를 끄덕일 수는 없었지요. 그녀의 흐려진 눈을 바라보았습니다. 그 눈이, 조선과 일본 사이에 가로놓인 바다처럼 막막하고 아득했다면 믿을 수 있겠는지요. 두 눈을 찌를 듯한 푸른빛을 그녀의 두 눈 속에서 내가 보았다면.

언젠가 당신은 「폐허에서」란 단편에 이렇게 썼지요. "히로시마에서는 지금도 누군가가 끊임없이 사람을 찾아내려 하고 있습니다." 내 기억 속 그녀의 얼굴은 여전히 잃어버린 것을 찾고 있는 사람의 얼굴입니다.

그날 나는 보았습니다. 나와 비슷한 나이이지만 이미 아흔은 되어 보이는 화자 씨의 얼굴 위로, 소녀 하나코(花子)가 어른거리다 사라지는 것을.

같은 날 저녁 7시

화자 씨는 내가 합천까지 온 진짜 이유를 알고 싶어 했습니다. 구호물자나 선물, 돈을 보내오는 사람은 간간이 있지만 회관으로까지 찾아오는 사람은 드물다고 했죠. 초상화를 그려주러 오는 학생이나 영정사진을 찍어주러 온 사진사도 있었지만 곧 죽을 사람처럼 대하는 데 마음이 상해 응하지 않는다고도 했어요.

합천에서 닷새쯤 되던 날이었을 거예요. 화자 씨는 다가올 나와의 이별을 앞두고, 침대에 앉아 자꾸만 창밖을 내다보았습니다. 점점 작아지다가 사라져버릴 것 같은 뒷모습. 그 뒷모습을 향해 나는 뭐라도 말해야 한다고 느꼈어요.

나는 해방 후 내가 동경에서 만나 사랑했던 첫 사람이 히로시마에서 온 남자였다고 말했습니다. 평생에 한 번뿐일 사랑이었는데, 짧은 만남 긴 이별이었다고요. 남편이나 자식들에겐 차마 말하지 못했다고도 했습니다.

그녀는 두 손으로 내 손을 붙잡을 뿐 별말을 하지는 않았어요. 나 역시 당신이 스스로 목숨을 끊었다고는 말하지 않았습니다. "말이란 칼과 같아서, 함부로 꺼내어진 말은 사람의 마음을 아프게 도려내기도 하는 법이다." 돌아가신 아버지는 그렇게 말씀하셨어요. 돌아보면 우리 삶은 그러한 고독의 행간들로 채워져 있다는 생각이 듭니다.

화자 씨는 내게 히로시마에 가본 적 있느냐고 물었어요. 나는 언젠가 가보고 싶다고 했지요. 하지만 두렵다는 말은 하지 못했죠. 나의 두려움이란, 살면서 몰라도 좋을 비밀을 마주하고 싶지 않다는 거부감에서 비롯한 것이었어요.

2021년 8월 19일 새벽 4시, 히로시마

사흘이 넘도록 거의 호텔에만 머물며 편지를 쓴 것 같습니다. 희진에게는 나 없이 혼자 다녀도 좋다고 했는데, 내가 여기까지 와서 어디 불편한 건 아닌지 혹시 병원에라도 가야 하는 건 아닌지 염려가 많아요. 오늘은 그동안 가보지 못했던 장소들을 손녀와 함께 방문하려고 합니다.

같은 날 저녁 8시

오늘 밤은 바람이 차갑습니다.

바람이 나를 흔드는 듯, 나를 흔들면서 흔들리는 듯합니다.

저녁 7시쯤, 히로시마 평화기념관 쪽에서 돌아오는 길에 희진과 택시를 탔습니다. 왜였을까, 이 보름간의 여행이 끝을 앞두고 있다는 생각 때문이었을까요. 목적지로 출발하기 전 택시 기사에게 화자 씨의 옛 사진을 꺼내 보였습니다. 오래전 합천에서 화자 씨의 사진을 촬영한 사진이었습니다. 사진 속

앳된 화자 씨의 얼굴이 흐릿하게 빛나고 있었습니다.

혹시 이 사람을 알지는 못하시겠지요?

택시 기사는 고개를 가로저었습니다.

한동안 택시 안에 적막이 감돌았습니다. 기사는 침묵을 깨고 이런저런 이야기를 꺼냈습니다.

그는 사고로 아내를 잃었다고 했습니다. 나처럼 딸이 셋 있고, 딸들은 모두 결혼해 잘 살아가고 있다고 했습니다. 차를 몰면 혼자라는 외로움을 잊을 수 있다고 했습니다.

히로시마에서는 누구나 사람을 찾던 때가 있었습니다.

나는 여전히 찾고 있었지요. 찾을 수 없는 사람을.

뒷좌석에 기대어 앉는데 차가 지나치게 빨리 달린다는 느낌이 들었습니다. 나는 희진의 손을 꼭 쥐었습니다. 날이 저물어가고 있었습니다. 강변의 나무들로부터 새들이 일제히 날아오르고 있었습니다. 무리에서 뒤처져 가는 작은 새 한 마리가 보였습니다. 저것 봐. 나는 희진에게 그 새를 가리켜 보였습니다. 그 새는 힘차게 날갯짓하고 있었습니다. 나는 이 모든 풍경을 화자 씨에게로 답장하고 싶었습니다.

우리가 탄 차가 세계로부터 빠르게 멀어지고 있었습니다.

건강하세요. 계속 살아가주세요.

그것은 내가 당신에게 마지막으로 건넸던 작별의 말이었습니다.

2021년 8월 20일 오후 5시, 히로시마

합천을 떠나기 전날, 화자 씨는 내게 꽃과 술을 사달라고 부탁했습니다.

사람이 없는 빈방으로 그녀는 나를 불렀습니다. 책상 위에는 빛바랜 액자 두 개가 놓여 있었습니다. 흑백사진 속에 젊은 두 남자가 있었습니다. 두 사람의 모습은 이십대에 멈춰 있었습니다.

그녀는 아무 말 없었지만 나는 그들이 누구인지 알 것 같았습니다. 그녀는 그들을 어루만지며 안부를 물었습니다.

잘 지냅니까.

화자 씨는 그날 폭심지로부터 떨어진 곳에 있어 살아남을 수 있었습니다. 그러나 그녀는 남편을 찾아 시내로 들어갔다가 오후에 검은 비를 맞았습니다. 그녀는 거리를 헤매다가 지금까지도 잊을 수 없는 많은 것들을 보았습니다.

버스를 기다리던 사람들은 앞 사람 어깨를 손톱으로 움켜쥔 채로, 사다리를 오르던 인부들은 사다리 위에 손과 발을 올린 채로, 학교 가던 아이들은 가방을 멘 채로 길에 엎드려 있었다고 했습니다.

다 죽고 그림자만 남은 기라.

그녀는 가까스로 만난 남편과 함께 남편의 친구인 후지이 씨를 찾으러 다녔습니다. 다친 사람들이 모여 있다던 연병장과 병원으로. 죽은 사람들이 무처럼 쌓여 있던 강변으로. 사람들이 모두 엎드려 있었기 때문에 시신을 확인하려면 한 사람 한 사람을 안고 돌려서 눕혀야만 했습니다. 나는 그 이야기 속에서 죽은 조카를 찾아 헤매던 당신을 보았던 것 같습니다. *낯익은 반바지에 틀릴 리가 없는 허리띠.* 유해를 옮길 수도 없을 만큼 으스러진 딸의 손에서 손톱만을 떼어 품 안에 넣던 당신의 작은형을 보았던 것만 같습니다.

화자 씨와 남편은 친구를 찾지 못하고 부모와도 이별한 채 부산으로 가는 배에 몸을 실었습니다.

남편은 오래 몬 살고, 친구 따라 영 가버렸다.

그녀는 홀로 아이를 키우며 매년 두 사람을 위한 제사를 올렸습니다. 그때마다 고운 모습을 오래 바라보면서 잊지 않을 수 있어 좋았다고 했습니다.

나는 한 여자가 그토록 오래 간직해왔던 그들 한 사람 한 사람의 얼굴을, 그리고 화자 씨의 얼굴을 들여다보았습니다. 그러나 내가 죽는다면 이 모든 것을 보았던 내 기억 또한 사라지고 말겠지요.

같은 날 저녁 8시

나는 너무 늙고 지쳤어요.
모든 게 이미 너무 늦었는지도 모르겠어요.

같은 날 밤 9시

한국에 돌아가면 가능한 빨리 화자 씨에게 갈 겁니다.
가서 내가 본 모든 것들을 이야기해줄 거예요.

2021년 8월 21일 새벽 1시, 히로시마

히로시마에서 당신의 책 한 권, 슈케이엔 정원의 흙 한 줌,
그리고 당신이 좋아했던 일본 소주 한 병을 마련했습니다.
합천에 가면 화자 씨가 그랬던 것처럼, 당신의 제를 올리고
싶습니다.
이 편지는 그때가 되면 땅에 묻고자 합니다.

같은 날 아침 8시

편지를 쓰던 중에 어느새 동이 텄습니다.
거리에는 서류 가방을 들고 바쁘게 걷는 남자들. 자전거를
타고 가는 여자들. 교복을 입고 학교로 가는 아이들. 버스 정
류장마다 어김없이 버스는 오고, 사람들은 어디론가 가고 또
도착하겠지요. 회사에서, 학교에서, 식당에서, 카페에서, 영
화관에서 만나고 또 헤어지겠지요. 그 어디엔가 옛날의 당신
처럼 매일 카페의 같은 자리에 앉아 메모를 끄적이며 담배 피
우는 남자도, 나처럼 손녀와 함께 여행을 와 사진 찍는 여자

도 존재하겠지요. 그리하여 어느 날 내가 죽는다 해도 나와 같은 여자가 호텔 방에 앉아 부치지 못할 편지를 쓰며 세상의 한구석에 앉아 있겠지요. 나는 그것을 알겠습니다.

여름의 아침은 모두에게 도착하는 빛나는 편지 같다는 생각이 듭니다. 옆방의 손녀가 아침을 먹자고 문을 두드립니다. 저 문을 열고 나가면 발신인도 수신인도 적히지 않은 뜻밖의 편지 같은 아침이 펼쳐지겠지요. 그럼 이 편지를 이만 줄입니다.

金貞順, 가네모토 테이준 올림

2022 제16회 김유정문학상 수상작품집

니니코라치우푼타

© 구병모 김혜진 박지영 백수린 심아진 이기호 장혜령

1판 1쇄 발행		2022년 11월 28일

지은이		구병모 김혜진 박지영 백수린 심아진 이기호 장혜령
펴낸이		정홍수
편집		김현숙 이명주
펴낸곳		(주)도서출판 강
출판등록		2000년 8월 9일(제2000-185호)

주소		서울시 마포구 동교로17안길 21(우 04002)
전화		02-325-9566
팩시밀리		02-325-8486
전자우편		gangpub@hanmail.net

값 14,000원
ISBN 978-89-8218-308-9   03810